Prüfe die Rechnung,
Du musst sie bezahlen.
Bertolt Brecht

SONJA MARGOLINA

Inhaltsverzeichnis

Ein Geschenk des Himmels	3
Atempause	24
Serafima	49
Zauberlehrling	61
Menschenfeinde	74
Weitblick	95
Heimat	113
Klimawandel	128
Die Banalität des Guten	148
EisTau	160
Die höchste Macht	172
Eiszeit	183
Dem Himmel nah	194
Plattentektonik	214

Ein Geschenk des Himmels

Am Anfang des 23. Sonnenzyklus wurde Russland von einem ungewöhnlich schneereichen und kalten Winter heimgesucht. Von Brest bis Wladiwostok erstreckte sich eine leblose Wüste, ohne erkennbare Zufahrtswege zu den erstarrten Städten, die in einen weißen Schleier gehüllt waren. Die Straßenreinigung brach zusammen. Menschen bewegten sich in den Schneewehen wie Maulwürfe, und die Anzahl der von Eiszapfen Erschlagenen belief sich auf mehrere Hunderte. In der Talkshow „Schlagabtausch" stritten Meteorologen und orthodoxe Priester darüber, ob die anbrechende Eiszeit natürlichen Ursprungs oder eine Strafe Gottes sei. Die anschließende Zuschauerumfrage brachte den Geistlichen drei Mal so viel Zustimmung wie den Wissenschaftlern.

Das Patriarchat wies seine Diener an, Predigten zu halten, in denen das Naturereignis mit dem Stolz, mit dem Aufbegehren des lasterhaften Menschen gegen die göttliche Ordnung in Verbindung gebracht werden sollte, hatten doch die Behörden im vorigen Sommer – nach über Jahre anhaltender Dürre – die widerspenstigen Wolken mit Silberjodid besprühen lassen. Damit sollten diese endlich zum Abregnen gezwungen werden. Doch der Regen war lediglich über der Ostsee niedergegangen, über den hochmütigen Balten, während der Dürre eine Kälte folgte, wie man sie seit der Zeit nicht mehr gekannt hatte, als Boris Godunow glückloser Zar gewesen war.

Der Frühling kam erst Mitte Mai in Gang, dann aber mit vulkanartiger Wucht. Der anderthalb Meter dicke Schneeteppich taute in drei Tagen auf, und das Boris-und-Gleb-Kloster fand sich auf einmal inmitten eines Sees wieder. Nur der Golgatha-Hügel mit dem großen Holzkreuz ragte noch aus dem Wasser. Bald darauf setzte Hitze ein, und der See trocknete binnen einer Woche aus. Nun fanden Mönche am Fuß von Golgatha einen Bach, der weiter Wasser spendete. Später entdeckten auch Rucksacktouristen die Quelle, und der Hügel wurde vom „Klub des Studentenlieds" in Beschlag genommen. Sie schlugen ihre Zelte am Feldrand auf, zündeten Lagerfeuer an und sangen obszöne Lieder, die bis hinter die Klostermauern drangen und den Gottesdienst störten. Der Hügel wurde zur Latrine, und Plastikmüll verpestete kilometerweit die Umgebung.

In der Nacht zu Mariä Himmelfahrt saß Aristarch, der Abt des Klosters, auf der Außentreppe und schaute in die Tiefe des Himmelsgewölbes, das vom Flor der Milchstrasse überzogen war. Von Zeit zu Zeit lösten sich Sternschnuppen, zeichneten helle Spuren und verlöschten, ohne die Erde zu erreichen. Der Sternenregen schien in diesem Jahr besonders stark zu sein, doch vielleicht hatte er früher einfach nur besser schlafen können und es sich noch nicht lange genug zur Gewohnheit werden lassen, nachts das Firmament zu betrachten.

Von Golgatha her war das Gegröle betrunkener Touristen zu hören. Ein Mädchen lachte hysterisch, als ob man es an den Fußsohlen kitzelte. Auf einmal befiel den Abt eine Leere, und ihm wurde schwer ums Herz.

Seit er eine Klosteranlage nicht weit von Sadonsk übernommen hatte, in der sich früher eine Kinderstrafkolonie befunden hatte, wollte es ihm trotz aller Beharrlichkeit nicht gelingen, die Ruine mit Leben zu erfüllen. Nach fünf Jahren schlafloser Mühe hatte er so gut wie resigniert. Es mangelte an allen Ecken und Enden, und die Unterstützung durch das Patriarchat ließ zu wünschen übrig. Die hiesigen Geschäftsleute waren allesamt Gangster mit Händen voller Blut. Sie bekreuzigten sich zwar stets eifrig vor der Ikonenwand, spendeten jedoch in mehreren Jahren lediglich eine Kircheglocke, dazu noch mit der unverschämten Widmung: "Von der Sadonsker Gang für die unschuldig ermordeten Jungens, die Heiligen Boris und Gleb. Betet für uns." Nun schmückte sie den wiedererrichteten Kirchenturm, zum Glück war die Aufschrift von unten nicht zu erkennen.

Am schlimmsten waren jedoch die Perestroika-Mönche: verwirrte, einfältige Männer, die vor dem Krieg in Transnistrien geflohen waren und im Kloster Unterschlupf gefunden hatten. Sie verstanden nicht zu beten, und selbst von den Zehn Geboten kannten sie auswendig nur „Du sollst nicht töten". Ausgerechnet diesen unchristlichen Wunsch verspürte Aristarch manchmal, wenn er die Männer herumhängen und trinken sah, während eine Unmenge Arbeit auf sie wartete.

Gerade schwang sich vom Hügel ein Knallkörper in den Himmel hinauf und zerfiel über dem Kirchturm in rote Funken. Der Abt seufzte. Plötzlich durchzuckte ihn ein Geistesblitz: Er hatte verstanden, was mit Golgatha und den Touristen zu tun war. Der Bach war ein Geschenk des Himmels.

Die Zeit, die General Dawydow zur Begleichung seiner Schulden geblieben war, schmolz dahin, aber er fand immer noch keine Lösung. Nach Jahren in Untersuchungshaft und einem zermürbenden Strafverfahren war er auf Bewährung freigekommen. Doch von seinem millionenschweren Vermögen war kaum etwas übrig geblieben, einstige Gönner und Untergebene hatten ihm den Rücken zugekehrt. Sascha Zapok, ein Provinzbursche mit schrecklichen Manieren aus einem Banditennest im Ural, den er selbst zu seinem Stellvertreter erhoben, ihm eine Villa in Nizza, ein Chalet in der Schweiz und ein dickes Tarnkonto auf Zypern verschafft hatte, dieser Sascha hatte einfach geduldig auf seine Stunde gewartet, darauf, dass der Boss das Gefühl für die Gefahr verlieren und zu stolpern beginnen würde.
„Das passiert uns allen mit der Zeit und insbesondere im Zenit unserer Macht", wälzte Dawydow düstere Gedanken in seinem abgewetzten Hirn. „Da kannst du noch so scharfsinnig sein und wirst trotzdem Gefangener deiner Handlanger. Sie filtern für dich die Wirklichkeit, sie täuschen dich

über die Lage, nutzen deine Schwächen aus. Als ob du nicht gewusst hättest, dass du von Arschkriechern umgeben bist, dass keinem zu trauen ist und dass das gierige Rudel schon lange geifernd die Raubtierzähne fletscht."
So sah die Bilanz seines Aufstiegs und Absturzes aus.
„Na, Alter, hast du nicht genug gelebt, nicht genug gehabt, nicht alle Weiber flachgelegt, nicht alle Weine gekostet, nicht alle Feinde zur Strecke gebracht?" grinste ihn der sonnengebräunte Sascha aus der dunklen Zimmerecke an.
„Jetzt bist du ein Wrack, und was dir noch gehört, gehört dir bald auch nicht mehr. Wie viele Seelen hast du auslöschen lassen – aus Rache und einfach aus Spaß, mit dem Leben anderer zu spielen? Nein, die tun dir nicht leid. Mir auch nicht. Nur ist jetzt meine Zeit gekommen, jetzt sitze ich am Ruder, Alter. Aber ich bin nicht wie du, ich mache deine Fehler nicht, die Du im Hochmut begangen hast. Ich werde nicht abwarten, bis Hungrige und Potentere, die ganz und gar ergeben tun, mich schließlich um meinen Besitz bringen, mich zum Verbrecher erklären und einsperren lassen. Ich habe für den Fall des Falles einen Flugplatz in Reserve, auf dem ich sicher landen werde, bevor mein Stellvertreter mein Dossier an die Konkurrenz verkauft."
Dawydow ächzte, erhob sich vom Sessel und trat ans Fenster, das auf eine ruhige Sackgasse inmitten des Moskauer Zentrums hinausging. Im Volksmund war diese Gegend als „Goldene Meile" verschrien, weil die Immobilien dort inzwischen horrende Preise erzielten und eine entsprechende Klientel anzogen. Insbesondere bei korrupten Staatsbeamten waren die Luxusapartments in diesem Viertel gefragt, um Bestechungsgelder sicher und legal anzulegen. Dawydow war es im letzten Augenblick gelungen, seine herrschaftliche Wohnung, die er Anfang der 90er Jahre für lächerliche 10.000 Dollar erworben hatte, vor der Beschlagnahmung zu retten. Sie fiel nun unter den Verjährungsparagrafen.

Abends wirkte das ganze Viertel wie ausgestorben: kein Licht in den Fenstern, keine Menschenseele auf der Straße. Lediglich riesige Limousinen mit getönten Fensterscheiben rauschten durch die toten Gassen.

Auf der anderen Straßenseite sah Dawydow eine Frau auf dem Bürgersteig liegen. Sie reckte ihren Arm in die Höhe und jammerte, aber die wenigen Passanten machten einen Bogen um sie wie um ein Häuflein Hundekot. Wie viele in diesen Tagen, an denen die Temperatur auf +40°C im Schatten stieg, war sie Opfer eines Hitzschlags geworden. Solche Halbtoten lagen immer wieder auf den Straßen herum. Sie krochen aus den Häusern in der Hoffnung, in ein Krankenhaus eingeliefert zu werden. Doch die Notambulanz anzurufen war sinnlos. Deren Telefone waren dauernd besetzt oder abgeschaltet. Was sich erst in den Wohnsilos abspielte, die von der gnadenlosen Sonne aufgeheizt wurden, wollte man sich gar nicht ausmalen.

Seit zwei Wochen nun wurden die Torfmoore und Wälder des Moskauer Gebiets von schweren Feuern heimgesucht. In Dawydows Wohnung staute sich der Brandgeruch, der von der Klimaanlage angesaugt wurde. Der General schwitzte, ihm schmerzten die Augen, und in den Schläfen hämmerte es wie bei einer Migräne. Ausgerechnet an diesem extremen Wetterereignis zu krepieren, dachte er grimmig, wäre vollkommen absurd. Es war höchste Zeit, diesem Glutofen den Rücken zu zukehren. Doch zunächst musste er eine Entscheidung treffen, eine Lösung finden. Dawydow war alt, übergewichtig, und das zermürbende Strafverfahren war nicht spurlos an ihm vorbeigegangen. Tatsächlich fiel es bei seinem Anblick schwer, sich vorzustellen, dass einst ein Wink von ihm, der eine Zeit lang einer der mächtigsten Männer im Staat gewesen war, über Leben und Tod entscheiden konnte.

Seine Karriere hatte in der Moskauer Zentrale für Auslandsaufklärung in den 70er Jahren begonnen. Dort war der junge Geheimdienstler auf einen verschworenen Männerbund gestoßen, dessen Mitglieder sich als neuer sowjetischer Adel verstanden. Sie nahmen ihn in ihren inneren Kreis auf. „Wir sind ein Rätsel, in einem Geheimnis versteckt", witzelte sein erster Chef, ein alter Aufklärungshase. Hätte damals jemand deren Zusammenkünfte abhören können, hätte er sich nicht schlecht gewundert, wie sehr ihre Gespräche dem Geplänkel der Regimegegner in den Moskauer Küchen ähnelten, mit dem Unterschied freilich, dass die Küchenphilosophen das System nur zu interpretieren versuchten, während der Geheimdienstadel nichts Geringeres vorhatte, als es zu verändern.

Der auf einem Geheimtreffen ausgearbeitete Zehnpunkteplan war ein Wagnis: Absetzung des senilen Politbüros, Beförderung einer Kreatur aus den eigenen Reihen auf den Posten des Generalssekretärs, Privatisierung von Grund und Boden bis 50 Hektar, Gründung von Privatunternehmen, Übergabe der Rohstoffkonzessionen an die Vertreter aus Spezialdiensten und Militär, Geheimverträge mit dem Westen zur Beilegung der Konfrontation. Der Preis für die Aufgabe des Wettrüstens wurde auf 200 Milliarden Dollar veranschlagt: Die Amis sollten bitteschön einen Abstand zahlen. Geplant war weiterhin die Aufrechterhaltung der Medienkontrolle durch den KGB und die Wiedergeburt der Orthodoxen Kirche.

Wie naiv es einmal mehr gewesen war, das unermessliche Weltreich nach einem Plan umgestalten zu wollen, musste Dawydow sich später eingestehen. Stattdessen wurden sie von den Ereignissen überrumpelt, an den Rand des Zusammenbruchs gedrängt, von Oligarchen erniedrigt und abhängig gemacht.

An *seinen* Boss, einen Neuen Russen, für dessen Sicherheit der General anfangs zuständig gewesen war, hatte er sich in der Haft fast wehmütig erinnert. Der Kleinkriminelle hatte mit Schutzgelderpressungen ein Vermögen gemacht und die Kontrolle über die Moskauer Baumärkte an sich gerissen. Vielleicht hätte der General es ihm später nicht so grob heimgezahlt, wäre diesem Ganoven das Geld nicht dermaßen zu Kopf gestiegen. Er, der Aufklärer, der Adlige, hatte ihm Mädchen zu besorgen und auf seinen

Orgien wie der letzte Eunuch Wache zu schieben. Diese Erniedrigung, die der General von solch einem Lumpen über sich hatte ergehen lassen müssen, schrie nach Rache. Und als endlich die Zeit gekommen war, alte Rechnungen zu begleichen, da stürmte eine schwer bewaffnete Sondereinheit das Anwesen des Emporkömmlings. Er wurde nackt und zitternd in seinen Gemächern auf den Marmorboden geworfen, getreten, Handschellen knackten an seinen verdrehten Handgelenken. Konkubinen huschten kreischend auseinander, nach deren runden Hintern Dawydows Männer lachend und gierig ihre Hände ausstreckten.

Das Vermögen, das der General sich dabei unter den Nagel gerissen hatte, betrachtete er als Schmerzensgeld. Das arme Schwein, dessen Harem er eben noch bewachen musste, hatte nun nicht einmal mehr Mittel, um sich anständige Haft-Bedingungen zu leisten. Kein Wunder, dass er im Straflager schon am ersten Tag von den Mitgefangenen zum Pico degradiert wurde und fortan seinen Schlafplatz an der Latrine hatte.

In den darauffolgenden Jahren hatte Dawydow etliche Unternehmer, die sich in den 90ern „Volksvermögen" angeeignet hatten, an ihre Sünden erinnert und sein eigenes Geschäftsimperium aufgebaut. Nun war der General selbst Oligarch geworden und hatte alle Mühe, nicht auf der Forbes-Liste der reichsten Männer Russlands aufzutauchen. Denn das Geld vermehrt sich am schnellsten in der Stille, und schmutziges Geld ist in sauberen Händen am besten aufgehoben. Naturgemäß zog es sein Bares ins Ausland.

Die Idee eines Investitionsprojekts in Deutschland kam ihm spontan bei einem festlichen Gottesdienst in der gerade frisch wiederaufgebauten Christ-Erlöser-Kathedrale in Moskau. Er stand in der Nähe des Staatspräsidenten und fühlte sich exponiert: Mit seiner Bärengestalt überragte er die ganze Gefolgschaft um einen Kopf. Die Fernsehkameras, welche die feierliche Liturgie auf allen Kanälen übertrugen, schienen es auf ihn abgesehen zu haben. Ihm war heiß. Hinter seinem Rücken beschwerten sich zwei

Deutsche, dass sie seinetwegen den Patriarchen nicht sehen könnten. Er starrte auf die Goldstickereien auf dem Gewand des Kirchenoberhaupts, und durch eine unerfindliche Assoziationskette durchzuckte ihn plötzlich ein Geistesblitz: Es müsste doch eigentlich ein Leichtes sein, in Deutschland ein orthodoxes Kloster zu gründen. Die Vorzüge lagen auf der Hand: blühende Landschaften, geografische Nähe zu Russland, Steuerprivilegien für gemeinnützige Einrichtungen, – kurzum Narrenfreiheit.

Ginge sein Plan auf, würde – als Wallfahrtsort getarnt – eine der größten Geldwäscheanlagen für seine sprudelnden Einkünfte entstehen. Für die Umsetzung des Projekts brauchte er einen ortskundigen Manager, und ihm war sofort sein alter Agent Nikolaj Platonow eingefallen. Der Mann war der beste Absolvent der KGB-Nachrichtenschule aus dem Jahrgang 1984 – die Zeit lag tatsächlich ein halbes Leben zurück – und stand mit einem Bein bereits in der Bundesrepublik, wo der angehende Aufklärer unter diplomatischer Deckung als Resident tätig werden sollte. Doch stattdessen wurde er prompt in eine Militärgarnison im Osten eingewiesen. Die DDR galt bei Geheimdienstlern als ein Abschiebeplatz für Minderbemittelte, und Platonow war brüskiert. „Hab Geduld, schon sehr bald könnte sich vieles ändern", suchte Dawydow seinen enttäuschten Untergebenen zu beschwichtigen. „Ein neues Big Game ist im Kommen, in dem du unentbehrlich sein wirst!" Von wegen Big Game. Platonow hatte Pech und wurde arbeitsloser Agent. Kein Wunder, dass er nach dem Fall der Mauer in den Waffenhandel geriet und sich schließlich mit dem Geld auf und davon machte. Anscheinend bildete er sich ein, man würde ihn im Chaos vergessen.

Darin hatte er sich jedoch gewaltig verrechnet. Dem Geheimdienst beitreten und von ihm dann wieder frei sein wollen – so etwas gab es bei Dawydow nicht. Es vergingen aber viele ereignisreiche Jahre, bis der Pate höchstpersönlich seinem missratenen Agenten einen unangekündigten Besuch abstattete. „Erinnerst du dich noch an unseren Eid?" überraschte er Platonow an seiner Garage und klopfte ihn väterlich an der Schulter: „Einer für alle, alle für einen – bis dass der Tod uns scheidet." Platonows Gesicht blieb reglos, nur an seinen erweiterten Pupillen war der Schock des Wiedersehens zu erkennen. Der Mann hatte offensichtlich verstanden, was für ihn auf dem Spiel stand, wenn er auf die Idee käme, das Angebot abzulehnen.

Ein orthodoxes Kloster war in dieser Gegend ein kurioses Novum. Es ging das Gerücht um, dass hier eine Residentur für russische Spione im Entstehen war und die Mönche und all das Glaubenszeug lediglich als Tarnung fungierten. Bald fingen Journalisten an, um die Baustelle herum zu schnüffeln, und als Geschäftsführer musste Platonow ihre penetranten Fragen beantworten. Eine operative Aufnahme hielt eine kleine zierliche Frau mittleren Alters fest, die eines Tages das Tor des Klostergeländes betrat. Das mitgeschnittene Gespräch der beiden versetzte Dawydow in Alarm: Sein Untergebener schien bereit zu sein, dieser Journalistin alles über das Kloster auszuplaudern, sicher, um sie auf diese Weise ins Bett zu kriegen.

Es war ein unverzeihlicher Fehler, gab der General später selbstkritisch zu, diesem Nichtsnutz ein derart wichtiges Projekt anzuvertrauen. Nun war das arme Schwein lange tot, in Istanbul von Kugeln durchlöchert. Der Killer hatte ihm ein Foto als Beleg für den ausgeführten Auftrag geschickt. Platonow lag regungslos mit dem Gesicht zum Boden in einer Blutlache. Auch sah man eine Frau, die vor seinem Leichnam niedergekniet war.

Im Geheimdienstrudel wurde die Pleite mit dem Kloster in Deutschland jedoch als Zeichen für Dawydows Führungsschwäche gedeutet. Man beschloss, ihn loszuwerden und sein Vermögen unter sich aufzuteilen. In einer Zeitung erschien nun ein reißerischer Artikel mit dem Titel „Werwolf mit Epauletten". Dawydow kam in Haft. Doch all die besten Verteidiger konnten nicht verhindern, dass seine ausländischen Konten auf Geheiß der Generalstaatsanwaltschaft eingefroren wurden. Die Kosten für seine Verteidigung, Richter und Gefängniswärter beliefen sich auf mehrere Millionen. Nach über zwei Jahren Untersuchungsgefängnis hatte er zwar lediglich eine Strafe auf Bewährung bekommen, musste sich aber einfallen lassen, wie er seine Schulden wieder loswurde. Bekam er die Summe nicht irgendwie zusammen – die Frist war im Grunde genommen noch gnädig – würde er wie ein gewöhnlicher Krimineller auf offener Straße niedergestreckt oder in seiner Wohnung aufgehängt gefunden werden: Selbstmord ohne äußere Einwirkungen.

„Wenn es bloß nicht so heiß und stickig wäre." Einen solchen Sommer hatte er bisher erst einmal erlebt. Im Juli 1972, als Moskau genau wie jetzt in Rauchschwaden gehüllt war, hatte seine zweite, unsichtbare Karriere begonnen. Er erinnerte sich sehr gut daran, wie sich das Leben damals angefühlt hatte. Aber er erkannte sich in diesem jungen Mann mit Goethes „Faust" unter dem Kissen, mit dem Konzert-Abonnement, mit dem Glauben an seine Berufung und seinem Tatendrang nicht wieder. Ihm war seine eigene Vergangenheit fremd geworden.

Natürlich ändert man sich mit dem Alter, man verliert Illusionen, man wird abgeklärt, grübelte er. Aber er war damals weder gierig noch nachtragend, er hatte Gefühle und konnte verzeihen. Wo und wann war ihm das alles abhanden gekommen? Wie kam er dazu, diese unzähligen Frauenschöße zu begehren, diese Raubkatzen zu begatten, die ihn schamlos rupften, sinnlos Villen anzuhäufen, um nun in der stickigen Hölle von Moskau zu hocken: ohne Stütze im Alter, ohne eine Menschenseele?

Seine Gespielin, eine vierzigjährige Boutiquebesitzerin, hatte sich kurz vor seiner Festnahme mit einigen millionenschweren Antiquitäten aus dem Staub gemacht. Freilich hatte er auch nichts anderes erwartet, zu lange war er im Geschäft, zu gut kannte er die Spielregeln, um auf Loyalität oder gar Treue zu hoffen. Käme er jetzt auf wundersame Weise an Geld, er hätte ihr gerne eine unvergessliche Lektion erteilt.

Nun brannten also die Wälder um Moskau herum, er musste hier so schnell wie nur möglich weg. Und der einzige Ort, zu dem zu fahren noch einen Sinn hatte, war das Boris-und-Gleb-Kloster. Aus dem ganzen Rudel hatte lediglich Aristarch, sein Altersgenosse und Vorsteher des Klosters, zu ihm gehalten, als er in U-Haft saß.

Sie hatten einander von Anfang an gemocht. Der Abt hatte einen kräftigen Bariton, der General beherrschte die höheren Register, und bei ihren seltenen Begegnungen verzichteten sie selten auf das Vergnügen, zweistimmig alte russischen Romanzen und Opernarien zu singen.

Seine geistliche Karriere hatte Aristarch im KGB-Referat für Konfessionsangelegenheiten angefangen und sich dabei als fähiger Mitarbeiter erwiesen. Nicht dass auf den Geheimdienstler in der Kutte eine göttliche Offenbarung niedergegangen wäre. Dennoch hatte Aristarch den Großteil seines Lebens mit der Kirche zu tun gehabt, und mit der Zeit lernte er, den erbaulichen Zustand zu schätzen, in den ihn das tagtägliche Ritual, der Gottesdienst und insbesondere der geistliche Gesang versetzten. Tatsächlich bezog er auch noch im Alter daraus Energie, die er in rege Geschäftigkeit zu verwandeln wusste.

Eine Zeitlang war der Abt gar als ein aussichtsreicher Kandidat für das Metropolitenamt in Moskau gehandelt worden, letztendlich blieb er aber in seinem Kloster. Aristarch war vorsichtig und zurückhaltend. Früher gab es bei ihm stets Frauengeschichten. Dawydow hatte ihm immer wieder aus der Patsche helfen und gewisse Damen mit Schweigegeld zufrieden stellen müssen. Nun waren sie alte gestandene Freunde. Aristarch hatte ihn in der Haft als Beichtvater besucht – und ihn nach der Freilassung immer wieder angerufen. Dawydow sah die einzige Möglichkeit, an Geld zu kommen, in dem Klostervorsteher. Das hieß aber, dass er sich sofort zu diesem heiligen Ort auf den Weg machen musste, ohne Auto, ohne Begleitung.

Wäre Dawydow imstande gewesen, nüchtern zu urteilen, hätte er die Idee, Aristarch aufzusuchen, fallen gelassen. Der Abt, das musste der General eigentlich wissen, konnte ihm keine Dollarmillionen aus dem Ärmel schütteln, selbst wenn er das Geld, welches das Kloster mit den Pilgern verdiente, lange nicht mehr angerührt hatte. Als Dawydow ihn – noch vor der Verhaftung – gefragt hatte, warum er sich eigentlich nicht bediene, antwortete der Geistliche ausweichend: Er hätte nicht genug Fantasie, wofür er es in seinem Alter ausgeben solle. Früher waren es wenigstens Frauen, schmunzelte er, nun sei er aber ein Single. „Wie witzig", dachte sich der General irritiert, „wenn ein Geistlicher sich als Single bezeichnet." Im Rudel war es ungeschriebenes Gesetz, sich an den Ämtern zu bereichern. Andernfalls hätte die gegenseitige Deckung in Frage gestellt werden können, oder einem zu kurz Gekommenen wäre eingefallen, andere damit zu erpressen und die Führung an sich zu reißen. Allerdings zeigte Dawydow Nachsicht mit dem alten Freund. Der Vorsteher hatte ohnehin nicht vor, das Kloster jemals zu verlassen. Und gerade aus diesem Grund, glaubte nun der General, war es gerechtfertigt, Aristarch ein wenig bluten lassen.

Da schien er die Rechnung ohne den Wirt gemacht zu haben. Vor allem war es unbegreiflich, wie Dawydow seine Aussage gegen den Abt im Strafverfahren hatte verdrängen können, die den Geistlichen stark belastete. Dem Ertrinkenden war damals alles recht, um seine Haut zu retten. Er hatte zu Protokoll gegeben, den zollfrei importierten Tabak ans Kloster unentgeltlich geliefert zu haben, als Spende. Tatsächlich wurde Aristarch vorgeladen und musste unangenehme Fragen beantworten. Er bestritt, von der Lieferung gewusst zu haben. Hätte Dawydow also nüchtern geurteilt, hätte er eingesehen, dass ihre alte Freundschaft nicht so ungetrübt war, wie er sich einbildete, und dass seine Hoffnung, das Geld bei Aristarch aufzutreiben – und das noch bei diesem höllischen Wetter –, kaum begründet war. Aber klar denken, das konnte er nicht mehr. Eine andere Lösung kam dem alten, aus schwindelerregenden Sphären der Macht gestürzten und vom System ausgestoßenen Paten auch gar nicht erst in den Sinn. Und einfach die Hände in den Schoß legen und dem Schlagen der Wanduhr zu lauschen, die ihn unbarmherzig an seine Galgenfrist erinnerte, konnte er ohnehin nicht. Aristarch war sein Strohhalm, an den er sich klammerte, und die fixe Idee, den einstigen Freund im Kloster aufzusuchen, war stärker als sein rationales Urteilsvermögen.

Dawydow erhob sich und blickte noch einmal aus dem Fenster. Die Frau lag nicht mehr da. Würde er es bei diesem mörderischen Wetter mit dem Zug bis zu Aristarchs Schlupfwinkel schaffen? Er suchte sich im Internet einen Zug heraus und rief ein Taxi. Dann zog er sich ein einfaches Hemd an, packte eine Wasserflasche in den Rucksack, nahm seinen Strohhut und trat mit einem Gehstock ausgerüstet auf die glühende Strasse. Das Taxi stand bereits vor dem Eingang. Als er die Tür öffnete, krähte der bärtige Fahrer anstelle den Fahrgast zu begrüßen: „Bist du getauft?"

„Wie meinen Sie das?"

„Das ist ein orthodoxes Taxi", rief der Fahrer, „wir bedienen nur getaufte Gäste."

„Fahr nur", befahl Dawydow und wedelte drohend mit dem Stock vor seiner Nase.

„Reg dich ab, Alter!" schrie ihn der Fahrer an, „sonst wirst du hier auf dem Asphalt braten." Dawydow gab klein bei. Er hatte es gerade noch geschafft, in den Zug zu steigen, und fiel schweißgebadet und entkräftet auf einen Sitz. Im Waggon gab es nur eine Handvoll Fahrgäste. Als der Zug losfuhr, heulte die Klimaanlage auf. Dawydow schöpfte

Atem.

Der Zug kroch langsam durch Moskau. Im Fenster zeigten sich in gelben Smog gehüllte Hochhäuser. Der Anblick des glühenden Molochs drückte Dawydow auf die Brust. Langsam ließ der Zug die Stadt hinter sich und ratterte durch den abgebrannten Wald. Bald zischte er und hielt an. Die Klimaanlage fiel aus. Nach wenigen Minuten verwandelte sich der Waggon in einen glühenden Ofen. Das Thermometer an der Tür zeigte +50°C. Der Schweiß strömte an ihm hinab auf den Sitz.

Dawydow stand auf und taumelte zur Tür. Im selben Augenblick öf-fnete sich diese, und ein Schaffner mit klebrigem Haarschopf schrie wie betrunken in den Raum:

„Der Zug fährt nicht mehr weiter, alles aussteigen."

Eine Frau schluchzte. Männer fluchten.

„Was heißt hier aussteigen?" rief ihm Dawydow aufgebracht zu. „Wir sind praktisch im Niemandsland, es gibt nicht einmal einen Bahnsteig."

„Der Zug fährt nicht, das Hochspannungsnetz ist zusammengebrochen. Vorne brennt es."

Dabei riss er die Tür auf: „Raus mit euch." Dawydow sprang ungelenk auf den Bahndamm und landete auf seinem Hinterteil. „Wo sind wir überhaupt?" wandte er sich an den Schaffner.

„Eichenhain!"

Die Fahrgäste wanderten nun durch einen bereits ausgebrannten Wald. Verkohlte Äste und Tierkadaver zeugten von der Heftigkeit des Feuersturms, aber auch davon, dass der Brand nicht mehr wiederkehren würde. Dawydow atmete erleichtert auf, als sie sich nach einiger Zeit auf einer asphaltierten Landstraße wiederfanden. Ihm blieb nun nichts anderes übrig, als Aristarch anzurufen, damit er ihn hier herausholte. Auf eigene Faust würde er es nicht einmal bis in die nächste Siedlung schaffen. Er erreichte den Abt sofort und erklärte ihm, wo er ungefähr gestrandet war.

Die Gruppe der Reisenden belebte sich, als sie eine Stunde später ein Fahrzeug näher kommen sah. Doch dann erkannten sie in dem Auto einen Bonzenwagen, wichen apathisch zurück und ließen sich ratlos am Straßenrand nieder. Dawydow stieg erleichtert in Aristarchs Maybach ein.

Die goldenen Kuppeln des Boris-und-Gleb-Klosters strahlten wie in einem Werbeprospekt. Das Gelände war nicht wieder zu erkennen. Aus der einstigen notdürftig renovierten Ruine war eine florierende Pilgerstätte geworden. Die Zahl der Mönche hatte sich verdreifacht, im Dormitorium war ein Luxus-Hotel für VIP-Pilger eingerichtet worden. Jahr für Jahr suchten Abertausende die heilige Quelle auf, deren Wasser Wunder tat. Reisebusse säumten die Einfahrtstraße. Eine Kilometer lange Schlange von Mühseligen und Beladenen bildete sich vor der Kapelle, die über dem Bach errichtet worden war. Die einen brachten leere Plastikflaschen und Kanister mit, um sich Wasser mitzunehmen, die anderen wollten ein Reinigungsritual vollziehen.

Auf dem Klostergelände und in den umliegenden Dörfern hielten sich im Sommer zeitgleich bis zu dreitausend Pilger auf. Die Infrastruktur stand vor dem Kollaps. Pilger prügelten sich um einen Platz in der Schlange zum Heilwasser. Dem Abt blieb nichts anderes übrig, als der zu Neige gehenden Quelle diskret Leitungswasser zuzuführen. Doch in diesem bestialisch heißen Sommer gab es Pannen bei der Stromversorgung, und der Bach trocknete immer wieder aus. Dann bestrafte Gott diese gebeutelte, dürstende Erde mit dem Brand. In der Stadtverwaltung hatte man ihm versichert, das Feuer würde vor dem Kloster Halt machen, denn die Böden in der Gegend seien schwer, und es gebe keinen Torf mehr in unmittelbarer Nähe. Aber Aristarch hatte zur Genüge Erfahrungen mit Behörden gesammelt und misstraute deren Beschwichtigungen.

Der Himmel war von Rauchwolken überzogen. Rauch drang in die Lungen. Der Siebzigjährige fand wie so oft in letzter Zeit keine innere Ruhe. Bislang war ausgerechnet der General der einzige Mensch, mit dem er offen über sich selbst, über ihre Vergangenheit, über ihre Frauengeschichten reden konnte. Der Abt, der im bürgerlichen Leben Anton Filonow hieß, hatte drei uneheliche Kinder von zwei Frauen. Zwei Töchter, die er mit einer Schauspielerin gezeugt hatte, waren längst ins Ausland gezogen. Der letzte Sprössling aber, der von seiner reumütigen Mutter im festen Glauben erzogen worden war und ein Priesterseminar besuchte, hatte sich das Leben genommen, nachdem er das Geheimnis seiner Herkunft erfuhr. So zündete er an seinem Namenstag eine Kerze vor der Ikone der Gottesmutter von Wladimir an, die er im Stadtmuseum hatte konfiszieren lassen, kniete nieder und murmelte: „Vater unser im Himmel, verzeih Deinem sündigen Knecht."

Als Dawydow im Kloster eingetroffen war, sah er, wie Aristarch seine Mönche herumkommandierte. Auf dem Gelände rund um die Anlage hielten sich erschöpfte Pilger im Freien auf, die nicht fort konnten. An ihren aufgesprungenen Lippen konnte er ablesen, dass es kein Wasser mehr gab. „Geh ins Büro", winkte ihm der Abt zu, „ich habe keine Zeit zu verlieren. Die Wasserpumpe hat den Geist aufgegeben, hier sind Hunderte von Menschen, die nichts zu trinken haben." Dawydow machte eine Geste „kümmere dich nicht um mich" und trat vor das Tor.

Hinter den Mauern des Klosters lag ein Weizenfeld. Er sah die Ähren trocken und schwarz hinabhängen. Der Wind wirbelte Staub auf. Pilger und Opfer der Feuerkatastrophe lagen entkräftet auf dem Boden. Am gegenüberliegenden Feldrand bewegte sich eine Kreuzprozession mit Kirchenfahnen und Ikonen. Der Abt hatte Anweisung erteilt, Bittgebete um Regen zu organisieren.

Ein Volontär aus der Stadt in durchschwitztem T-Shirt und Shorts, dem Aussehen nach ein Student, stand am Golgathahügel und hielt eine flammende Rede.

„Wonach schreien verrückt gewordene Kühe, Wild, Vögel, Insekten? Sie rufen nach Gerechtigkeit! Erhebt euch gegen die Partei der Diebe und Ganoven!" schrie der Student mit einer dünnen brechenden Stimme, „Nieder mit der Polizei, die unsere Brüder foltert! Jagt die fetten Kater aus den Ämtern! Jagt die Speichellecker und Arschkriecher, die die Wolken auseinander treiben und das Klima vernichten! Nieder mit der Geheimdienstmafia! Alle Macht den Nerds!"

Dawydow hörte nur einzelne Phrasenfetzen, die der Junge sich von der Seele schrie. Der Student schien den Mob aufzuwiegeln. Doch die Menge lauschte ihm apathisch, ohne zu verstehen, was er von ihr wollte. Einzelne Stimmen stöhnten: „Wasser, gib uns Wasser!" Doch Wasser gab es nicht. Der Wind wurde stärker, der Staub drang in Augen und Nase. Es war später Nachmittag, aber es herrschte Dunkelheit wie bei einer Sonnenfinsternis.

„Wo bin ich? Was tue ich hier eigentlich?" erschauderte Dawydow. „Das ist doch Mittelalter: Die Pest, die Brandopfer, der Kreuzumzug... was hat das alles mit mir zu tun?"

Auch die Nacht brachte keine Erleichterung. Die beiden Alten saßen erschöpft im Büro und tranken Wasser. Ein Gespräch wollte sich nicht richtig einstellen. Der Abt ahnte, dass der Besuch seines niedergeschlagenen Freundes zur Unzeit nicht einer plötzlich erwachten Sentimentalität zu verdanken war. Der General bildete sich anscheinend ein, mit dem geliehenen Geld würde er es schaffen, sich auf und davon zu machen, denn den Betrag hätte er niemals zurück zahlen können. Also spielte er auf Zeit. Aristarch nahm ihm das nicht einmal übel. In der Tiefe seiner Seele übte er sogar Nachsicht mit dem gestürzten Paten. Immerhin gehörten beide derselben Generation an und zogen früher gemeinsam an einem Strang. Aber von dieser Generation – musste er nun einsehen – war nichts Gutes mehr zu erwarten. An ihr war etwas faul. Und nachdem sie das Ruder an sich gerissen hatten, ging es mit dem Land immer weiter bergab.

Als das Feuer ausgebrochen war, fehlte es am Nötigsten: an Feuerlöschgeräten, Baggern, Transportfahrzeugen und vor allem an Behörden, die gewillt waren, Verantwortung zu übernehmen. Da sollte ihm jemand erzählen, der Brand sei Folge der Erderwärmung. „Früher sagte man, es bräche eine Eiszeit an, darum bringe es sowieso nichts, den Schnee wegzuräumen. Man hat den Staat bis auf den letzten Tropfen Blut ausgesaugt, und plötzlich ist der Klimawandel an allem schuld", empörte sich Aristarch.

Nun saß Dawydow schwer atmend ihm gegenüber und zögerte. Aristarch durchbohrte ihn mit finsterem Blick.

„Wahrscheinlich muss ich das Kloster evakuieren", seufzte er, „die Stadtverwaltung hat den Verstand verloren, sie wissen nicht einmal, wo es brennt, können keinerlei Hilfe leisten. Vielleicht sind sie bereits über alle Berge. Und wir bekommen immer noch kein Wasser."

„Was wird mit den Pilgern geschehen?"

„Das ist es ja. Sie sollen zu Fuß zur Eisenbahn laufen. Das ist nicht weit, um die 15 Kilometer, aber ohne Wasser – und mit Behinderten...? Und was wird, wenn die Züge überhaupt nicht mehr fahren? Deshalb zögere ich. Aber je länger ich mit der Entscheidung zögere, umso schlimmer können dann die Konsequenzen sein. Hast Du schon einmal ans Ende gedacht?" fragte der Abt plötzlich.

Dawydow schmunzelte.

„An alles Mögliche habe ich in der Zelle gedacht."

„Ich wollte dich schon immer fragen: Hast du Alexander Men`* beseitigen lassen?"

„Men`?" reagierte Dawydow verwundert. „Ach, Men`... Hm, das war gerechtfertigt. Wir befürchteten damals, er könnte zu einem charismatischen Glaubensführer heranwachsen. Als Jude und christlicher Hirte in einer Person hätte er die nationale Identität der Russen schwächen können. Findest du nicht?"

„Ein schöner Mann war er, schön wie König Salomon."

„Seit wann bist du scharf auf Männer?"

„Ich bin nicht scharf auf Männer, ich liebe Schönheit. Weißt du, was traurig ist? Seit Jahrzehnten halte ich Liturgien ab. Und jedes Mal bin ich von der Schönheit des Gesangs überwältigt, bis zu Tränen gerührt. Aber Glaube, Spiritualität, an die müsste man andersherum herangehen. Ohne Frömmigkeit gibt es kein Christentum. Ohne Spiritualität bleibt davon nur ein hohles Ritual übrig. Und woher sollte sie auch kommen? Ich habe das Fleisch geliebt. Das mit den Frauen war am schlimmsten. Es gab Zeiten, da konnte ich Ikonen nicht küssen...wie ein hysterisches Weib. Mein Wort. Dann wurde ich abgebrüht, habe ein dickes Fell gekriegt."

„Ich hatte von meinen Ausschweifungen am Ende auch nichts", gestand Dawydow. „Nicht einmal Kinder. Ich schätze, ein paar habe ich schon gezeugt, aber ihre Mütter fürchteten, dass ich sie ihnen wegnehmen würde. Ich war ihnen zu mächtig, zu unheimlich. Damals habe ich diese Wirkung genossen."

Beide wussten, dass der Austausch von Erinnerungen nur dazu diente, das schmerzhafte Geld-Thema aufzuschieben. Anders als früher verlief das Gespräch nicht entspannt, und angesichts dessen, was sich da

---

*Alexander Men` war ein liberaler Erzpriester der russisch-orthodoxen Kirche, Prediger und Theologe. Am 9.September 1990 wurde er auf dem Weg zum Gottesdienst ermordet. Die Täter wurden nie ermittelt.

draußen abspielte, waren die Bekenntnisse der beiden Wüstlinge irgendwie peinlich. Aristarch spürte das.

„Glaubst du also, dass es falsch gewesen ist, auf die orthodoxe Kirche zu setzen? " fragte der General verdutzt. „Wie hätten wir sonst ein nationales Selbstbewusstsein fördern sollen?"

„Was heißt hier falsch? Wäre die Kirche das, was sie dem Volk predigt, müssten wir kein Wort weiter darüber verlieren. So aber siehst du ja selbst." Der Abt zeigte auf den Kühlschrank, in dem Flaschen mit kostbarem Wasser standen. „Christus hat fünf Brote unter das Volk ausgeteilt, wir werden aber zu zweit diesen Sprudel austrinken, während die da vor Durst durchdrehen... Das Allerschlimmste in der Kirche – das sind wir, das bin ich: Jene, die zur Kirche kamen, weil sie schlecht waren." Seine Stimme stockte. „Und das Schönste, dem ich in der Kirche begegnet bin, war Christus. Ich begegnete ihm, und Er hätte mich sich selbst ähnlich machen können. Aber ich suchte in der Kirche nach anderen Dingen und Er hat mir den Rücken zugekehrt." Er schmunzelte bitter. Dawydow schaute ihn perplex an. „Daran ist nichts mehr zu ändern", fuhr der Abt fort. „Das einzige, was mir weh tut, das ist, dass meine Kinder an mir zerbrochen sind. Manchmal, wenn ich Neugeborene ins Taufbecken tauche, kommt es mir vor, als seien sie meine Enkel.

Als der Geheimdienst mich mit den Kirchenangelegenheiten beauftragte, war ich noch ein grüner Bursche. Da lernte ich einen älteren Offizier kennen, der für die Synagogen zuständig war. Er fragte, ob ich schon Kinder hätte. `Wozu Kinder? Ich bin noch jung, ich denke gar nicht daran.` `Um sich auf die Enkel vorzubereiten. Dafür braucht man mindestens vierzig Jahre, du solltest dich beeilen`. Und er schaute mich so an, allwissend. Die Familie ist die natürlichste Sache der Welt. Das verstehen eben die Juden schon von alters her."

Aristarch starrte nachdenklich in die Leere.

„Selbst dein Geschäftsführer hat das verstanden."

Dawydow horchte auf: „Meinst du etwa Nikolaj Platonow?"

„Wen sonst? Was bist du denn so aufgeschreckt?"

„Nein, bin ich nicht. Ich habe mich nur gewundert. Von wem weißt du das denn?"

Aristarch zuckte die Schulter. Platonow hat also den Anschlag überlebt, schoss es Dawydow durch den Kopf. Der Killer hatte ihn, den Auftraggeber, schlicht hinters Licht geführt. Mehr noch, sein einstiger Untergebener führte ein gesittetes Leben – und ihm war das alles entgangen. Dawydow kostete es einige Anstrengung, dem Abt nicht zu gestehen, dass Platonow eigentlich mausetot sein müsste.

„Gleich beginnt die Mitternachtsmesse. Hoffentlich kommt es nicht zu einem Tumult. Die Menschen verlieren den Verstand."

„Ich muss es endlich aussprechen. Es wurde genug um den heißen Brei geredet."

„Du bist wegen deiner Schulden da", kam Aristarch ihm zuvor.

Dawydow nickte: „Du sagst es. Ich habe diese Ungewissheit nicht mehr ausgehalten. Ich weiß, dass du mir meine Aussage gegen dich im Prozess übel nimmst. Würde ich auch an deiner Stelle."

Im selben Augenblick setzte auf dem Glockenturm ein panisches Sturmläuten ein. Der Abt wechselte die Farbe und rannte hinaus. Dawydow folgte ihm. Der Himmel brannte lichterloh. Ein orkanartiger Wind blies einen riesigen Feuerball über das Weizenfeld auf das Kloster zu.

Atempause

Gerade hatte sich Robert beim Googlen vertippt und war in einen Blog geraten, in dem die Kunst des Rauchringemachens besprochen wurde. „mach dir erstmal ne ordentliche shisha an, wo der rauch schön dicht wird, suche dir dazu ein windstilles plätzchen. inhaliere den rauch so, dass du genügend in deine lunge hast um zuerst was auszublasen. und dann hörst du kurz auf mit pusten, lässt dein mund ein "O" formen und mit dem rauch, den du im mund hast, machst du ein ring – indem du entweder dein kifer nach oben bewegst, oder du machst einen ganz leichten luftstoß aus der lunge bzw. dem rachen, ähnlich wie beim husten, aber ganz ganz leicht."

Er schmunzelte über die ausführliche Gebrauchsanweisung und versuchte doch, ihr zu folgen. Und siehe da, es klappte sofort. Robert stützte sich auf das Balkongeländer und ließ genüsslich einen Rauchring in die Luft steigen. Nebenan stand ein Jugendstilhaus mit einer von Efeu dicht bewachsenen Fassade. Robert hörte ein weibliches Lachen, schaute hinab und sah einen männlichen Rücken in der Loggia. Der Mann drückte eine vor ihm stehende Frau an sich. Sie versuchte, seiner Umklammerung zu entschlüpfen, er jedoch ließ das nicht zu. Der Scheinkampf schien ihr Vergnügen zu bereiten, und sie umschlang seinen Hals. Eigentlich geschah gar nichts Besonderes, und doch kostete es ihn einige Mühe, seinen Blick von dem Pärchen abzuwenden.

Im letzten Jahr hatte Robert überhaupt nicht mehr gewusst, wie ihm geschah, und er kam sich wie ein abgehetztes Tier vor. Erst vor zwei Wochen hatte er endlich eine Stelle am *Institut für Klimawandel* bekommen und war in eine Dreizimmerwohnung im obersten Stock eines Neubaus aus den 50er Jahren ohne Aufzug, dafür aber in Schöneberg gezogen.

Anfangs hatte Robert ernsthaft mit dem Gedanken gespielt, seiner aus Afrika stammenden Frau das Sorgerecht für ihre gemeinsame Tochter

Marlene zu entziehen. In diesem Fall, erläuterte sein Anwalt, bestünde die Möglichkeit, dass Claire des Landes verwiesen werde. Andernfalls jedoch lief er selbst Gefahr, von ihr finanziell ausgenutzt zu werden und dazu noch den Kontakt zu seinem Kind zu verlieren. Robert stimmte einem Verfahren dennoch nicht zu. Er sei zu naiv, versuchten ihm seine Freunde klar zu machen. Claire werde seine Großzügigkeit nicht zu schätzen wissen, im Gegenteil, sie würde ihm das Leben zur Hölle machen. Doch wollte er keine Rache, sondern dass sein Kind normal aufwachsen konnte. Das Kind brauchte die Mutter, entschied Robert. Deshalb war er schweren Herzens bereit, das Sorgerecht für Marlene mit Claire zu teilen. So durfte sie in Deutschland bleiben.

Das änderte nichts daran, dass sie flugs zu ihrem Galan nach Belgien verschwand und Robert – ohne Arbeit und zur Untermiete bei einem Freund wohnend – das Kind allein versorgen musste. Bald ging ihre neue Beziehung in die Brüche, sie trudelte wieder in Berlin ein und fand einen Job in einem Nachtklub. Er hatte aufgehört, die Männerstimmen an ihrem Telefon zu zählen. Nun war Marlene jede zweite Woche bei ihrer Mutter, und wenn sie in der Potsdamer Straße übernachtete, suchten ihn böse Gedanken heim.

Robert hatte überhaupt keine Lust, sein Versagen zu analysieren. Er hasste diesen typisch deutschen Psycho-Quatsch: Familiengeschichten mit schweigenden Nazi-Vätern, Suchen nach jüdischen Vorfahren, Bohren in den eigenen Traumata. Er war nicht am schlechtesten Fleck der Erde zur Welt gekommen und hatte eine halbwegs gewöhnliche Kindheit verlebt.

Ilma und ihre jüngere Schwester – seine Mutter Gudrun hatte es aus Ostpreußen nach Schwaben verschlagen. Ilma war damals 17 und Gudrun erst 12. Ihre ganze restliche Familie war auf der Flucht umgekommen – das wusste Robert schon als kleines Kind. Gudrun schaffte es nicht, die Schule zu beenden und arbeitete an einer Tankstelle. Wer sie geschwängert hatte, konnte Ilma nicht aus ihr herausbekommen. Ein Jahr nach seiner Geburt musste sie in die Psychiatrie, die sie nur selten verlassen durfte. Dass den Geschwistern noch andere üble Dinge angetan wurden, hatte Ilma ihm aber erst nach dem Abitur verraten. Im Nachhinein fand er es absurd, dass sie ihn schonen wollte.

Ilma erkannte früh, dass Robert eine schnelle Auffassungsgabe hatte und schickte ihn auf ein Gymnasium der Benediktiner. Der Lehrer für Physik und Biologie – ein Kriegsversehrter aus Breslau – gab Robert zu verstehen, dass er ihn schätzte. Er ließ ihn die schwierigsten Aufgaben lösen. Lange vor der Pause war Robert damit fertig, blickte von seinem Heft auf und wartete, dass der Lehrer ihn anschaute. Seine Augen wurden dann sanft, er trat an Roberts Tisch, warf einen kurzen Blick auf den Lösungsweg und strich ihm über die Haare: „Einwandfrei, mein Junge."

In der Pause half er dem Lehrer, der eine Handprothese trug, sich eine Zigarette zu drehen. Sein Traum war, gemeinsam mit ihm auf die Zugspitze zu fahren und die Gestirne durch ein Fernrohr zu beobachten. Am liebsten aber hätte Robert seinen Lehrer zum Vater gehabt. So aber durfte er lediglich bei Demonstrationsexperimenten helfen. Tagelang bastelte er an farbigen Protonen und Neutronen, die er aneinander klebte. Nur die Elektronen fielen ihm immer wieder vom Draht der Umlaufbahn ab.

Nach dem Abitur schrieb sich Robert für ein Studium der Nuklearphysik ein. Doch gleich am Anfang fiel ihm auf, dass seine Begeisterung für dieses Fach nicht von allen Kommilitonen an der Universität geteilt wurde. Die meisten nahmen an Antiatomdemos teil, und als er sich für ein Zimmer in einer WG bewarb, wurde ihm als „Atomschwein" sogar eine harsche Abfuhr erteilt. Er musste auf einem Bauernhof unterkommen.

Bereits in der ersten Semesterwoche stürmten protestierende Studenten der Philosophischen Fakultät in die Vorlesung, die vom Leiter des Lehrstuhls für Festkörperphysik, Professor Siegfried von Castorp gehalten wurde. Sie wedelten mit Transparenten „Atomkraft? Nein, danke!" und schrieen „Atom ist Krieg!" An der Uni brodelte es.

„Die Jugend versteht einfach nicht", beklagte Castorp sich bei seinen Kollegen, „wie ungeheuer wichtig kontrollierte Kernspaltung für den Fortschritt der Menschheit ist. Zukunftsforscher schlagen wegen der Bevölkerungsexplosion und der Überbelastung der gesamten Biosphäre Alarm. Man kann doch nicht in einem Atemzug vor einer Erschöpfung der natürlichen Ressourcen warnen und die Kernenergie verdammen."

Der engagierte Professor regte deshalb eine öffentliche Vorlesungsreihe zum Thema „Energie und Fortschritt" an. Der erste Vortrag war betitelt „Zukunft der Energie" und wurde von ihm selbst gehalten. Neben bürgerlichem Publikum aus der Stadt waren im überfüllten Audimax die vielen Studenten mit ihren Anti-AKW-Buttons nicht zu übersehen. Nicht einmal vor seiner Antrittsvorlesung hatte Castorp eine solche Aufregung verspürt. Er nahm sich zusammen.

„Es sei daran erinnert, meine Damen und Herren, dass der Großteil der Welt bis in das 19. Jahrhundert hinein von Naturalwirtschaft lebte. Anders ausgedrückt, Menschen waren in hohem Maße auf regenerative Ressourcen angewiesen. Biomasse diente als Nahrung sowie als Futtermittel für Tiere. Reisen war ohne die Muskelkraft von Mensch und Tier, Heizung und Kochen ohne Holz schlecht möglich. Aber die Energiedichte von Holz ist gering, und so führte die industrielle Revolution zu wachsendem Holzbedarf. Dieser wiederum hatte eine dramatische Dezimierung der europäischen Wälder zur Folge.

Bereits am Ende des 18. Jahrhunderts wurde in Europa wegen einer drohenden Holznot Alarm geschlagen. Das Verschwinden des Waldes schien unmittelbar bevorzustehen. Kaum zu glauben, aber bei der Einberufung der französischen Generalstände 1789 hatte die Frage der Holznot oberste Priorität. Der sich abzeichnende Mangel an verfügbarer

Energie setzte, so schien es, dem Höhenflug des aufstrebenden Kapitalismus enge Grenzen. Wegen der Holznot, so fürchtete Karl Marx, liefe der Kapitalismus Gefahr, in eine tiefe Krise zu stürzen, noch ehe das Proletariat seine Ketten verlöre."

Aus dem Publikum ertönten aufmunternder Applaus und Gekicher.

„Leider war der Prophet des Kommunismus nicht auf dem neuesten Stand der Entwicklung seiner Zeit. Er übersah schlicht den sich damals vollziehenden Paradigmenwechsel: Kohle war im Begriff, Holz als Treibstoff des Fortschritts zu ersetzen, bereits im Jahr 1885 übertraf der Kohleverbrauch denjenigen des nachwachsenden Rohstoffs, während Erdöl im Jahr 1950 zur wichtigsten Ressource wurde.

Die Welt ging von den regenerativen, aber knapp gewordenen Rohstoffen zu Kohle, Öl und Erdgas über, und das aus guten physikalischen und mathematischen Gründen.

Wind besitzt nur ein Zehntel der Energiedichte von Holz, Holz die Hälfte der Energiedichte von Kohle und Kohle die Hälfte der Energiedichte von Kohlewasserstoff. Alle zusammen unterscheiden sie sich voneinander um einen Faktor von etwa 50. Anders ausgedruckt: Die gleiche Masse Kohle kann in deutlich mehr Energie und Arbeit umgewandelt werden als die von Holz, während Öl noch energiereicher ist als Kohle.

Fossile Brennstoffe haben der industriellen Revolution einen ungeahnten Auftrieb gegeben. Der Übergang von Holz zu Kohle, Öl und Gas als Energiequelle war auch der Grund, warum uns der Wald erhalten blieb und in einigen Ländern seinen Raum sogar zurückerobern konnte. Und doch stieß diese Form der Energiegewinnung an ihre Grenzen. Stellen wir uns vor: Um die Stromversorgung von London oder Los Angeles zu gewährleisten, werden tagtäglich Tausende von Zügen mit Kohle in die Heizkraftwerke geschickt. Ein 1000-Megawatt-Kohlekraftwerk benötigt bei vollem Betrieb alle 30 Stunden einen Güterzug mit 110 Waggons voll Kohle – 300 mal im

Jahr. Tausende mit Rohöl beladene Tanker durchpflügen die Ozeane, um unsere Mobilität und unseren Wohlstand zu sichern.

Wir wähnen uns modern, glauben auf der Höhe des Fortschritts zu sein. Doch zugleich ist unsere Form der extensiven Energiewirtschaft immer noch eigentümlich archaisch. Dabei gibt es bereits eine neue Form von Technologie, die fast unbegrenzt Energie mit einem verschwindend geringen Einfluss auf die Umwelt produzieren kann. Es besteht kaum ein Zweifel, dass sie mit der Zeit fossile Brennstoffe ersetzen wird.

Natürlich ist die Rede von der verfemten Kernkraft. Sie besitzt etwa 2 Millionen Mal die Energiedichte von Benzin. Unsere Energiezukunft hängt großenteils davon ab, die Bedeutung dieser Differenz zu erfassen. Ein Kernreaktor wird versorgt, indem eine Flotte von sechs Sattelschleppern mit einer Ladung von Brennstäben *einmal alle 18 Monate* in diesem Kraftwerk eintrifft. Die Brennstäbe sind nur schwach radioaktiv und können mit Handschuhen angefasst werden. Sie verbleiben dann fünf Jahre in dem Reaktor. Nach diesen fünf Jahren werden sich etwa 170 g Materie vollständig in Energie verwandelt haben. Diese Menge reicht aus, um eine Stadt mit 2 Millionen Einwohnern fünf Jahre lang mit Strom zu versorgen. Das ist es, was uns Sterblichen so schwer fällt zu verstehen."

Castorp hörte die Stühle klappern und schaute verwundert in den Saal. In den hinteren Reihen rumorte es, die Zuhörer reckten ihre Hälse in die Höhe. Vorne war ein unterdrücktes Gekicher zu hören. Er verlor den Faden und drehte sich um. Hinter dem Vorhang versuchte jemand, ein Transparent auf die Bühne zu schieben.

„Kommen Sie, junger Mann", rief Castorp ihm zu, „genieren Sie sich nicht! Ich habe nichts dagegen, dass Sie Ihr Anti-Atom-Zelt auf der Bühne aufschlagen."

Der Unsichtbare ließ das Transparent fallen und ergriff die Flucht. Der Professor hob es auf und lehnte es lächelnd an das Pult. Ein grob karikierter

Castorp thronte auf einem Atompilz wie Herrgott auf einer Wolke. Die Unterschrift lautete: „Sofortige Abschaltung!" Er schmunzelte, nahm einen Schluck Wasser und fuhr fort.

„Wie kann man eine ganze Großstadt fünf Jahre lang mit 170 g Materie fast ohne jeden Umwelteinfluss mit Strom versorgen? Das liegt fast jenseits unserer Vorstellungskraft. Es scheint so unbegreiflich zu sein, dass wir nur auf die Probleme starren oder diese sogar erfinden, um alles wieder normal aussehen zu lassen: Ein Reaktor sei eine Bombe, die darauf wartet zu explodieren. Der Abfall lagere ewig, was werden wir je damit tun können?

Ja, es mag etwas Unheimliches darin liegen, Energie aus dem Atomkern zu erzeugen. Aber die Technologie liegt nicht jenseits der menschlichen Beherrschbarkeit, gerade wenn man die jüngste Forschung mit in Betracht zieht. Dann ist auch nichts Furchterregendes mehr an der Kernkraft. Probleme, die wir jetzt noch sehen, werden von der Wissenschaft bald gelöst werden. Der Sprung aus dem Reich der Notwendigkeit ins Reich der Freiheit wird ohne das friedliche Atom eine Utopie bleiben."

Beim letzten Satz spürte Castorp einen kräftigen Schlag an der linken Schulter. Irgend jemand hatte einen Apfel nach ihm geworfen. Er hörte Gepfeife und Geschrei: „Reaktionäres Atomschwein! Atomausstieg sofort!" Studenten strömten auf die Bühne. Robert und einige seiner Kommilitonen stellten sich vor dem Pult auf, um die Atom-Gegner von ihm fernzuhalten.

Castorp, der hinter der aufgebrachten Menge kaum zu sehen war, ließ sich von dem Tumult nicht einschüchtern und streckte seine Hand in den Saal hinaus. Für einen Augenblick schien der kleine Professor sich in einen Volkstribun verwandelt zu haben.

„Unsere Universität hat eine gediegene aufklärerische Tradition. Und doch wurden auch auf dem Platz vor diesen Fenstern Bücher verbrannt, unter anderem die „Allgemeine Relativitätstheorie" von Albert Einstein. Die Täter waren angehende Ärzte, Physiker, Biologen – sie haben Fächer studiert, in denen es auf Kritik und experimentelle Bestätigung für allerlei Hypothesen ankommt. Dennoch haben sich viele von ihnen durch pseudowissenschaftliche Theorien blenden lassen: Rassenlehre, Eugenik, Anthroposophie – was da alles an Geistern in wissenschaftlichem Gewand herum spukte. Manch ein Naturfreund, der von Nachhaltigkeit und Naturverbundenheit träumte, hat sich als Menschenhasser entpuppt und sich des Massenverbrechens schuldig gemacht."

Er hörte Buh-Rufe und Geklatsche aus dem Publikum, manche sprangen von ihren Plätzen auf und riefen wütend „Lüge!" Doch Castorp fuhr unbeirrt fort.

„Ihnen gefällt der Vergleich nicht? Ich frage Sie: Was hätten die Rebellen von heute damals getan? Hätten unsere wütenden AKW-Gegner", – er zeigte auf das Plakat mit dem Atompilz – „den Mut gehabt, gegen den Strom zu schwimmen, oder hätten sie brav mitgemacht? Der junge Mann, der mich als Kriegstreiber verunglimpfen wollte, darf seine Meinung weiter frei und öffentlich zum Ausdruck bringen. Die Frage ist, ob er fundiertes Wissen besitzt, um sich ein eigenes Urteil überhaupt bilden zu können oder ob er lediglich ein Mitläufer ist?

Ich sehe hier im Saal unseren Nachwuchs, künftige Wissenschaftler, die sich der Wahrheit verschrieben haben. Ich warne Sie vor einer Dämonisierung der Kernenergie. Das friedliche Atom ist eine verlässliche Lösung für die Energie- und Umweltprobleme der Zukunft!" Castorps Stimme wurde heiser. „Was hat es mit dem radioaktiven Abfall auf sich, dessen Lagerung die ganze Nation um den Verstand bringt? Forscher sehen bereits die Zeit kommen, in der Atommüll als Brennstoff für Kernreaktoren der nächsten Generation verwendet wird. Das Problem der Endlager ist obsolet!"

Die Studenten trampelten mit den Füßen auf dem Boden und johlten. Castorp verstummte erschöpft. Die Zuhörer beeilten sich zum Ausgang.

Nach diesem Eklat kam die Universität nicht mehr zu Ruhe. Der Rektor sagte die Vorlesungsreihe wegen Gefahr für die öffentliche Ordnung ab. Castorp war über solchen Kleinmut frustriert. Eine moderne Gesellschaft, davon war er fest überzeugt, war auf dem Holzweg, wenn sie sich der Kernenergie verweigerte. Ohne sie würde der Westen in eine bedenkliche Abhängigkeit von üblen Diktaturen geraten. Gerade die sowjetische Gaspipeline führte das Dilemma plastisch vor Augen.

Noch schlimmer war, dass die Kollegen am Lehrstuhl ihm die Unterstützung verweigerten. Man wollte keine Konfrontationen mit den Studenten. Nach all den politischen Fehlern der Vergangenheit, argumentierten sie, sollte man sich über den Widerstand gegen die Kernkraft nicht wundern. Auf die Ölkrise mit dem Bau von 55 Leichtwasserreaktoren zu reagieren, und das in einem dicht besiedelten Land wie der Bundesrepublik, sei gelinde gesagt übertrieben gewesen. Wer wollte auch schon einen so furchterregenden AKW-Bunker vor seinem Gartenzaun haben? Rechts Marschflugkörper, links Biblis – da müssen ja bei manchen die Sicherungen durchbrennen. Die Nachrüstung hätte den Protesten erst recht Auftrieb gegeben. Castorp bestritt das nicht. Vor allem sei es politisch unklug gewesen, sich für einen einzigen Reaktortyp zu entscheiden und die Entwicklung kerntechnischer Alternativen dadurch behindert zu haben, gab er bereitwillig zu. Fehler gehörten auf den Prüfstand. Aber anstatt die Fehlentwicklungen zu korrigieren, werde Kernenergie als solche in Frage gestellt. Am Lehrstuhl herrschte gedrückte Stimmung.

Die Wanduhr schlug 10.00 Uhr. Seit einer halben Stunde saß Castorp in der Lotos-Pose in seinem Wohnzimmer, aber sein Geist machte nicht mit. Anstatt sich auf den Atem zu konzentrieren, musste er wieder an seinen Doktorvater denken: einen ausgewiesenen Forscher und Gelehrten, der sich ganz und gar der Suche nach Wahrheit verschrieben hatte. Manche behaupteten, einen Heiligenschein um seinen Kopf gesehen zu haben, als ob er höhere Weihen erhalten hätte. Aus Entsetzen über seine Kollegen, die sich den schrillen Straßenprotesten wider besseres Wissen zu beugen schienen, hatte er die Enquete-Kommission verlassen und sich aus der Forschung zurückgezogen. Bald darauf war er völlig vereinsamt in seinem Haus gestorben, und zu seiner Bestattung waren nur eine Handvoll Verwandter und ein Schulfreund erschienen. Wissenschaftler dieses Schlages sind heute rar geworden. Nun ja. Einst war man für seine Überzeugungen auf den Scheiterhaufen gestiegen. Auch Verbrechen werden aus Überzeugung begangen. Das ist die verfluchte Dialektik der Wahrheit. In der Sache hatte der Lehrer mit seiner erhabenen Geste nichts bewegen können. Für seine Gegner war es ohne ihn nur noch leichter geworden. So gesehen war der Rücktritt des Unbestechlichen nichts anderes als Kapitulation.

In einer Stunde würde das Fachseminar in der Uni anfangen. Castorp zog sich um und trat vor die Tür. Junge Menschen, arbeitete es in seinem Hirn weiter, vergeudeten ihre Energie in dogmatischen Debatten oder legten sich auf die Gleise vor Gorleben. Sie bekämpften vermeintliche Feinde und glaubten dabei, die einzig richtige Antwort auf die Herausforderungen der Zukunft parat zu haben.

An einem Zeitungskiosk blieb sein Blick auf der Schlagzeile „Tod im Treibhaus" hängen. Der Artikel warnte vor den Gefahren, die von wachsenden Emissionen von Treibhausgasen für das Klima ausgehen sollten. Das fehlte gerade noch, grinste er. Rund herum nichts als tödliche Gefahren und unkalkulierbare Risiken. Gestern wurde über den Albtraum einer nahenden Eiszeit berichtet. Nun wittern die Medien die nächste Sensation. Und morgen schon würde ein neuer Schadstoff Schlagzeilen machen. Der Mensch ist ein ängstliches Wesen. Das ist in seinem Erbgut angelegt. Einst lauerten hinter jedem Baum Gefahren. Heute lebt er so gesund und sicher wie noch nie zuvor. Aber die Angstgefühle sind geblieben, sie finden immer neue Nahrung.

Vor den aufmüpfigen Studenten war ihm keineswegs Bange. Es war die Angst selbst, die ihm ein Unbehagen bereitete, eine deprimierendes Risikoscheu mit großen Augen, aber einem kleinen Hirn. Nein, er würde nicht klein beigeben. Er würde in die Offensive gehen.

In Gedanken versunken steckte er die Zeitung in die Tasche und machte sich auf den Weg in die Fakultät. *Similia similibus curentur,* las Castorp in der silbernen Vignette, die im Schaufenster einer Apotheke hing: Möge Ähnliches mit Ähnlichem geheilt werden.

„Die Treibhausgase, vor allem Kohlendioxid, heizen die Erdatmosphäre auf. Habt ihr das schon mitbekommen?" Castorp hielt den verblüfften Studenten die Zeitung vor die Nase. „Wächst der Verbrauch fossiler Brennstoffe mit der gegenwärtigen Beschleunigung weiter, wird dies in wenigen Jahrzehnten eine bislang nie da gewesene Erderwärmung zur Folge haben. In der Folge sollen die Gletscher abschmelzen und der Meeresspiegel um mehrere Meter ansteigen Was sagt ihr dazu?"

„Na ja", erwiderte Robert etwas unsicher. „Physikalisch betrachtet wären eigentlich Zweifel angebracht, ob Kohlendioxid wirklich einen derart verheerenden Einfluss auf das Klima entfalten kann. Treibhausgase haben das Leben auf dem Planeten erst möglich gemacht. Sonst würde die Temperatur der Atmosphäre von +15°C auf − 18°C sinken. Das ist Schulwissen. Das wichtigste Treibhausgas ist bekanntlich Wasserdampf. Auch CO_2 absorbiert die Wärmestrahlung, die von der Erde abgestrahlt wird. In vorindustrieller Zeit betrug der Gehalt des Kohlendioxids in der Luft zirka 0,025-0,030 %, im letzten Jahrhundert stieg er auf 0,04 %. Das sind 400 Moleküle auf eine Million Luftteilchen. Dass ausgerechnet ein paar Hundert Moleküle für eine nie da gewesene Klimaerwärmung verantwortlich sein sollen, dafür fehlt mir die Fantasie. Dazu ist die Vorstellung vom Planeten als einem Gewächshaus physikalisch falsch. Die Atmosphäre ist keine Glaskuppel, und die Erde ist kein geschlossenes System. Sie gibt einen Teil ihrer Energie an das Weltall ab."

Danach meldete sich ein Kommilitone zum Wort.

„Die Hypothese, dass der Anstieg von CO_2 die Atmosphäre aufheizen könnte, ist bereits vor mehr als hundert Jahren geäußert worden. Unter Ausblendung aller anderen Faktoren, die das Klima beeinflussen, könnte sich die Temperatur mit der wachsenden CO_2-Konzentration in der Tat erhöhen, aber nicht linear, sondern nur regressiv logarithmisch. Bei der Verdopplung des CO_2 . Gehalts in der Luft würde die globale Temperatur dann um 1°C ansteigen. Doch das ist eine rein theoretische Annahme. In Wirklichkeit müssen auch andere Antriebe und Rückkopplungen in den Berechnungen berücksichtigt werden. Das Klima ist ein Chaossystem und..."

„Nun gut", unterbrach ihn Castorp. „Ihr beide habt unterschiedliche Unsicherheiten angesprochen. Tatsächlich wissen wir vom Klima noch zu wenig. Mir geht es jetzt vor allem darum, welche Bedeutung der vermeintliche Einfluss des CO_2 auf die Erderwärmung für uns als Nuklearforscher haben könnte?"

Robert kratzte sich am Nacken. „Keine, weil wir uns mit der Kernspaltung beschäftigen, bei den Treibhausgasen wie Kohlendioxid oder Methan geht es aber um die Absorption der Infrarotstrahlung durch Moleküle."

„Das ist nicht falsch, aber das meinte ich nicht", entgegnete Castorp. „Wer hat einen Vorschlag?"

Ein anderer Kommilitone hob seine Hand. „Ich denke, es geht im Wesentlichen, na ja, um den *sol perpetuus*." Das Seminar brach in Gelächter aus. Auch Castorp war sichtlich erheitert, sagte dann aber ernsthaft: „Und wie wäre das zu verstehen? Dass die Sonne uns nicht ausgehen wird, ist eine Binsenwahrheit."

Der Student fuhr munter fort. „Sie haben das Problem bereits in Ihrer

Vorlesung angesprochen. Laut den Prognosen des *Club of Rome* sollen die fossilen Brennstoffe spätestens in fünfzig Jahren erschöpft sein. Bereits die schiere Geschwindigkeit, mit der die Kohlenwasserstoffe verbraucht werden, mutet unheimlich an. Da fällt es einem nicht schwer, an gravierende Folgen wie den Treibhauseffekt zu glauben. Darum ist die Kernenergie ein Ausweg aus der Sackgasse der Energiearmut und eine ökologische Alternative. Auf den Begriff des *sol perpetuus* bringe ich das, was in der Sonne oder im Erdinneren geschieht: eine zeitlose Erzeugung von Energie mit Hilfe der Kernfusion. Würde die kontrollierte Kernfusion jemals gelingen, bekämen wir so eine gezähmte Sonne auf der Erde."

„Sehr gut!" nickte Castorp. „Tatsächlich fürchten manche Forscher die gravierenden Folgen der wachsenden Emissionen von Treibhausgasen, die zu einer Erderwärmung beitragen. Wie kann man aber unser Wissen über die Kernreaktionen mit der Wirkung des CO_2 auf das Klima in Verbindung bringen?"

„Weiß ich nicht", erwiderte der Student verdutzt. „Kernreaktionen haben, wie gesagt, mit dem CO_2 nichts zu tun. Dabei entstehen keine Treibhausgase. Von daher ist die Atomenergie sauber."

„Endlich", seufzte Castorp erleichtert. „Das Schlüsselwort lautet `sauber`. Uns wird stets vorgeworfen, wir arbeiteten an einer gefährlichen Technologie. Aber im Unterschied zu Kohle und Öl ist die Kernspaltung klimaneutral."

„Und was folgt daraus?" fragte Robert befremdet.

"Wer einer Dekarbonisierung der Wirtschaft das Wort redet, darf die Atomenergie nicht verteufeln."

Zu Hause erzählte Robert seiner Freundin, die Umwelttechnik studierte, von dem neuen Einfall seines Professors. Castorp schien vom menschengemachten Treibhauseffekt nicht wirklich überzeugt zu sein, aber die Angst vor der drohenden Klimakatastrophe könne die Sache der Kernenergie voranbringen.

„Was heißt hier `nicht überzeugt`?" fauchte sofort seine Freundin. „Verstehst du denn nicht? Der Raubtierkapitalismus ist dabei, die ganze Erde zu verwüsten. Die fossilen Bodenschätze haben sich in Hundertmillionen von Jahren herausgebildet, und jetzt werden sie für den Scheißkonsum in ein paar Jahrzehnten verfeuert. Klar doch, wenn der ganze Kohlenstoff, der in der Kohle und im Erdöl gespeichert war, auf einmal freigesetzt wird, wird es mit dem Klimagleichgewicht bald vorüber sein."

„Das CO_2 kehrt doch aber in den Kohlenstoffkreislauf, in Pflanzen und Ozeane wieder zurück."

„Gar nicht! Die schaffen das nicht mehr. Die Erde ist Gaia, ein lebendiger Organismus. Sie reguliert sich selbst, aber wenn der Kapitalismus ihre Selbstregulierung außer Kraft setzt, wird Gaia krank und stirbt. Das hat James Lovelock gesagt, und der ist cool", schloss sie im Brustton der Überzeugung.

„Wenn du meinst, dass ausgerechnet das CO2 für den Treibhauseffekt verantwortlich ist, sollten wir erst recht die Kohlekraftwerke durch Atomkraftwerke ersetzen. Genau das schlägt Castorp vor. Nur bei der Gewinnung von Kernenergie entsteht kein CO2", erwiderte er nicht ohne Genugtuung.

Sie schaute ihn verärgert an.

„Wir werden Sonnenkollektoren für die ganze Welt bauen."

„Die Photovoltaik", entgegnete er, „ist nicht effizient und kann keinen stabilen Strom produzieren."

Als sie sich schlafen legten, kehrte sie ihm trotzig den Rücken zu.

Castorp brauchte nicht viel Zeit, um seinen Fachkollegen nahe zu legen, wie sie aus der Defensive herauskommen könnten. Kohlendioxid war ein Ge-schenk des Himmels.

Der *Arbeitskreis Energie* der Deutschen Physikalischen Gesellschaft verfasste ein Memorandum „Warnung vor einer drohenden Klimakatastrophe".

"Um die drohende Klimakatastrophe zu vermeiden, muss bereits jetzt wirkungsvoll damit begonnen werden, eine weitere Emission der genannten Spurengase drastisch einzuschränken." Klimaverträglich sei lediglich Kernkraft, und ohne einen langfristigen Ausbau der Atomenergie könne eine globale Katastrophe nicht abgewendet werden. Diese Stellungnahme schlug wie eine Bombe in der Öffentlichkeit ein. Die mittlere globale Temperatur, las Castorp bald im Interview eines CDU-Politikers, würde in 50 Jahren um bis zu 4,5°C steigen. Unwetter, Hunger, Elend und Ströme von Umweltflüchtlingen wären die Folgen. Er fühlte sich wie in einer Geisterbahn.

Als Wissenschaftler war Castorp gewohnt, an den Verstand und die Logik zu appellieren, und es war bislang nicht seine Art, Katastrophen heraufzubeschwören. Immer wieder war er über die Panikwogen, die die Gesellschaft heimsuchten, entrüstet. Das Kriegstrauma schien tiefer in der deutschen Gesellschaft zu sitzen, als man wahr haben wollte. Es hatte eine erstaunlich lange Halbwertzeit und wirkte in der jungen Generation weiter. Aber wie konnten Physiker, musste er sich fragen, die Öffentlichkeit von der Zukunft der Kernkraft überzeugen, wenn die Anti-Atom-Bewegung Ängste schürte, die Medien Panik schoben und die Politik vor sich hertrieben? Ihm war klar bewusst, dass Klimaforschung noch in den Kinderschuhen steckte. Man bräuchte Jahrzehnte, um die Auswirkungen anthropogener Emissionen vor dem Hintergrund natürlicher Faktoren zu verstehen. Vielleicht hatten sie in dem „Memorandum" doch zu dick aufgetragen. Man sollte lieber nicht vor einer Klimakatastrophe, sondern von den drohenden weltweiten Klimaänderungen durch die Menschen warnen.

Aus diesen verworrenen Gedanken wurde er durch schrilles Telefonklingeln herausgerissen.

„Wie viel Röntgen?" Castorp sank in den Lehnstuhl und schloss die Augen. Er konnte sich lebhaft vorstellen, was jetzt kommen würde: Demos, nieder mit dem Atomstaat, Castorp ist ein Atomschwein! Die Stimme der Vernunft würde endgültig untergehen. Es würde nichts nutzen, der Öffentlichkeit zu versichern, dass der Unglücksreaktor von anderer Bauart war und in der Bundesrepublik so etwas undenkbar sei. Kaum witterte er eine Chance, war er schon dabei, den Kampf zu verlieren.

Die Monate nach dem GAU von Tschernobyl waren die schlimmsten in seinem Leben. „Beruhige dich, Schatz. Wir haben hier keine erhöhten Werte", er zeigte seiner Frau den Geigerzähler. "Man muss nur bei Lebensmitteln aufpassen. Du darfst dich nicht verrückt machen lassen." „Deine Messungen kannst du dir sparen", brach sie in Tränen aus, „ich bin ganz zufällig von dir schwanger. Willst du ein behindertes Kind haben?" „Das Semester hat gerade begonnen, ich habe Pflichten." „Willst du damit beweisen, dass du gegen die Strahlung immun bist? Dann verschwinde ich allein nach Portugal. Nichts wird mich davon abbringen."

Sein Assistent, der eine Internationale Sommerschule für junge Physiker vorbereiten sollte, hatte gekündigt und floh Hals über Kopf nach Teneriffa. Castorp musste seine Aufgaben übernehmen und war den ganzen Sommer mit der Organisation beschäftigt.

„Stimmt das mit der Klimakatastrophe?" Beinahe verschlug es ihm die Sprache, als sich die Stimme am Telefon als Rudolf Augstein zu erkennen gab. Castorp musste blitzschnell einschätzen, worauf der Herausgeber des *Spiegel* nun hinaus wollte.

„Jedenfalls muss der Ausstoß des CO_2 drastisch reduziert werden, wenn wir nicht eine neue Sintflut bekommen wollen. Sauberer Strom", rutschte es ihm beinahe unfreiwillig aus, „ist nur über Kernspaltung zu haben. Aus Sicht des Klimaschutzes gibt es keine bessere Technologie. Ungeachtet des Super-GAUs in Tschernobyl wage ich das zu behaupten. Allerdings steckt das wissenschaftliche Verständnis des Klimageschehens noch in seinen

Anfängen", ergänzte er selbstvergessen. „Ich meine, man sollte viel mehr für die Klimaforschung tun."

„Für die Forschung? Können Sie aber bestätigen, dass die steigende Verbrennung fossiler Treibstoffe zu einer dramatischen Erderwärmung führen wird?"

„Wenn nichts geschieht, wird viel passieren."

„Wunderbar! Wenn wir keine Katastrophe ankündigen, wird uns niemand glauben. Wir werden damit die Gesellschaft aufrütteln."

Auf der Titelseite des neuen *Spiegel* sah Castorp am nächsten Montag den Kölner Dom in den Fluten der Nordsee versinken. Die Überschrift lautete: „Klimakatastrophe!".

„Das Desaster...", las er im Artikel, „der weltweite Klima-GAU... verheerende Klimakatastrophe". Er wurde als Experte ausführlich zitiert und seine Einschätzung von einer drohenden Gefahr für die Menschheit als Aufruf zu globalem Klimaschutz gefeiert. Ihm hämmerte es an den Schläfen.

Nach seinem Diplom hatte sich Robert erfolgreich für ein Doktorandenstipendium beworben. Wenn alles gut ginge, würde er in zwei-drei Jahren eine Promotion über den Thorium-Reaktor abschließen. Robert befand sich scheinbar auf einem sicheren Weg, als plötzlich alles ins Wanken geriet. Seine Freundin verließ ihn. Das sogenannte friedliche Atom sei eine Ausgeburt des militärisch-industriellen Komplexes. Außerdem würde er früher oder später verstrahlt und werde keine normalen Kinder zeugen können. Dann flog der Reaktor in Tschernobyl in die Luft.

Er sah die Grafitstäbe offen auf dem Dach des explodierten Reaktors liegen, Männer, die ohne Schutz und mit bloßen Händen hochverstrahltes Material einsammelten, Kinder, die auf einer 1. Mai-Demonstration in Kiew an festlich geschmückten Tribünen vor Parteibonzen vorbei marschierten. Fast physisch spürte er eine unsichtbare radioaktive Wolke, durch welche die ahnungslosen Menschen getrieben wurden.

Es hatte keinen Sinn, dämmerte es Robert, die Menschheit mit einer unerschöpflichen Energiequelle beglücken zu wollen, wenn sie dadurch ausgelöscht wurde. Solche Gedanken ließen ihn nicht zur Ruhe kommen. Er bat seinen Professor um ein Gespräch. Castorp ahnte, worum es Robert ging. Er war nicht sein einziger Student, der sich von der Kernforschung abwandte.

„Ich glaube nicht mehr daran, dass die Atomkraft beherrschbar ist. Ich habe ein schlechtes Gewissen." So fingen sie alle an.

„Unsere Reaktoren sind die sichersten in der Welt," entgegnete ihm Castorp. „Und sie werden mit der Zeit noch sicherer."

"Nach Tschernobyl hört sich das alles wie Gesundbeterei an, entschuldigen Sie, Herr Professor."

„In Tschernobyl hat das System versagt. Ich sage dir, der Russe ist am Ende. Dem ist das Dach weggerissen worden."

Robert schüttelte den Kopf.

„Ist dir überhaupt bewusst, was du da machst?", Castorp schaute ihn eindringlich an.. „Du stiehlst dich aus der Verantwortung gerade in einem Augenblick, in dem wir dich brauchen. Du desertierst aus der Forschung. Bei den `schnellen` Reaktortypen der neuen Generation wird sich das Problem der radioaktiven Verseuchung gar nicht mehr stellen. Sie hinterlassen keinen Abfall, der lange strahlt. Man darf das Kind doch nicht mit dem Bade ausschütten. Ausgerechnet Tschernobyl könnte solchen Alternativen weltweit Auftrieb geben. Reaktoren, die den Atommüll als Brennstoff benutzen, ihn wiederverwenden, werden in vielleicht schon absehbarer Zeit entwickelt. Überleg es dir noch einmal. Es wäre schade, wenn du die Forschung aufgeben würdest."

Das Grab von Roberts Schullehrer auf dem Klosterfriedhof war aufgeräumt, in einer Vase stand ein frischer Blumenstrauß.

„Lehrer, weißt du noch, wie du mich an die Uni verabschiedet hast? `Du bist mein ganzer Stolz, Robert,` hast du gesagt. `Ich wollte auch Forscher werden. Du hast ein Wahnsinnsglück. Lerne für mich, bring die Wissenschaft weiter.`"

„Lehrer, nun bin ich Wissenschaftler geworden. Aber ich will Schluss damit machen. Es gibt kein friedliches Atom, es kann den Menschen sogar viel Leid bringen."

„Das Leid kommt von der Politik, nicht von der Wissenschaft."

„Nein, die Hölle von Tschernobyl, du kannst dir das nicht vorstellen."

„Mit der Hölle kenne ich mich aus, mein Junge. Wo willst du denn jetzt hin?"

"Ist doch egal. Ich gehe vorerst zum Strahlenschutz, zu einer Behörde."

„Das ist doch nichts für dich. Da braucht man nur Messgeräte. Du wirst dich noch fangen, Junge, ich glaube an dich. Hauptsache, du lässt dich nicht verbiegen, egal von wem." Robert sprengte Weihwasser auf das Grab und stieg vom Kloster zum Krebsbach hinab. Er verweilte an der Stelle, wo seine Klasse immer Lagerfeuer gemacht hatte. Vom Feld hörte er das Geläut von Kuhglocken. Im seichten Wasser kämpften Forellen gegen die Strömung.

Beim Amt für Strahlenschutz hatte Robert sich schell bis zum Abteilungsleiter hochgearbeitet und konnte sogar Ilma unterstützen, die mit ihrer Rente kaum über die Runden kam. Er hatte einen Bausparvertrag abgeschlossen. Alles schien in geordneten Bahnen zu laufen, bis er ganz zufällig seiner einstigen Freundin an der Sicherheitsschleuse des Münchener Flughafens begegnete.

„Ich hatte doch recht, die Atomindustrie ist am Ende", küsste sie ihn auf die Lippen.

Robert erzählte ihr von seinem Wechsel zum Strahlenschutz und vom Bausparvertrag.

„Das ist doch total öde!" rief sie. „Willst du als Spießbürger in Schwabing auf die Rente warten?" Robert zuckte mit den Schultern. „Komm lieber mit mir nach Afrika. Dort sitzen sie auf dem Land komplett im Dunklen. Wir wollen

Solaranlagen im Delta installieren. Briten, Spanier – alle sind dabei. Aber uns fehlt ein Fachmann für Logistik."

„Ich bin aber keiner", entgegnete Robert defensiv.

„Physiker seien die besten Logistiker, hat man uns an der Uni immer gesagt, wir Ingenieure seien zweite Wahl. Ich meine das ernst. Wenn du etwas Sinnvolles tun willst, komm zu uns. Reiche Länder, die über ihre Verhältnisse leben und andere ausbeuten, sind verpflichtet, den Afrikanern Entwicklungschancen zu bieten. Dort mangelt es an allem: an Strom, sauberem Wasser, Nahrung. Wir werden erneuerbare Energien in die Dritte Welt bringen."

Sie hatte ihm ihre Visitenkarte in die Hand gedrückt. „Ich halte von dir wirklich viel", sagte sie beim Abschied. „Du siehst ja selbst, worauf das alles hinausläuft."

Robert öffnete die Augen und sah ihr verzerrtes Gesicht. Er erholte sich gerade von einem Malariaanfall und wollte nur schlafen.

„Die Solarmodule!" schrie sie. „Wo?" stütze er sich auf den Ellenbogen. „In Saloum."

Sie hatte gerade eine schreckliche Nachricht erhalten: Das erst vor kurzem in Betrieb genommene Sonnenkraftwerk, das Tausende Bewohner des Deltas mit Strom versorgen sollte, sei zerstört worden. Eine Regierungsbeauftragte sei bereits angereist. Sie mussten los. Robert rappelte sich auf.

„Haben wir denn Personenschutz?"

„Sie hat jemanden mit einer Kalaschnikow mitgebracht."

Es war ein Pilotprojekt. Photovoltaik, der keine Strommasten und Übertragungsleitungen brauchte, war die einzige Chance, die ländlichen Gebiete mit Strom zu versorgen. Die Bauern weinten vor Glück, als sie zum ersten Mal in ihrem Leben bei sich zu Hause eine Glühbirne leuchten sahen.

Das Bild, das sich ihnen vor Ort anbot, spottete jeder Beschreibung. Ein Großteil der Solarmodule war zertrümmert. Eine Befragung ergab, dass sich der Stammeshäuptling die Solaranlage unter den Nagel gerissen hatte. Er hatte zuvor verlangt, die Stromgebühren nicht an den Betreiber, sondern an ihn zu entrichten. Doch es sollte noch schlimmer kommen. Offensichtlich konnte sich ein anderer Stamm, der nicht in den Genuss eines solchen Vorzeigeprojekts gekommen war, mit dem Glück seines Nachbarn nicht abfinden. Dessen Hintermänner hatten versucht, dem Häuptling einen Anteil abzupressen. Nachdem dieser sich geweigert hatte, seine Einnahmen mit den Rivalen zu teilen, schickten jene ein Rollkommando.

Der Stammesführer, der erst seine eigenen Leute ausgenommen, nun aber seine Einkünfte verloren hatte, hetzte jetzt das Dorf gegen die Entwicklungshelfer auf. Die Regierungsbeamtin Omoya wurde als Hure der Weißen beschimpft und körperlich attackiert. Der Leibwächter musste zur Waffe greifen, um den aufgebrachten Mob in Schach zu halten. Als sie zurück fuhren, genauer gesagt, flohen, bekam sie einen Weinkrampf. Sie schrie:

"Ich hasse euch Europäer. Ich hasse eure Entwicklungshilfe, eure verlogene Humanität, ihr macht uns ein zweites Mal kaputt mit euren blöden Almosen. Und ich hasse mich, weil ich an diesem verlogenen Zirkus auch noch teilnehme."

„Wenn du das für unvereinbar mit deinem Gewissen hältst", erwiderte Robert, „hör damit auf. Mach etwas anderes."

„Etwas anderes?" schluchzte die Frau. „Weißt du, was für eine Arbeitslosigkeit hier unter Akademikern herrscht? Schon Absolventen haben nicht die geringste Chance. Sie sehen nur, wie sie sich auf und davon machen können. Ich gehe hier auch weg, egal wie. Ich heirate einen alten dicken Blödmann mit britischem Pass", lachte sie unter Tränen.

„Entschuldige, das war ein Unsinn, was ich gerade gesagt habe. Anfangs habe ich mir vieles auch anders vorgestellt."

Sie erklärte den beiden, warum die Photovoltaik eine derart verheerende Wirkung entfalten konnte. Vor allem seien die Folgen leicht vorauszusehen.

„Wir haben hier im Delta Hunderte von Projekten. Holländer bauen Polder, Amerikaner bauen Straßen auf den Poldern, Japaner schenken uns Solaranlagen – all das aber geschieht unkoordiniert und verschlingt auf diese Weise Unsummen. Das Schlimmste ist aber, dass dies alles nur ein Spiel ist, das ihr spielt und mit den Menschen hier nicht das Geringste zu tun hat. Ihr Europäer wollt die Realität nicht akzeptieren. Die Realität nennt ihr Rassismus."

Sie konnte sich lange nicht beruhigen.

Roberts Freundin saß mit zusammengepressten Lippen im Jeep, ohne ein Wort zu verlieren. Omoyas Art, diese Dinge zu bedenken behagte ihr überhaupt nicht. Eine halbe Milliarde Menschen südlich der Sahara hatte keinen Strom. Das Scheitern eines solchen Vorzeigeprojekts konnte die Bereitschaft der Industriestaaten, Projekte mit erneuerbaren Energien in Afrika zu fördern, sinken lassen. „Du bist doch eine Regierungsexpertin", wandte sich Robert an Omoya. „Wie kann man der Bevölkerung wirklich helfen, sich auf eigene Füße zu stellen?"

„Jedenfalls nicht, indem man an ihrer Stelle geht."

Der Jeep wirbelte roten Staub auf. Ein Aasgeier, der über einem Zebrakadaver thronte, beobachtete die Eindringlinge mit seinem blutroten Auge.

„Die ganze Hilfe lässt vor allem eure Bürokratie gedeihen und korrumpiert unsere Regierungen, sonst nichts. Die Entwicklungsagenturen geben 3500$ aus, damit das Einkommen eines armen Afrikaners um ganze $3.65 steigt."

„Das gibt es doch nicht."

Omoya lächelte bitter. „Jahr für Jahr werden Tausende von Missionen zu uns geschickt. Als Regierungsbeamte beschäftigt man sich mit nichts anderem, als Anträge zu schreiben und Projektgelder zu beantragen. Dabei verrosten Fahrzeuge und Ausrüstung ungenutzt, weil Ersatzteile, Sprit und Reparaturmöglichkeiten fehlen. Man hat Schulgebäude für uns gebaut, vielen dank, aber es fehlen Mittel für Schulbücher und Lehrergehälter. Krankenhäuser gibt es, aber keine Medikamente. Während ihr von Menschenrechten schwafelt und mit Diktatoren schmust, eine Armee von Entwicklungshelfern – eure überflüssigen Arbeitskräfte – zu uns schickt, werden mit eurem Geld Kriege geführt und Paläste gebaut. Ihr wollt nur davon nichts wissen. Diese Heuchelei ist eine Beleidigung für den gesunden Menschenverstand. Wie viele Anträge hast du schon gestellt, wie viele Instanzen bist du durchlaufen, damit du weiter helfen durftest und deine Hilfe in den Taschen der Beamten versickert?"

Robert grunzte zustimmend. Er hasste Anträge.

„Wie könnte man dann die Lage in Afrika ändern?"

„Gebt uns kein Geld. Eure Hilfe erstickt die Entwicklung, anstatt sie zu fördern. Schafft die Zölle endlich ab, investiert in die Industrie."

„Und dann kommen Hintermänner", entgegnete Robert sarkastisch, „und wollen beteiligt werden."

„Wir brauchen billigen Strom, wir brauchen Absatzmärkte. Aber nicht soooo!" Sie zeigte zurück, in Richtung des Dorfes mit der ruinierten Solartechnik. Robert spürte, dass Omoya im Grunde Recht hatte und hier seit Jahrzehnten vieles schief gelaufen war.

Am nächsten Tag gab es ein Einweihungsfest in einem Millenniumsdorf. Jeffrey Sachs, der Vater des chilenischen Wirtschaftswunders, machte seine Dollarmillionen locker, um mit einer neuen Methode, der so genannten *integrierten Entwicklung,* Afrika aus der Armut zu führen. Hilfe sollte nicht für einzelne Projekte, sondern in allen Bereichen gleichzeitig – von Bildung, Geburtshilfe bis zur Landwirtschaft – geboten werden.

Robert war schwindelig, sein Hemd klebte am Rücken. Er musste sich auf den Stehtisch stützen, um sich auf den Beinen zu halten. Ein heruntergekommener Brite gesellte sich zu ihm mit einer Whiskyflasche:

„Schön hier?"

Robert nickte. Der Brite beobachtete, wie eine Fliege in seinem Glas zappelte.

„Du, Entwicklungshunne, weißt du überhaupt, warum Entwicklungsland Ent-wicklungs-land heißt?"

„Wie meinst du das?"

„Ein Entwicklungsland", räusperte er sich, „ist ein Land, das sich nicht entwickelt. Und wir sind da, um es sich nicht entwickeln zu lassen, prosit." Er goss Roberts Weinglas mit Whisky voll.

„Ist dein Projekt gerade ins Stocken geraten?"

„Straßenbau läuft immer gut. Die Frage ist, ob die Verbindungen dadurch besser werden. Die Straßen verfallen schneller als neue gebaut werden."

„Warum, zum Teufel, bist du dann hier?"

„Das ist eine andere Geschichte." Er rettete die Fliege aus dem Glas und nahm einen Schluck. „Ich muss hier von der Umverteilung des Weltvermögens leben. Weil meine Ex mein Vermögen perfekt zu ihren Gunsten umverteilt hat. Entwicklungshilfe ist die Umverteilung des Vermögens der armen Menschen aus reichen Ländern" – er zeigte mit der Flasche auf Robert und dann auf sich selbst – „an die reichen Menschen in den armen Ländern" – er drehte sich um und nickte einem gepflegten Afrikaner in einem Armani-Anzug zu. Der Afrikaner winkte freundlich. Der Brite schien richtig glücklich zu sein, einen so komplizierten Gedanken auf die Reihe gebracht zu haben. Er stürzte den Rest des Whiskys herunter. Robert verspürte plötzlich einen Brechreiz. „Entschuldige, ich muss mal raus."

Am Abend hatten sie sich gestritten.

„Du wirst hier nicht heimisch und bist von der Entwicklungszusammenarbeit nicht überzeugt. Auf Dauer kann das nicht gut gehen." Seine Freundin weinte.

„Nun bin ich an allem schuld", konterte Robert. „Nein, ich habe dich doch hierher geholt. Es war blöd von mir." „Du redest so, als ob ich wegen meiner Unzuverlässigkeit nach Deutschland strafversetzt werden muss", erwiderte er. „Nein, das meine ich nicht, aber so geht es mit uns nicht weiter." Sie trennten sich.

Claire war Lehrerin im Millenniumsdorf. Er lernte sie an einer Bar kennen. Sie sprach akzentfreies Französisch und hatte eine Wespentaille. Die späte Gewissheit, dass er von ihr einfach nur benutzt wurde, damit sie sich nach Europa absetzen konnte, hatte ihn ins Mark getroffen. Nun machte Robert Rauchringe auf seinem Balkon. Das Schicksal schuldete ihm eine Atempause.

Serafima

Die Scheinwerfer des langsam rollenden Maybach entrissen der sternenlosen Nacht verkümmerte Felder und Skelette ausgebrannter Fahrzeuge. Am Horizont flammte geräuschlos der Widerschein eines Blitzes auf. Das trockene Gewitter versprach keinen rettenden Regen. Nach der Zeit zu urteilen, hätten sie längst am Ziel sein müssen. Doch nach allen Seiten erstreckte sich eine menschenleere Ebene. Der Fahrer schien die Ausfahrt verpasst zu haben. Aristarch war mulmig zumute, seine Gedanken kreisten um das unfassbare Geschehen. In Russland hatte es immer gebrannt. Das Feuer raffte über Nacht das unter Gefahren und Entbehrungen Aufgebaute hinweg, schlug Menschen in die Flucht, lehrte sie, wie nichtig all ihre Mühe war. Als kleines Kind hatte er sich vor den Opfern der Feuersbrünste geängstigt, das waren zumeist verdreckte, herb riechende Frauen, die im Treppenhaus die Einwohner auflauerten. Sie öffneten plötzlich ihre fettigen Mantelschöße und stellten ihr nacktes Fleisch zur Schau, um Almosen zu erbetteln.

Nun hatte er hilflos zusehen müssen, wie die hölzernen Zwischendecken des Glockenturms Feuer fingen und hörte die Glocken wie kraftlose Frauenstimmen klagen bevor sie in die Tiefe stürzten. Das Kloster verfügte weder über eigene Stromversorgung noch über Fahrzeuge, um Verletzte und Erschöpfte zu transportieren. Niemand wusste darüber Bescheid, ob die Krankenhäuser in der Umgebung noch aufnahmefähig waren. Die Telefonverbindungen waren seit Tagen tot.

Der Brand äscherte sein Lebenswerk ein, und er konnte nicht anders, als im Wüten des unkontrollierbaren Elements ein Urteil über sein Tun zu sehen. Sollte das Kloster ein Teil von ihm sein, im Guten wie im Schlechten, war auch er um den Sinn seines Daseins gebracht. Er dachte wieder an seine verlorenen Kinder und versuchte, das Gefühl der Leere, das ihn frösteln ließ, zu unterdrücken.

Auf dem hinteren Sitz schnarchte der schwer atmende Dawydow. Aristarch drehte sich zu ihm und schaute ihn unverwandt an. Der General hatte merkwürdig aufgehorcht, als er zufällig auf Platonow zu sprechen kam. Die Erfahrung sagte Aristarch, dass er unwillkürlich in seine Mördergrube getreten war, wo es vermutlich eine Menge unbeglichener Rechnungen gab. Das Gefühl, er schulde seinem einstigen Freund einen letzten Gefallen, war mit einem Mal verflogen.

„Fahr an die Seite", herrschte er den Fahrer an, „merkst du nicht, dass wir uns verfahren haben? Warten wir lieber die Morgendämmerung ab." Der Motor verstummte. Aristarch öffnete die Tür und stieg in die sternenlose Nacht aus. Der heiße trockene Wind blies ihm ins Gesicht. Das Ziel ihrer Fahrt, das sie in der Nacht verfehlt hatten, war das Erlöserkloster.

Vor einigen Monaten hatte Aristarch dessen Äbtissin einen Besuch abgestattet. Enttäuscht hatte er dabei feststellen müssen, dass die unbeschreiblich schöne Landschaft wirtschaftlich überhaupt nicht genutzt wurde. Diese sture Frau verstand nichts vom Geschäft und war vor Schreck zusammengezuckt, als er auf Investitionen und Infrastruktur zu sprechen kam. In ganz Russland gab es nur eine Handvoll Höhlenklöster, und die Modernisierung hätte sich schnell rentiert. Doch für die Äbtissin war die Vorstellung, die bemerkenswerte Einrichtung als eine modern organisierte Pilgerstätte zu führen, nichts als Teufelswerk. Dem Höhlenkloster entgingen Millioneneinnahmen, weil es nicht imstande war, Herbergen und gesicherte Zufahrtstraßen bauen lassen. Dabei konnte die grandiose Kalksteinhöhle bis zu zweitausend Betende beherbergen.

Kurz vor dem Brand war ihm aber zu Ohren gekommen, dass die alte Vorsteherin durch eine jüngere und geschäftstüchtigere Äbtissin abgelöst worden war. Er wollte sie ohnehin kennenlernen und in der Angelegenheit sondieren. Seine Devise war, das Unausweichliche mit dem Nützlichen zu verbinden.

Sein Maybach rollte auf einer Landstraße, die durch eine waldlose hügelige Steppe führte. Die Erde, von kümmerlichen verwelkten Gräsern bedeckt, war fast weiß.

„Hier beginnt der Kalkstein, bald sind wir im Kloster", rief Aristarch erleichtert. Die Männer waren durch die erzwungene Übernachtung im Auto wie zerschlagen.

Der Weg verlief nun über eine Anhöhe, von der aus weit unten eine Klosteranlage mit Kirchturm zu sehen war. Zwischen den strahlend weißen Felsen, welche die Augen blendeten, waren zwei Glocken angebracht. Dawydow war vom Anblick des aus dem Kalkstein herausgemeißelten Ensembles bewegt.

„Diese Ansicht erinnert mich an meine Villa auf Zypern. Da steht auf einem Hügel eine schneeweiße Kirche, die man in der Sonne kaum ansehen kann", rief er zu Aristarch aufgeregt, „einfach unglaublich."

„Unten ist der Eingang in die Höhlenkirche."

Dawydow schaute gebannt auf die Kalkfelsen. Ihm war, als ob er sich seinem Anwesen auf Zypern näherte und schon nach dem Schlüssel in der Tasche tastete und sich auf das Rauschen des grün-blauen Meeres freute, wo sich am Strand eine unbekleidete, langbeinige Schönheit sonnte. Er durfte mit ihr machen, was er wollte. Aber er wollte nur dem Meer lauschen und an nichts denken.

Die Einfahrt zum Klostergelände war verriegelt. Der Fahrer hupte. Eine hagere, hochgewachsene Frau in schwarzem Nonnenrock kam schnell auf die Männer zu und verbeugte sich leicht. „Serafima, die hiesige Klostervorsteherin. Sie wünschen, meine Herren?" fragte sie etwas barsch. Ihr strenger Blick blieb am Maybach hängen.

„Mein Gott, Tonja!" rief Aristarch aus. Dawydow schaute die beiden verwundert an.

„Du bist es, Anton? Ich habe dich nicht erkannt", die Äbtissin musterte ihn teilnahmslos. „Alt bist du geworden. Was verschafft mir die Ehre?"

„Tonja, mein Kloster ist in Flammen aufgegangen."

„Nenn mich Serafima, ich bin eine eingekleidete Nonne, Serafima."

„Ja, ich verstehe..." Die Begegnung mit seiner einstigen Geliebten verwirrte ihn. Am wenigsten konnte er jetzt die Anwesenheit von Dawydow vertragen, der ihm nicht von der Seite wich. Er hatte auf einmal das Gefühl, der General, der die Situation sofort durchschaute, könnte in Versuchung geraten, Aristarchs alte Beziehung zu der Äbtissin für sich auszunutzen.

Serafima wandte sich Dawydow zu und schaute ihm direkt in die Augen. Ihn fröstelte von ihrem Blick. Dann sah sie wieder Aristarch an und erläuterte: „Bei mir dürfen fremde Fahrzeuge nicht auf dem Klostergelände geparkt werden."

„Macht nichts, es kann ja am Straßenrand stehen bleiben", erwiderte Aristarch und merkte, dass er nicht den richtigen Ton fand. Er gab dem Fahrer ein Zeichen, hinauszufahren. Dawydow beobachtete die unerwartete Demut seines für gewöhnlich herrisch auftretenden Freundes. Dessen einstige Gefährtin war nicht einmal rachsüchtig, wie ihm schien. Der ungebetene Gast mit seinem Maybach war ihr offenbar gleichgültig.

Aristarch, der an solchen Umgang nicht gewöhnt war, verunsicherte das. Dawydow hatte sich diskret von den beiden entfernt und betrachtete den wunderschönen Kalkfelsen, in den er ganz vernarrt zu sein schien.

Mittlerweile hatte sich der Abt von seinem ersten Schock erholt.

„Tonja, sag mir, wo der Junge bestattet ist? Ich möchte ihn gerne besuchen, bevor es mit mir soweit ist."

Ihr Blick kehrte sich nach innen. Aristarch bemerkte, dass sie nur mit Mühe antworten konnte.

„Er ist immer bei mir."

„Das weiß ich. Aber wo wurde er beigesetzt?"

„Er liegt nicht in der Erde."

„Wie meinst du das?"

„Ich habe ihn einäschern lassen und die Urne mitgenommen. Sie steht bei mir, in meiner Zelle."

„Du bist wahnsinnig. Das darfst du nicht tun! Das ist gegen den Glauben. Man kann dir die Nonnenwürde nehmen und dich in ein Strafkloster verbannen."

„Dann wird es wohl so kommen, habe es für meine Sünden mehr als verdient."

„Du hast das doch nur gemacht, um dich an mir zu rächen. Damit ich keinen Ort der Trauer habe."

„Ach du! Bislang hast du an deinen Sohn keinen einzigen Gedanken verschwendet." Sie lächelte mit gespitztem Mund. „Und prompt kommst du mit Forderungen. Du hast dich schon immer zu wichtig genommen, Anton. Hochmut ist ein Laster."

„Hat er denn einen Brief hinterlassen, irgend etwas? Ich habe eine solche Sehnsucht nach meinem Sohn."

„Sehnsucht, sagst du? Es stand nichts Gutes über dich darin."

„Darf ich ihn trotzdem lesen?"

„Ich habe diesen Brief zu ihm in den Sarg gelegt."

Serafima drehte sich um und sah eine Menschenschar, die sich dem Kloster näherte. Sie winkte einer Nonne zu, die geduldig auf ihre Anordnungen wartete: „Aljona!" – und kehrte Aristarch den Rücken zu.

Dawydow betrachtete das runde, von Sommersprossen übersäte Gesicht der jungen Nonne, das menschenfreundliche Gelassenheit ausstrahlte.

„Erkläre bitte den Herrschaften unsere Regeln und begleite sie in die Höhle, wenn sie das wünschen", wandte sich die Äbtissin an die Nonne.

Das Mädchen verbeugte sich.

„Unsere Höhlenkirche steht unter Denkmalschutz. Die Temperatur muss rund um die Uhr konstant bei +8°C liegen. Früher haben wir es selbst an Feiertagen vermieden, mehr als 500 Betende an einer Messe teilnehmen lassen. Es gab lange Wartelisten. Nun hat Gott uns einfältige Sünder mit der höllischen Hitze und dem Brand bestraft. Menschen drängen in die Kirche, um sich vor der Hitze und dem Rauch zu retten. Es sind schon an die Tausend, und die Temperatur steigt.

Dawydow wurde ungeduldig. Was sollte diese Belehrung? Er dachte gar nicht daran, mit all den übel riechenden Flüchtlingen in der Höhle zu hocken. Die Vorsteherin könnte die beiden doch im Dienstgebäude mit Klimaanlage unterbringen.

„Bedenken Sie, meine Herren", die Nonne registrierte die missgünstige Reaktion Dawydows, „die schiere Zahl der Menschen bringt einen Temperaturanstieg mit sich, und unsere Reliquien könnten unwiederbringlich verloren gehen."

Der General bemerkte allerdings, dass Aristarch der Nonne demütig zuhörte und nicht vor hatte, sich um eine angemessene Unterbringung zu kümmern.

„In der Höhle ist auf dem Boden Stroh ausgelegt worden. Rauchen, Müll liegen lassen, Bedürfnisse verrichten ist untersagt. Wegen des Wassermangels ist es nicht gestattet, mehr als einen Becher auf einmal zu trinken. Wer sich aus der Schlange vordrängt, wird der Höhle verwiesen."

Dawydow schaute Aristarch sprachlos an. Der Vorsteher erwiderte seinen Blick nicht. „Dürfte ich noch einmal mit Mutter Serafima sprechen?" fragte Dawydow irritiert.

„Leider nein. Sie würde Ihnen dasselbe erklären. Unsere Regeln sind für alle gleich. Wer sie nicht akzeptiert, muss sich eine andere Unterkunft suchen."

Dawydow spürte, wie ihm das Blut in den Kopf stieg. Das Mädchen rückte ihr Kopftuch zurecht und fuhr fort:

„Unser Kloster wurde von den ersten Christen gegründet, die hierher vor der

Verfolgung durch die Heiden geflüchtet waren. Sie haben alles miteinander geteilt, und wir verstehen uns als Nachfolger der Urgemeinde. Und so teilen wir mit denen, die alles verloren haben, Wasser und Brot und das Dach über dem Kopf."

Dawydow verdrehte die Augen. Er musste sich an den steilen Felsen stützen. Der Schweiß tropfte ihm vom Gesicht. Ihn machte die bloße Vorstellung krank, sich mit niederem Volk in die stinkende Höhle zu kauern.

„Kommen Sie, meine Herren." Die Nonne deutete auf den Eingang. „All unsere Ikonen spenden Myrrhenduft. Einmal haben Pilger eine Feuersäule gesehen, die zum Himmel hinaufstieg."

„Wir haben auch eine Feuersäule gesehen", bemerkte der General. Aristarch strafte ihn mit einem gereizten Blick.

„Und im letzten Jahr geschah ein einzigartiges Wunder: Vier Regenbögen erstrahlten zugleich über dem Kloster, einer über dem anderen."

Sie schritten durch den langen dunklen Korridor. Kühle umwehte sie. Aljona trat an eine Ikone der Gottesmutter mit dem Kind. „Sie blutet wieder, blutige Tränen weint sie!", rief sie verzückt, fiel auf die Knie und bekreuzigte sich leidenschaftlich. Auch Aristarch bekreuzigte sich. Blut konnte er nicht erkennen, lediglich rostige Wasserspuren.

Aljona erhob sich und wischte sich die Glückstränen ab: „Diese Wunderikone wurde heimlich bei Kerzenlicht auf Blech gemalt, von einem Eremiten, der sich in der Höhle vor gottlosen Soldaten versteckt hatte. Als sie ihn schließlich in die Höhle fanden, begannen sie, auf die Gottesmutter zu schießen. Damals weinte sie zum ersten Mal. Ein Soldat sah ihre blutigen Tränen und fiel auf die Knie, und obwohl er kein Gebet kannte, sprach Gott mit seiner Zunge das Vaterunser. Der Soldat fiel in Ohnmacht. Seine Kameraden, die ihn zuerst verprügeln wollten, erschraken und liefen davon. So konnte der Klausner darüber berichten, und unser Kloster wurde durch dieses Wunder vor der Zerstörung gerettet."

Dawydow konnte das rührselige Gerede der Nonne nicht mehr hören und ging in die Höhle. Der Atem der vielen Flüchtlinge bildete Wassertropfen auf dem Kalkgemäuer. Es war feucht. Unter dem Gewölbe hallte es von der summenden, ächzenden, weinenden Menschenmenge. Kleine Kinder spielten Versteck, schubsten Erwachsene und schienen sich um deren Leid nicht zu kümmern.

Der General beobachtete verwundert, wie Aristarch einen kleinen Knirps an sich zog, ihn auf den Arm nahm und auf die Stirn küsste. Sofort schmiegten sich andere Kinder an ihn, sie zogen an seiner Mönchskutte und forderten seine Zuneigung.

Aristarch nahm das Händchen des Kindes und zeichnete Kreise mit dem Zeigefinger auf dessen Handfläche. Dabei murmelte er: „Elster, Elster, Rabe! Walte, walte Gnade. Gib mir von dem Brei, Sonst klau ich dir ein Ei." Der Knirps schaute wie verzaubert auf seine Handfläche. Aristarch zog an seinem Daumen und fuhr mit dem Reim fort. „Diesem habe ich davon gegeben." Er zog an seinem Mittelfinger: „Und jenem habe ich davon gegeben". Als Aristarch ihm am kleinen Finger zupfte, sang er mit böser Stimme: „Und du, Kleiner? Du hast das Holz nicht gehackt, du hast den Ofen nicht geheizt, du kriegst von mir keinen Brei!"

Plötzlich weinte das Kind. Aristarch setzte es verdutzt ab.

Entgeistert sah Dawydow der Verwandlung seines alten Freundes zu: Der Abt duckte sich vor Serafima wie vor einer Gebieterin und spielte mit den Kindern wie ein Dorftrottel. Er schien sich wohl zu fühlen in dieser Hölle, wo Gestank, Frauengeschluchze und Gestöhne sich zu einer unheimlichen atonalen Passion fügten.

Dem General wurde übel. Es war überaus dumm, so weit zu fahren, nur um in eine weitere Sackgasse zu geraten, ging es ihm durch den Kopf. Anstatt bei Aristarch sollte er es mit Sascha Zapok, seinem einstigen Zögling, versuchen: Sein mächtiger Nachfolger hatte die Fäden in der Hand. Es blieb ihm nichts anderes übrig, als irgendwie zurück nach Moskau zu kommen. Über die auf der Erde sitzenden Menschen stolpernd gelangte er bis zu der Kalkwand, von der aus ein Labyrinth ins Innere des Felsens führte. Er sah in der Ferne ein schwaches Flackern und tastete sich hinein. Eine Kerze beleuchtete das Gesicht der Gottesmutter mit den weit aufgerissenen Augen. Plötzlich trat er auf etwas Weiches. Vor seinen Füßen lag ein schwarzes zitterndes Bündel von einer Frau. Der General schreckte zurück und griff sich ans Herz.

Dawydows Gemütszustand war Aristarch jetzt herzlich egal. Ihm ging Serafima nicht aus dem Kopf. Spielte sie ihm etwas vor, oder hatte sie wirklich ihren Weg gefunden? Warum konnte sie sich nicht von dem Jungen trennen? Dumm, ja, wie dumm alles gelaufen war, ohne eine Spur von Weitblick Der Jude damals hatte recht: Auf Enkel muss man sich vierzig Jahre vorbereiten. Von wegen „vorbereiten". Er hatte damals den wichtigen Auftrag der Partei, die Kirche zu unterwandern, er durfte nicht heiraten. Du bist mir vielleicht ein Dissident, grinste Aristarch über seine wunderlichen Gedankensprünge.

Er trat aus der Höhle und stieß am Eingang auf Serafima, die in ihr Handy schrie. Sie machte ihre Sache gut, musste er sich eingestehen. Die Äbtissin bemerkte seine Unruhe und näherte sich ihm ohne das Telefonat zu unterbrechen.

„Anton, ich wurde gerade von der Administration informiert, dass der Weg nach Moskau frei ist. Die Brände entlang der Straße sind gelöscht worden. Wir erwarten einen Lebensmitteltransport. Ihr solltet bald fahren, wir haben keine Unterkunft für VIP-Gäste. Ich würde mir auch wünschen, dass einige der älteren Menschen weggeschickt werden könnten."

Serafima machte kehrt und eilte ins Büro. Der Abt lief ihr hinterher und drängte sich durch die Tür.

„Tonja, zeig mir die Urne, bitte. Ich möchte jetzt bei ihm sein."

Sie hielt inne. „Eigentlich darf niemand meine Zelle betreten..."

„Ich bitte dich darum."

„Komm mit."

Sie öffnete den Schrank, zog eine Keramikurne heraus und stelle sie auf den Nachttisch. Aristarch kniete nieder und streichelte das Gefäß. Tränen traten in seine Augen, er wischte sie mit dem Ärmel seiner Kutte ab.

Serafima blieb reglos am kleinen, vergitterten Fenster stehen. Aristarch erhob sich.

„Ich kann jetzt nicht beten."

Sie ließ sich auf ihre Pritsche nieder und nahm ihre Nonnenhaube ab. Ihr langes braunes Haar fiel herab auf die Schultern.

„Mein Großvater war ein Lageraufseher", fing sie an, ohne ihn anzuschauen. „Deshalb musste er nicht an die Front. Nach dem Krieg kehrten nur ein paar Invaliden in unser Viertel zurück. Die Besten waren gefallen, Drückeberger, Schurken, Lagerschergen blieben übrig. Jeder Mann war nun Gold wert. Frauen legten sich unter jeden, sei es ein Dreizehnjähriger oder ein Dreckschwein. Sie haben ihnen alles verziehen: Fremdgehen, Trunksucht, Prügel. Die Frau sorgte sich um die Kinder und schuftete wie ein Arbeitspferd. Männer waren faul, betrogen die Frauen am laufenden Band und führten ihren Söhnen vor Augen, dass eine Frau ein niederes Wesen sei und nichts Besseres verdiente, als die Schweinereien des Mannes hinzunehmen. Er wäre sonst ohne jede Mühe zu einer anderen gewechselt. Meine Mutter war 18, als ich in einem Heuschober gezeugt wurde. Der Vater, ein Wehrpflichtiger, verschwand, ohne sich zu verabschieden."

Aristarch hörte ihr sprachlos zu und schien nur langsam zu verstehen, worauf sie hinaus wollte.

„Niemand nahm damals Anstoß daran, Frauen mit obszönen Witzen zu erniedrigen, über ihre Beine und ihre Hintern lautstark herzuziehen, Mädchen miteinander zu vergleichen, über eigene Heldentaten voreinander

anzugeben. Die Frauen ließen sich das alles gefallen. Wir Töchter sahen uns unsere Mütter an und glaubten, dass so etwas ganz normal sei. Und wenn ich an meine Mutter und mich denke, sind wir Frauen selbst daran schuld. Denn wir haben unsere letzte Würde für euch Köter hergegeben."
„Mein Vater war ein Kriegsversehrter", entgegnete Aristarch, „er hat sich zu Tode gesoffen. Klar, wir wurden von den Frauen erzogen, vielmehr aber von der Gosse. Als Junge hing ich im Hof herum, wo unsere Nachbarn Domino spielten. Wir Kinder hörten uns manchmal ihre Geschichten an. Waren sie doch alle gerade aus dem Krieg zurückgekehrt. An der Front, glaubte ich, habe man eine Horde Faschisten vor sich, es hagele Kugeln, Soldaten werden niedergemäht, verwundet. Sie aber prahlten die ganze Zeit mit ihren Weibergeschichten: Wer welche Krankenschwester ins Bett bekommen habe, wie Schukow Dolmetscherinnen wie am Fließband vögelte und der ganze Stab es hören konnte. Das beste, was Frauen an der Front geschehen konnte, erzählte mein Vater, war, eine KFF – „Kriegsfeldfrau" – eines Offiziers zu werden, um sich so den Schwarm von Männern vom Leib zu halten. Es stimmt schon, was du sagst. An der Front fehlte es an Frauen, im Hinterland an Männern. Junge Mädchen belagerten die Hospitäler, boten sich jedem an. Mein Vater wollte in einem Dorf Trinkwasser besorgen. Er klopfte an eine Hütte, die Tür öffnete sich, und er wurde von zwei Mädchen hinein gezogen. Da warteten schon fünf weitere, die fesselten ihn, zogen ihm die Hose herunter. Ein Kumpel hat ihn dann gerettet. Wenn mein Vater Frauen mit Kriegsauszeichnungen an der Brust bei den Veteranentreffen sah, schmunzelte er dreckig und knurrte: O, diese Dinger sind für die Verdienste im Feldbett."
Aristarch seufzte: „Trieb ist Trieb, Tonja. Es hilft dir nicht, wenn ich mich zu meiner Schuld bekenne. Den Jungen holen wir damit nicht zurück."

Serafima saß kerzengerade und schaute mit abwesendem Blick irgendwo hin.

„Ich wollte meinen Sohn vor Lüge und Schmutz, vor den Niederungen der Realität schützen. Er sollte anders werden: rein, aufrichtig, anständig. Erst später ist mir aufgegangen, dass das Reine nicht aus dem Unreinen und Wahrheit nicht aus der Lüge kommen kann. Um ihn zu schonen, habe ich ihn angelogen, ihm Märchen über seinen Erzeuger erzählt. Stattdessen hätte ich mich meiner Sünde stellen, meinen Sohn von Anfang an in der Wahrheit erziehen müssen. Die Wahrheit hätte ihn stählen können, um sehenden Auges zu leben." Das Glockengeläut rief zur Messe.

„Übergib den Jungen der Erde, bitte. Es ist nicht richtig, ihn hier stehen zu lassen. Du willst dich damit nur quälen."

Serafima nahm die Urne vom Tisch und stellte sie in den Schrank.

„Ich muss zur Messe."

„Hast du Trinkwasser?"

„Der Wassertank steht vor dem Eingang. Aljona kümmert sich darum."

Sie ordnete ihr Haar unter der Nonnenhaube, öffnete die Tür und ließ ihn hinaus.

„Wenn wir bei dir tanken dürften, würde ich in der Früh fortfahren."

„Aljona!" rief sie die Nonne. „Hol den Mechaniker, er soll den Herren den Tank voll machen." Aristarch reihte sich in die Schlange ein, um Wasser zu bekommen, und sah, wie Dawydow gerade auf eine Nonne einschimpfte. Aus der Höhle waren Psalmen zu hören. Er vergaß den Durst und lief hinein. „Der Herr ist mein Hirte, mir wird nichts mangeln. Er weidet mich auf einer grünen Aue und führet mich zum frischen Wasser." Seine kraftvolle Stimme übertönte den Chor und füllte das Kirchenschiff. Von der Decke tropfte es, und durstende Menschen hielten ihre Handflächen nach oben.

Zauberlehrling

Gestern hatte sich der Gründungstag des *Instituts für Klimawandel* zum zwanzigsten Mal gejährt, dessen unersetzlicher Leiter Professor Siegfried von Castorp war. Zu der Festveranstaltung waren hochkarätige Wissenschaftler eingeladen worden. Castorp war es sogar gelungen, den Bundespräsidenten für eine Ansprache zu gewinnen. Dieser hielt eine überschwängliche Rede über den Wert der Freiheit, die heute global in die Defensive geraten sei, und mahnte die Deutschen Vorbild in Sachen Demokratie und Klimaschutz zu sein. Die Feier wurde auf allen öffentlich-rechtlichen Kanälen übertragen, und als Castorp am nächsten Morgen zum Institut fuhr, sah er sich selbst auf den Titelseiten der Zeitungen müde lächeln.

Nun stand er seit einer Viertelstunde in seinem Büro in der Yoga-Haltung *Shirshasana* und fühlte sich miserabel. Sein *Stirnchakra* war blockiert. Ihm wollte es nicht gelingen, den unkontrollierten Strom unangenehmer Gedanken zu stoppen. Schließlich bekam er einen Hustenanfall und beendete die Übung.

Seit dem internationalen Skandal unter dem Namen Climategate, der vor einigen Jahren hohe Wellen geschlagen hatte, fürchtete Castorp die Whistleblower. Just vor der Weltklimakonferenz in Kopenhagen war eine Datei mit Tausenden von E-Mails führender Klimaforscher auf einem sibirischen Server aufgetaucht. Ihre Auswertung weckte den nicht ganz unbegründeten Verdacht, dass einige Experten des UN-Klimarats IPCC vorsätzlich Ängste vor einer Erderwärmung schürte.

Wie der Datei zu entnehmen war, verhinderten sie den Zugang unabhängiger Wissenschaftler zu ihren Daten, mischten sich in Begutachtungsverfahren ein, um das Erscheinen kritischer Beiträge in den Fachzeitschriften zu verhindern, und nahmen auf die Berichterstattung in den

Medien Einfluss. Besonders brisant war eine abenteuerliche Geschichte des amerikanischen Paläoklimatologen Michael Mann.

Mann hatte Ende der 90er Jahre eine Rekonstruktion der Klimaveränderungen der vergangenen tausend Jahre für den Nordhalbkugel vorgenommen. Da es im Mittelalter keine Thermometer gab, musste er sogenannte Proxy-Daten benutzten, z.B. Baumringe, Eisbohrkerne und historische Aufzeichnungen. Dabei ergab sich eine Temperaturkurve, deren Form an einen Hockeyschläger erinnerte. Bis Mitte des 19. Jahrhunderts verlief sie schnurgerade wie der Schaft des Schlägers. Danach bog sich der Schläger nach oben und bekam eine Kelle. Sie suggerierte, dass das Klima noch nie so warm gewesen war wie seit Beginn der Industrialisierung und dass die Erderwärmung immer schneller voranschritt. Manns „Hockeyschläger" galt als ultimativer Beweis für die nahende Apokalypse und machte weltweit Furore.

Die Korrespondenz seiner Kollegen zeigte, dass der Hockeyschläger von ihnen von Anfang an in Frage gestellt worden war. Es hieß, er habe natürliche Klimaschwankungen in der Vergangenheit – die mittelalterliche Warmzeit und die Kleine Eiszeit – mit Hilfe statistischer Tricks weggerechnet. Und da die Analyse der Baumringe seit den 60er Jahren auf keine Erderwärmung hindeutete, habe er diese Daten durch Werte ersetzt, die einen Anstieg der globalen Mitteltemperaturen am Ende des 20.Jahrhunderts nahelegten.

<3373> Bradley:
Ich bin sicher, Sie stimmen zu, dass das Mann / Jones Papier wirklich erbärmlich war und nie hätte veröffentlicht werden dürfen. Ich will mit dieser 2000-Jahres-„Rekonstruktion" der „Globaltemperatur" von Mann nicht in Verbindung gebracht werden.

<3870> Briffa

an Dr. Edward Cook

Wir kennen beide die wahrscheinlichen Schummeleien in Mikes Rekonstruktion, vor allem, wo er sich auf diesen tropischen Kram bezieht.... Es ist mir schleierhaft, wie ein so kluger Kerl wie Mann so unwillig sein kann, seine eigene Arbeit etwas objektiver evaluieren zu lassen.

Nach dem Climategate war der Ruf mehrerer führender Autoren der UN-Klimaberichte und das Ansehen des Weltklimarats ruiniert. Phil Jons, der Leiter eines Forschungszentrums an der University of East Anglia, wurde von seinem Posten suspendiert. Er musste sich in einer parlamentarische Kommission wegen Unterschlagung von Messdaten rechtfertigen. In den USA hatte die Affäre den Kongress beschäftigt – anders in Deutschland, wo die Berichterstattung suggerierte, der Skandal beträfe die einheimische Klimaforschung gar nicht. Castorp durfte aufatmen. Das *Institut für Klimawandel* mit dem Kürzel INKA, führend in Computermodellen und Szenarien einer anthropogenen Klimaerwärmung, setzte seine Forschung unbeirrt fort. Jahr für Jahr wurden die Berechnungsmethoden auf den neuesten Wissensstand gebracht, die Ergebnisse zeigten jedoch – bei aller Variabilität der Eingabeparameter–, dass der Temperaturanstieg ein bedrohliches Ausmaß anzunehmen begann. Ohne milliardenschwere Investitionen in erneuerbare Energien und drastische Reduzierung der Emissionen würde die Flut der aus den Fugen geratenen Welt den Menschen bald bis zum Hals stehen.

Solch unerfreuliche Perspektiven änderten jedoch nichts an Castorps mulmigem Gefühl, ihm, dem Klimaweisen und Regierungsberater für die Energiewende, stünde das Wasser schon jetzt bis zum Hals. Denn der in keinem seiner Computermodelle berücksichtigte, aber sich deutlich abzeichnende Sinneswandel der Öffentlichkeit war für ihn viel bedrohlicher als das Katastrophenszenario, für welches sein Institut gerade den Max-

Planck-Preis bekommen hatte.

Und tatsächlich kam es Schlag auf Schlag wie die biblischen sieben Plagen. Die Finanzkrise fiel mit harten Wintern in Amerika und Europa zusammen. An und für sich boten ein paar strenge schneereiche Winter noch keinen Anlass zur Panik, wusste er allzu gut. Das Klima ist lediglich eine statistische Größe. Zufällige Abweichungen taugen als Beleg für das Ende des Klimawandels nicht. Die unerwartete Rückkehr der Winter, beschloss man am INKA, wäre eine paradoxe Folge der Klimaerwärmung, welche die arktische Eisdecke zum Schmelzen brachte. Denn über dem vom Eise befreiten Polarmeer bildeten sich feuchte kalte Luftmassen, die Schneestürme nach Europa brachten.

Doch in gemäßigten Breiten mögen es die Menschen nun einmal warm. Die hohen Heizkosten stimmten misstrauisch. Als viele zudem um ihre Arbeitsplätze bangen mussten, trat die Angst vor der Klimaerwärmung hinter die Existenzsorgen zurück. Durch die Schuldenkrise kam es noch schlimmer. In Spanien und Italien wurden Subventionen für Photovoltaik gestrichen. Hersteller mussten reihenweise Konkurs anmelden. Auch beim Lehrmeister Deutschland knirschte es. Solarzellen kamen überwiegend aus China, entsprechend musste der deutsche Steuerzahler anstelle der versprochenen grünen Arbeitsplätze chinesische Dumpingpreise subventionieren. Das war problematisch, wusste Castorp, aber verglichen mit den Folgekosten des ungebremsten Klimawandels fielen ein paar Dutzend Milliarden nicht ins Gewicht. Schließlich hatte man in Ostdeutschland zwei Billionen Euro in den Sand gesetzt, und niemand hatte mit der Wimper gezuckt. War da was? Zum Glück hielt die Regierung unbeirrt an ihren Klimazielen fest. Und das war richtig so.

Dass die Skandalwogen um die gehackte Korrespondenz Deutschland bislang nicht erreicht hatten, war der eindeutigen Position der Medien zu verdanken. Wie in keinem anderen Land, blieben sie der *gemeinsamen Sache* der Klimarettung treu. In den Redaktionsstuben saßen noch immer alte

Weltverbesserer, die von einer menschengemachten Erderwärmung überzeugt waren und Querulanten wie Skeptikern keine Chancen gaben. Im Fernsehen führten schmelzende Gletscher und überflutete Entwicklungsländer das Unheil des Klimawandels vor Augen. Von der ausgezeichneten ZDF-Dokumentation „Machtfaktor Erde" war Castorp richtig aufgewühlt. Meisterhaft zeigte Claus Kleber den anschwellenden Konflikt zwischen Indien und Bangladesh, der durch die Gletscherschmelze im Himalaya angeheizt wurde. Den armen Bangladeschi schwamm förmlich der Boden unter den Füßen weg. Und Kleber war nicht irgendwer.

Dennoch musste er sich fragen, wie lange die deutschen Medien noch so ausgewogen berichten würden. Internationale Klimakonferenzen hatten keine Ergebnisse gebracht. Mehrere bedeutende Länder – Brasilien, Kanada und Japan – waren im Begriff aus dem Kyoto-Protokoll auszusteigen, die Schlote qualmten, und die Staaten konnten sich auf gemeinsame Maßnahmen zum Klimaschutz nicht einigen.

Castorp lehnte sich zurück und trommelte mit den Fingern auf dem Tisch. Die da oben mussten höllisch aufpassen, dass die *gemeinsame Sache* der Klimarettung nicht der Lächerlichkeit preisgegeben wurde. Politiker haben einfach keine Ahnung. Castorp erinnerte sich an den letzten Auftritt des Bundesumweltministers, der ihm die Schamesröte ins Gesicht getrieben hatte. Es war nicht gerade hilfreich, dass er *urbi et orbi* verkündet hatte, eine Pro-Kopf-Quote für die Emission von Treibhausgasen für jeden Erdbewohner einführen zu wollen. Und kein Referent schien diesem Banausen gesagt zu haben, dass jeder Mensch beim Atmen hundert Mal mehr Kohlendioxid in die Luft pustet, als er mit der Luft einatmet. Im Jahr emittiert ein menschlicher Körper durchschnittlich 400 kg CO_2. Rechnet das auf die Weltbevölkerung hoch und euch vergeht sofort das Lachen! Wollte man konsequent die CO_2-Emissionen bekämpfen, müssten alle Erdenbewohner Gasmasken tragen.

Dazu enthalten menschliche Ausscheidungen ebenfalls diverse Treibhausgase, und leider Gottes sind die nicht so einfach zu kontrollieren. In den aufstrebenden Staaten würden fleischfreie Tage, die der Bundesminister zur Reduzierung der Emissionen empfahl, kaum Schule machen. Mit solchen läppischen Maßnahmen konnte man schließlich keine *Große Transformation* der Gesellschaft in die Tat umsetzten. Überhaupt hörten selbst die engsten Freunde der Deutschen es nicht so gerne, wenn mit unnachahmlicher Großspurigkeit verkündet wurde: „Klimaschutz ist Weltordnungspolitik." So etwas weckt ungute historische Assoziationen.

Am Konzept der Energiewende hatte Castorp seit Jahren mitgewirkt. Der Übergang zu regenerativen Energien durfte auf keinen Fall überstürzt vollzogen werden, wurde er nicht müde zu wiederholen. Stattdessen lief die Politik gerade in der ersten Phase der Energiewende Amok mit der abrupten Stilllegung der Atomkraftwerke. In der Ethikkommission saßen lauter Pastoren und Umweltaktivisten. Kernphysiker wurden gar nicht erst eingeladen. Im Energieausschuss hatte er seine Meinung trotzdem kundgetan: „Ohne Überbrückung durch Atomstrom würde die Energiewende die Versorgungssicherheit gefährden und die Glaubwürdigkeit der Klimapolitik untergraben." Dann ginge es nicht anders, als die alten Kohlekraftwerke wieder in Betrieb zu nehmen. Der forcierte Ausbau der erneuerbaren Energie würde zum Anstieg der Emissionen führen. Welche Ironie des Atomausstiegs! Der Bundesumweltminister redete auf ihn ein: „Wir haben einen breiten Konsens in der Bevölkerung gegen die Kernkraft. Für uns ist das eine Frage der Glaubwürdigkeit." Die Grünen warfen Castorp vor, ein Atomlobbyist zu sein. Man konnte ihn schließlich überreden. Er segnete die Stilllegung der Kernkraftwerke mit seiner Unterschrift ab.

Castorp fuhr mit dem Cursor über *Spiegel Online*. Auf dem Bildschirm tauchte plötzlich ihr Gesicht auf. Diese Journalistin schien ihn zu verfolgen.

Damals in der Veranstaltung saß sie in der ersten Reihe, und er hatte Mühe, ihre spöttischen Augen, ihr flüchtiges Lächeln zu übersehen. Die Podiumsdiskussion „Konkrete Utopie", die er mit einem angesehen Schriftsteller führte, einem waschechten 68er, war ausverkauft. Aus dieser Generation kamen auch viele der Zuschauer, sie alle machten sich Sorgen um die Zukunft dieser fragilen, überforderten Welt. Er setzte sich an den Tisch und fixierte mit seinem Blick eine verlebte Schönheit in der mittleren Reihe.

Die *Diktatur des Jetzt*, das war Castorps These, musste überwunden werden. „Wir brauchen eine *große Erzählung*, eine neue Vision. Die bisherigen großen Transformationen der Menschheit waren weitgehend ungesteuerte Prozesse evolutionären Wandels. Das hat sich im letzten Jahrhundert durch eine *Brachial*-Industrialisierung radikal verändert. Vor unseren Augen findet eine ungeheure Verdichtung von Bildern und Ereignissen statt. Wir haben immer weniger Zeit, obwohl wir immer länger leben."

Er sah, wie die verwelkte Dame traurig nickte.

„Das hört sich doch wirklich paradox an. Geraten wir mit einer abermaligen *großen Erzählung* nicht in die philosophische Falle, in welche einst der Marxismus getappt ist?" fing der Schriftsteller den ihm zugespielten Ball auf.

„Es wäre vermessen, hier eine Parallele zwischen einer gescheiterten Utopie und der drohenden Klimakatastrophe zu ziehen", erwiderte Castorp. „Sie ist keine Abstraktion. Sie wird sehr physisch, sehr erfahrbar sein, wie Erdbeben und Vulkanausbrüche eben erfahrbar sind. Vier oder sechs Grad Erwärmung genügen schon, um die ganze Erde, wie wir sie kennen, bis zur Unkenntlichkeit zu verändern und unseren Lebensraum zu zerstören."

Das Publikum schwieg bedrückt.

„Herr Professor, wie hoch schätzen Sie die Wahrscheinlichkeit ein, dass die von Ihnen geschilderte Klimakatastrophe Realität wird?" rief die Journalistin unangemeldet in die Runde und wurde sofort von irritierten Blicken der

Anwesenden bestraft. Castorp lächelte ihr arglos zu.

„Nun, sie liegt sicherlich nicht bei hundert Prozent, aber auch nicht bei Null."

Der Schriftsteller drehte sich ihm zu und starrte ihn mit offenem Mund an.

„Und wenn Sie diesen Wert", fuhr Castorp fort, „mit der Bewahrung der Schöpfung und der Stabilisierung der Weltzivilisation multiplizieren, dann ergibt sich etwas ungeheuer Großes."

Der Schriftsteller machte den Mund zu. Die obskure Journalistin unterdrückte ihr Lächeln und wandte sich nun an ihn.

„Dass Sie von einer philosophischen Falle gesprochen haben, hat mich verwundert. In der Realität war die kommunistische Utopie keine philosophische, sondern eine sehr reale und blutige Falle."

„Genau so meinte ich das auch", stimmte der Schriftsteller ihr bereitwillig zu. „Die historische Erfahrung zeigt, dass der Anspruch, Anwalt der Zukunft zu sein, die Gesellschaft schnell auf Holzwege und den Anwalt auf die Guillotine bringen kann."

An den erstaunten Gesichtern der Zuhörer erkannte der Schriftsteller, dass er zu weit ausgeholt hatte.

„Sie glauben also, dass die *Große Transformation* eher weniger als mehr Erlösung bringen würde?" ließ die Journalistin nicht locker.

„Die *Große Transformation* könnte nur gelingen, wenn alle Nationen am selben Strang ziehen", stimmte der Schriftsteller ihr teilweise zu, „wie man am Schicksal des Kyoto-Protokolls sieht, ist das nicht der Fall."

„Die verheerenden Folgen der Erderwärmung", entgegnete Castorp beherrscht, „würden nicht uns, sondern künftige Generationen treffen. Der Klimawandel ist nicht die einzige, aber die größte Herausforderung planetarischer Dimension. Es wäre deshalb längst an der Zeit, die unendlichen Diskussionen zu beenden und zur Tat zu schreiten. Voraussetzung dafür ist, die noch nicht geborenen Generationen in das demokratische Wahlsystem mit einzubeziehen."

„Wie sollen wir denn die Interessen ungeborener Generationen berücksichtigen? Früher war es doch ganz anders", provozierte ihn der Schriftsteller verspielt. „Die Zeitgenossen kümmerten sich nicht darum, was ihre Kinder und Kindeskinder erwartete. *Geschlagen ziehen wir nach Haus, die Enkel fechten's besser aus.*"

„Mir geht es lediglich um die Handlungsfähigkeit der Politik, die gerade in demokratischen Staaten durch langwierige Verfahren oft lahmgelegt wird", erwiderte Castorp. „Deshalb schlage ich einen raschen Übergang zu einer *intergenerationellen Demokratie* vor. Nichtgeborene Generationen sollen in die Entscheidungsprozesse mit einbezogen werden. Dafür brauchen wir Ombudsmänner, die sie im Parlament vertreten."

„Und Ombudsfrauen", ergänzte ihn der Schriftsteller.

„Dann noch eine Frage, diesmal an Sie, Herr von Castorp." Die Journalistin zog ihre Hand hoch. „In Deutschland und vielen anderen europäischen Ländern kommen immer weniger Kinder zur Welt. Könnte es nicht passieren, dass Ihre Ombudsmänner und -frauen im Parlament Gogolsche *tote Seelen* vertreten würden, um in ihrem Namen die Gesellschaft unter eine Ökodiktatur zu zwingen?"

„Und was ist mit den Tieren? Wer vertritt die Tiere?" schrie jemand aus dem Publikum. „Sie sollen auch Menschenrechte haben! Alle mit der Ausnahme der Ratten!"

„Wieso sollten ausgerechnet Ratten diskriminiert werden? Sie sind nicht weniger gleichberechtigt als andere Säugetiere", wandte die ätzende Journalistin ein. Castorp sah, dass sie auf Krawall aus war. „Hört auf mit dem Blödsinn!" brüllte ein Mann von hinten.

„Ich verstehe, dass Sie mich provozieren wollen." Er schaute an der Journalistin mit dem spöttischen Gesichtsausdruck vorbei. „Mir geht es um das Ganze, um die Millionen von Opfern einer von uns losgetretenen

Klimakatastrophe."

„Gar um Milliarden von Opfern, wenn man James Lovelocks Warnungen glaubt", fiel sie ihm ins Wort.

„In einer Welt, in der Hiroshima und Auschwitz geschehen sind", rief Castorp indigniert, „kann ich nicht darauf vertrauen, dass immer alles gut gehen wird!" Seine Stimme stockte. „Ich weigere mich, das Ende des Menschen zu akzeptieren!"

„Als Wissenschaftler wissen Sie, dass es in der Vergangenheit, überhaupt zu jeder Zeit, tot geborene Ideen gegeben hat." Die Journalistin bäumte sich vor ihm wieder auf. „Glauben Sie nicht, dass die Vorstellung von einer menschengemachten Erderwärmung auch eine solche Missgeburt war?"

Castorp schaute demonstrativ auf die Uhr. Die Zeit war überzogen. Er gab zu verstehen, dass die Veranstaltung beendet sei, und erhob sich. Der Schriftsteller rieb sich die Hände. Auf seinem Gesicht spielte ein höhnisches Lächeln: Das Streitgespräch war gelungen.

Die Sekretärin betrat das Zimmer mit einem Stapel wichtiger Dokumente in der Hand. Castorp bedankte sich und schob sie in die Schublade. Als fortgeschrittener Joga-Schüler mit einem Abschluss der vierten Stufe des *Raja*-Yoga hatte er gelernt, sein *Prana* zu beherrschen und es positiv zu verwenden. Doch die Affäre, die zwar bereits Jahre zurück lag, war an ihm keinesfalls spurlos vorbeigegangen. Er litt an Schlafstörungen und Herzrasen. Und immer häufiger, besonders beim Stöbern in den Klima-Blogs, spürte Castorp, dass sein *Prana* nicht mehr mit Liebe erfüllt war. Er lief Gefahr, den Weg zur Einheit zu verlassen. Aus dem Webbrowser in seinem Rechner zog ein eiskalter Wind.

Er klickte auf die Seite http://notrickszone.com, die von einem Klimaskeptiker betrieben wurde. Das Thema des Tages lautete: „Neues aus der Anstalt: Climategate 2.0." Im schadenfrohen Ton wurde dort berichtet, dass weitere Dokumente aus der früheren Datei abzurufen seien.

Ihm wurde unbehaglich. Unter diesen E-Mails könnte sich seine alte Post an Michael Mann und andere Experten befinden. Vor zehn Jahren hatten ihn Mann und Jones gebeten, eine renommierte Zeitschrift unter Druck zu setzen, um das Erscheinen einer vernichtenden Kritik der Hockeyschläger-Kurve zu verhindern. Dies gelang ihm auch tatsächlich – und mehr noch: Unter seiner Mitwirkung wurden dort sogar zwei Redakteure gefeuert. Das wäre ein gefundenes Fressen für seine Widersacher und besonders für Axel Guggenberger, seinen Erzfeind.

Castorp überflog die neuen Funde mit heftigem Herzklopfen.

<1939> Thorne / MetO

An Phil Jones:

Beobachtungen zeigen keine steigenden Temperaturen in der äquatorialen Troposphäre, es sei denn, Sie akzeptieren eine singuläre Studie und eine einzige Methode und vernachlässigen die vielen anderen. Das ist einfach viel zu gefährlich. Wir müssen diese Unsicherheiten dringend offen kommunizieren, das verlangt die wissenschaftliche Redlichkeit. [...]

„Nur Schnee von gestern." Er war erleichtert. „Ist schon gegessen, der letzte UN-Klimabericht enthielt die Kurve Manns schon nicht mehr."

<2031> Wigley

an Prof. Mann

Wenn Du glaubst, [James] Saiers [der Herausgeber der »Geophysical Research Letters«] gehöre zum Lager der Klimaskeptiker und dass wir dokumentarische Belege dafür finden können, wären unsere offiziellen Kanäle bestens geeignet, um ihn von allen Verbindungen abzuschneiden.

Seine eigene Korrespondenz zu diesem heiklen Thema war zum Glück nicht darunter. Castorp holte Atem. Er öffnete die Post und stieß sofort auf eine persönliche Einladung zu einer Klimakonferenz. Der Veranstalter war allerdings Axel Guggenbergers Verein, ein Häuflein akademischer Versager und Pensionisten, die den Klimawandel für eine Verschwörung hielten. Von etablierten Forschern geschnitten und von der Politik gemieden wie vom Teufel das Weihwasser, standen sie bislang auf verlorenem Posten. Er schob die Einladung in den Papierkorb und klickte erneut auf die Climategate-Datei.

<3001>Wils an Lovelock:

Was, wenn der Klimawandel vor allem eine multidekadische natürliche Schwankung wäre? Sie würden uns wahrscheinlich umbringen [...]

<3002>Lovelock an Wils:

Das Problem ist, dass wir nicht wissen, was mit dem Klima los ist. Vor zwanzig Jahren glaubten wir, Bescheid zu wissen, und veröffentlichten alarmistische Bücher – meine eigenen inbegriffen –, weil alles klar schien. Aber nichts von dem, was wir vorausgesagt haben, ist eingetreten.

Castorp lachte so laut auf, dass seine Sekretärin ihren Kaffee verschüttete. James Lovelock war der Öko-Guru einer ganzen Generation. Seine Gaia-Theorie, nach welcher die Erde mit all ihren Lebewesen wie ein sich selbst regulierender Organismus funktionierte, hatte mehr für das Entstehen eines Umweltbewusstseins getan als alle Forschung zusammen. Nun übte der alte Beatnik Selbstkritik ohne Rücksicht auf die Folgen. Wie nett von ihm, grinste er.

<4011>

von: Ray Ashly

an: Phil Jones

Ich habe gerade gelesen, dass Castorp mit dem Orden des Britischen Empire ausgezeichnet wurde!!!! Ich wusste gar nicht, dass man so etwas für einen derartigen Bullshit bekommen kann, ich wundere mich bloß, wie tief das Niveau gesunken ist.

Recht amüsiert.

Ray

<4012>

von: Phil Jones

an: Raymond S. Bradley"

Re: Re: Castorp

Ray, wir alle sind mit Deiner Einschätzung einverstanden!

Phil

„Mistkerle!" – Castorp loggte sich verärgert aus. Er rieb sich die Schläfen. Am liebsten hätte er hier alles links liegen lassen und wäre zu seinem Guru nach Indien gefahren, um sein energetisches Gleichgewicht wiederherzustellen. So konnte es nicht weiter gehen.

Menschenfeinde

Es war an der Zeit, Marlene aus dem Kindergarten abzuholen. Danach würde Robert mit ihr auf dem Kinderspielplatz bleiben und schließlich nach Hause gehen. Seine Tochter war streitlustig und legte sich oft mit anderen Kindern an. Auch diesmal tollte Marlene auf dem Klettergerüst herum und beobachtete zugleich den Sandkasten mit den spielenden Kindern. Blitzschnell rutschte sie vom Gerüst und schubste ein kleines Mädchen beiseite, das einen Sandkuchen mit Steinchen schmückte. Das Mädchen heulte auf, die Mutter nahm es auf den Arm. Ihm fiel sofort ihr ungewöhnlich ausdrucksstarkes Gesicht auf, das in wenigen Sekunden eine ganze Palette von Gefühlen wiedergab, noch bevor sie diese zur Sprache brachte.

„Könnten Sie Ihre Tochter nicht etwas zurückhalten?"

„Marlene!" drohte er ihr mit dem Zeigefinger. Sie zeigte ihm ihre Perlenzähne und fuhr fort, mit Sand zu werfen. Er stellte sich zwischen sie und die aufgebrachte Mutter: „Jetzt reicht es aber!"

Robert hob eine Plastikschippe auf und reichte sie dem weinenden Mädchen.

„Sie wird sich schon beruhigen. Kinder sollten nicht unnötig gehindert werden, ihren Regungen freien Lauf zu lassen. Andere Kinder können dabei lernen, sich dagegen zu behaupten. Das ist der Kern der antiautoritären Erziehung."

„Einer antiautoritären Erziehung?" entrüstete sich die Mutter. „Das sieht aber eher nach Faustrecht aus. Verwilderte Sprösslinge von Fremden wünsche ich mir nicht unbedingt als Erzieher für mein Kind. Sie sollten Ihre Ideologie gefälligst nicht auf Kosten meiner Tochter ausleben." Dann fasste sie sich, schaute ihm direkt in die Augen und sagte mit fester Stimme und kaltem Lächeln: „Ihre antiautoritäre Erziehung bereitet den Boden für eine Diktatur."

So einen Unsinn hatte Robert noch nie gehört. Die Frau sprach mit leichtem Akzent, er wurde verlegen und wusste auf einmal keine Antwort. „Ich heiße Robert", erwiderte er versöhnlich. Sie hielt es nicht für nötig, sich vorzustellen, wischte ihrem Kind die Tränen ab und ging fort.

Unwillkürlich schaute er ihr hinterher. Die kleine Frau mit einem naturbelassenen Gesicht trug einen seltsamen Knoten oben am Kopf, aus dem fächerartig die Haare herausragten. Vor dieser Frau hatte er sich plötzlich geduckt – und er fragte sich, weshalb?

Am nächsten Tag war Robert mit dem Rad unterwegs und machte einen Umweg, um an diesem Kinderspielplatz vorbeizufahren. Ihm war zu ihrer spitzen Bemerkung über die Diktatur einiges eingefallen. Er war fast am Eingang, als sie den Kopf in seine Richtung drehte. Ihre Augen erstrahlten. Doch sie schaute an ihm vorbei. Ihre Freude galt einem Mann mit gelöster Krawatte und einem Aktenkoffer, der sich auf eine Bank fallen ließ. Er nahm einen trockenen Ast vom Boden auf und zeichnete irgendetwas in den feuchten Sand. Sie lächelte und rieb ihren Kopf an seinem Ärmel. Der Mann löste ihren Haarknoten. Die Tochter krabbelte bereits dem Vater auf die Knie und küsste ihn ab. Der lachte und kitzelte sie an den verdreckten Sohlen. Die Mutter schüttelte den Sand von seiner Hose und redete auf die Tochter ein.

Robert zog sich hinter den Zaun zurück und kam sich vor wie ein Voyeur, obwohl vor seinen Augen gar nichts Außergewöhnliches oder Unanständiges geschah. Die Familie verließ den Spielplatz. Das Mädchen nahm den Aktenkoffer in Beschlag und schleifte ihn über den Bürgersteig bis sie darüber stolperte. Der Vater hob sie hoch und gab ihr einen zärtlichen Klaps. Es war dieses Paar, dämmerte es Robert plötzlich, das er von seinem Balkon in der Loggia des Nachbarhauses beobachtet hatte. In diesem Augenblick wünschte er sich, dass sich der spießig aussehende Mann in Luft auflösen würde und die Frau nicht so glücklich wäre.

Robert betrat die Lobby des Hotels „Maritim" und erblickte seine schlaffe Figur in einem großen Spiegel. Er kam sich vor wie eine saftlose alte Jungfer. Das musste sich ändern, wenn er die frei werdende Stelle des Pressesprechers bekommen wollte.

Beim INKA hatte er sich auf gut Glück beworben. Doch Castorp hatte sich an ihn erinnert und ihn zum Bewerbungsgespräch eingeladen. Völlig unerwartet zeigte er Verständnis für Roberts damaligen Ausstieg aus der Kernforschung, hörte ihm interessiert über seine Abenteuer in Afrika zu und stellte ihn prompt im Labor für Klimamodelle ein.

Nun wurde er auf eine Tagung der Klimaskeptiker geschickt, um gefährliche Argumentationspunkte auszukundschaften. Castorp ließ sich bei den Sektierern und Durchgeknallten nicht selbst blicken. Sonst wäre zu den Medien durchgesickert, dass das renommierte *Institut für Klimawandel* deren Kritik doch ernster nahm, als es zu behaupten pflegte. Die Zweifel an einer menschengemachten Erderwärmung waren doch nicht ganz so grundlos wie vom INKA suggeriert wurde.

Tagelang hatte Robert in Dutzenden von skeptischen Klimablogs gestöbert und war auf den Einsatz halbwegs vorbereitet.

In der Klimadebatte herrschte mittlerweile ein heilloses Durcheinander. Die einen bestritten, dass es so etwas wie globales Klima überhaupt geben könne. In der Realität existierten demnach lediglich Klimazonen. Das globale Klima sei ein statistisches Konstrukt, regten sich die anderen auf: Es sei nicht zu begründen, warum für die Definition von Klima Durchschnittstemperaturen herangezogen wurden, die anhand eines Zeitraums von gerade dreißig Jahren zu bemessen waren, ebenso gut hätten auch andere Zeiträume hierfür dienen können. Aber selbst die primären Messdaten mussten angezweifelt werden. Ehe Wettersatelliten zum Einsatz kamen, waren Temperaturen lediglich auf unter 10% der Erdoberfläche regelmäßig gemessen worden. Dabei befanden sich Messstationen damals größtenteils auf Flughäfen und in Städten und wurden deshalb von urbanen Wärmeeffekten beeinflusst. In den Wüsten und Bergen fehlten sie fast völlig, und die ganzen südlichen Breiten waren ohnehin unterrepräsentiert.

Bei der statistischen Bearbeitung der Langzeitreihen wirkte sich diese ungleichmäßige Verbreitung zugunsten eines Erwärmungstrends aus. Einige Forscher stellten deshalb das Sakrosankt des Klimawandels überhaupt in Frage: Sie hielten die vermeintliche Zunahme der globalen Erdtemperatur für ein statistisches Phantom. Menschengemachte Erderwärmung gebe es demnach nur in den Computermodellen.

Nicht viel besser war es um dem Treibhauseffekt bestellt. Der Weltklimarat hatte die CO_2-Emissionen für den Anstieg der Erdtemperatur im letzten Jahrhundert verantwortlich gemacht. Doch in den vergangenen geologischen Epochen sollte es selbst während der Eiszeiten viel höhere CO_2-Werte gegeben haben als in den postglazialen Phasen. Tatsächlich fand Robert zahlreiche Forschungsberichte, in denen die herausragende Rolle von Kohlendioxid für die Erderwärmung generell in Frage gestellt wurde. Denn in der Klimageschichte ging dem Anstieg des CO_2-Gehalts in der Luft eine langsame Erwärmung der Ozeane voraus. Die in deren Wassermassen gelösten Gase gelangten erst mit einer beträchtlichen Zeitverzögerung in die Atmosphäre. Derselbe Effekt wurde auch für den Zeitraum seit der Mitte des 19. Jahrhunderts nachgewiesen, als die Kleine Eiszeit zu Ende ging.

Diese Umkehrung von Ursache und Wirkung stellte alle bisherigen Vorstellungen auf den Kopf. Es gab gewichtige Gründe anzunehmen, dass die Erderwärmung einen Anstieg des CO_2 nach sich zog, nicht umgekehrt. Also drehte sich die wissenschaftliche Kontroverse um eine zweifache Unsicherheit: Es wurde nicht nur am Beitrag des Menschen, sondern auch an der Rolle des Kohlendioxids an der Klimaerwärmung gezweifelt. Hätte CO_2 mit dem Anstieg der globalen Erdtemperatur nichts zu tun, wäre es nicht mehr möglich, die Verbrennung fossiler Kraftstoffe und damit die

Industriestaaten für den Klimawandel verantwortlich zu machen. Die Begründung für den kostspieligen Klimaschutz würde damit hinfällig. Dieser Standpunkt wurde von vielen skeptischen Forschern vertreten.

Seit Robert sein Schulwissen in Castorps Uni-Seminar zum Besten gegeben hatte, war auch in der Klimaforschung einiges in Bewegung geraten. Trotzdem war man sich am INKA immer noch felsenfest sicher, dass der jüngste Anstieg der globalen Erdtemperatur fast ausschließlich vom anthropogen erzeugten CO_2 angetrieben wurde. Wissenschaftler, die daran zweifelten, mussten zwangsläufig den nächsten Schritt tun und Castorps Computermodelle unter die Lupe nehmen. Wie könnte es sein, dass jene natürlichen und vor allem astrophysikalischen Faktoren, die seit Jahrmillionen das Klima bestimmt hatten, ausgerechnet im 20. Jahrhundert außer Kraft gesetzt wurden – empörten sich Klimaskeptiker. Was wäre die Erde ohne die Sonne?

In der Tat konnte Roberts Chef nichts mehr irritieren als der „Sonnenkult". „Wir Industriestaaten haben unseren Planeten geplündert, aber „Die Sonne hat es immer gegeben", wurde Castorp bei seinen öffentlichen Auftritten nicht müde zu wiederholen. „Während des 11-jährigen Sonnenfleckenzyklus schwankt die gesamte zur Erde gelangende Sonnenstrahlung aber um lediglich 0,1 % pro Quadratmeter. Die Erderwärmung der letzten Jahrzehnte kann damit nicht erklärt werden. Deshalb ist die liebe Sonne in unseren Modellen zu vernachlässigen. Heute ist ausgerechnet Mensch eine planetarische Kraft geworden. Die Natur wird mit seiner Gewalt nicht mehr fertig. Das bei der Verbrennung fossiler Energieträger frei gesetzte Kohlendioxid heizt die Atmosphäre immer schneller auf." Castorp ließ seinen abwesenden Blick über das Publikum schweifen.

„Wir Industriestaaten haben unseren Planeten geplündert, aber bei dessen Rettung scheitern wir an unseren eigenen Werten. In einem demokratischen Verfahren, bei einer mühsamen Konsensbildung geht wertvolle Zeit verloren, während die Entscheidungen, die eine Reduzierung der Emissionen ermöglichen, schnell und radikal durchgesetzt werden müssten. Ich empfehle deshalb, nationale Regierungen unter die Kontrolle des Weltklimarats zu stellen. Die UNO sollte ermächtigt werden, die Verbrennung fossiler Treibstoffe diktatorisch einzuschränken. Überschreitet die Erderwärmung 2°C, wird das Klima kippen!"

„Weshalb ausgerechnet dieser Wert von 2°C?" wollte ein Zuhörer wissen.

„Das ist eine berechtigte Frage", erwiderte Castorp. „Die Erde ist wie ein lebendiger Organismus, sie reguliert sich selbst. Die normale Temperatur des menschlichen Körpers beträgt 37°C. Erhöht sie sich um nur 2°C, hat man Fieber. Kommen weitere 2°C hinzu, schwebt der Kranke in Lebensgefahr. Wenn lebenswichtige Organe des Körpers Erde nicht dringend behandelt werden, kann sie kollabieren. Wir Klimawissenschaftler haben uns auf diese Zahl verständigt, um verbindliche Ziele für die Politik zu formulieren. Es handelt sich also um eine obere Grenze der Erderwärmung, nach der jede Hilfe zu spät kommt."

Die Hotellobby füllte sich langsam mit Konferenzgästen. Robert schaute sich um. Diese Versammlung der Klimaskeptiker, das wäre ein richtiges Altherrenkränzchen, das hinter dem aktuellen Forschungsstand zurück geblieben sei, spottete Castrop. Von Computermodellen, die das künftige Klima vorhersagen konnten, verstünden sie nicht einen Deut, die hätten doch noch mit dem Abakus rechnen gelernt. Robert kannte das Wort Abakus nicht und musste bei Wikipedia nachschlagen.

Die Dominanz von Senioren sprang tatsächlich sofort ins Auge. Den einzigen Teilnehmer, den er sofort erkannte, war Axel Guggenberger, bei dessen Erwähnung im INKA jedes Mal die Alarmglocken läuteten. Castorp nannte den unversöhnlichen Gegner der anthropogenen Klimaerwärmung einen Taliban. Der hochgewachsene Alte unterhielt sich mit einer kleinen

Frau. Verblüfft erkannte Robert die erboste Mutter vom Spielplatz wieder. Sie nickte ihm zu, ohne das Gespräch zu unterbrechen.

Das Publikum strömte in den Saal. Guggenberger stieg auf die Bühne, klopfte ans Mikrophon und fing mit seiner Begrüßungsrede an. Im Hintergrund bereitete der Astrophysiker Naum Gorenstein aus Israel seine Demonstration vor.

Eine unendliche Lastwagenkolonne bewegte sich auf der Autobahn in Richtung Osten. Er war in der Morgendämmerung aufgebrochen, ohne sich von Tanja zu verabschieden. Seine Hand tastete nach dem Handy, er rief aber doch nicht an. Sie durfte auf der Konferenz nicht gestört werden.

Es goss in Strömen, vor den Augen Platonows surrte der Scheibenwischer, und die Sicht reichte lediglich bis zum nächsten Bremslicht. Die alte Schusswunde an der Schulter schmerzte wie oft bei einer längeren Fahrt, und er versuchte, nicht an die freudlose Woche zu denken, die ihm fern von Zuhause bevorstand.

Geschäftlich war die Reise eher sinnlos. Es würde nichts mehr bringen, auf irgendwelchen wilden Märkten an der östlichen Grenze nach neuen Abnehmern zu suchen. Die Autoschieberbanden agierten furchtlos und drückten die Preise. Als legaler Händler, noch dazu während der Krise, war man der Konkurrenz kaum gewachsen. Er musste sich langsam an den Gedanken gewöhnen, bald mit leeren Händen da zu stehen. Der Tod eines Handlungsreisenden, grinste er, das würde ihr bestimmt gefallen. Platonow stellte sich vor, wie Tanja auf die Nachricht, er gebe den Job auf, reagieren würde.

„Hilfe! Du würdest den ganzen Tag zu Hause hocken, und wir würden uns gehen lassen. Hast du einmal daran gedacht, dass uns die Energiewende mit Stromausfällen ins Haus steht und du eine autonome Stromversorgung einbauen lassen wolltest? Guggenberger hat sich neulich einen Stromgenerator angeschafft. Was? In solch einer Wohnung geht das gar nicht?" Oder: „Der Rumäne, der die Küche gestrichen hat, kann sich vor Aufträgen kaum retten. Vielleicht solltest du bei ihm arbeiten." „Da gehe ich ja lieber zur Müllabfuhr!" „Pfui, die werden dich nicht einstellen. Das ist nur für Eingeweihte." Und im selben Atemzug würde sie ganz fest und ruhig sagen: „Du, wir schaffen das schon, mach dir nur keine Vorwürfe. Liska will endlich den Vater sehen."

Er liebte ihre betörenden Einfälle, diese Sprünge von Spott zu Ernst, ihr ansteckendes Lachen – alles liebte er an ihr bis zu den Zehenspitzen. Sie waren seit fünf Jahren zusammen, aber Platonow staunte immer noch ungläubig darüber, wie sein Leben sich gewandelt hatte, seit er sie kennen gelernt hatte. Nicht, dass er sich früher keine Gedanken an eine Familie, an ein Kind gemacht hätte. Die hatten jedoch kaum mit den Frauen zu tun, die ihm über den Weg liefen, obwohl die meisten von ihnen sehr attraktive Frauen waren, von denen er annehmen durfte, dass die eine oder andere sich von ihm ein Kind hätte wünschen können. Wäre er vor vollendete Tatsachen gestellt worden, wer weiß, vielleicht hätte er sich dann der List der Natur schon damals gefügt, wie Männer dies oft und im Grunde genommen auch richtig tun. Denn was bleibt sonst von ihnen übrig, wenn nicht dieses schreiende Klümpchen, das Mensch wird und seinem Erzeuger dazu verhilft, der Ewigkeit ein kleines Stück abzuringen.

Eigentlich musste er diesem Bastard Dawydow für sein Glück dankbar sein. Ohne dessen aberwitzige Geschäftsidee, in einem orthodoxen Kloster ausgerechnet in Deutschland sein Geld zu waschen, wäre er Tanja nie begegnet.

Als er eine kleine zierliche Frau mittleren Alters unentschlossen am Eingangstor stehen sah, beschlich ihn eine unerklärliche Unruhe. Sie reichte ihm die Hand, und er verspürte einen leichten Stromschlag. Sie zuckte zurück und lächelte verlegen: Verzeihung, das ist wegen des Kunststoffs. Er hörte sie Russisch sprechen und war plötzlich gerührt – angenehm überrascht, einer Landsmännin inmitten dieser Brache zu begegnen. „Tatsächlich", erwiderte sie, „seit ich in diesem Land lebe, wurde es noch nie von unseren Landsleuten derart heimgesucht, die Besatzung nicht mitgerechnet. Der Wahrscheinlichkeitstheorie zufolge musste ich Ihnen irgendwann über den Weg laufen."

Als die Journalistin sein Deutsch hörte, war sie beeindruckt: „Sie haben es gut, Sie können sich tarnen, ich bin meinen Akzent nie losgeworden, sobald ich den Mund aufmache, bin ich schon zugeordnet. „Tja, die Tarnung", schoss es ihm durch den Kopf. Platonow tischte ihr seine Lügen auf und wusste nur eines: Er durfte sie nicht verlieren. Das war wie eine Eingebung.

„Sie erzählen so einen Unsinn, schämen Sie sich denn nicht?"

Er zog die Augenbrauen hoch und verstummte.

„Je länger ich Sie sprechen höre, desto mehr glaube ich an die übelsten Gerüchte über diese Einrichtung", sie zeigte auf die Kirche. „Angeblich soll hier unter dem Deckmantel eines orthodoxen Klosters irgend etwas Unheimliches aufgezogen werden, gar ein Spionagezentrum. Haben Sie schon davon gehört?" Sie machte eine unschuldige Miene.

„Sie überschätzen die Fantasie dieser Kreaturen", entgegnete er konfus. Er wollte unbedingt vermeiden, dass sie ihn mit seinem dubiosen Auftraggeber gleichsetzte. Das war leicht zu durchschauen.

„Warum sagen Sie mir nicht ganz einfach die Wahrheit?"

„Hier wäre es unpassend." Platonow hob den Kopf und schaute aus dem Fenster auf das Klostergelände. Tanja folgte seinem Blick und sah einen Mönch, der reglos auf einem Stapel Ziegelsteine hockte. Sie schien zu verstehen.

„Wir wollen uns lieber in der Stadt treffen", beeilte er sich, seinen Teilerfolg abzusichern.

In diesem Augenblick hatte die Wahrheit nichts mit dem Geheimnis des Klosters zu tun, das sich bei nüchterner Betrachtung als ein gewöhnlicher Schwindel entpuppen würde, sondern war nur ein Vorwand für eine Verabredung.

Ein LKW, der aus der rechten Fahrbahn ausscherte, übergoss sein Auto mit einem Wasserschwall. „Arschloch!" Platonow trat auf die Bremse und lächelte. Wer glaubt, dass das Immergleiche öde sei, ist nie von den Toten auferstanden. Das Immergleiche ist immer anders, wenn es aufs Neue erlebt wird: das Klappern des Geschirrs in der Küche, das Lallen des Kindes, ihr nächtliches Flüstern, das auf seinen Lippen zergeht.

Schön wäre es gewesen, wenn die ständige und sinnlose Hast auf einmal aufgehört hätte und die Zeit zum Stillstand gekommen wäre. Er hätte dann stundenlang mit Liska ein Haus aus Bauklötzen bauen können, Kinderreime mit ihr lernen, „Elster, Elster, Rabe" auf der kindlichen Handfläche mit dem Finger kreisen lassen, sie lachen hören, sie schließlich schläfrig ins Bett gebracht. Danach hätte er die Beine auf dem Sofa, auf dem Tanja, in einem Buch lesend saß, ausgestreckt, auf ihrem Rücken Wirbel um Wirbel abgezählt, bis ihr das Buch aus der Hand gefallen wäre, und er gespürt hätte, wie ihre Fingerkuppen über seinen Schenkel nach oben tasteten. Und wenn ihre Hand beinahe am Ziel war, konnte nichts Gemeineres geschehen, als der Einbruch eines schrillen Telefonklingelns. Guggenberger hatte offenbar wieder Ärger mit den Klimaeiferern und daher ein dringendes Mitteilungsbedürfnis.

Wenn sie jetzt nicht aufhörte, würde er in Rage geraten, würde das Kabel herausreißen und den Hörer aus dem Fenster werfen, ihr gleich die Wäsche vom Leib reißen und sie grob im Stehen nehmen. Und Guggenberger würde der Schlag treffen. Sie legte auf und drehte sich sadistisch langsam zu ihm um.

„Liest du etwa heimlich in `Befreite Lust`?"

„Ich brauche keine Gebrauchsanweisungen."

„Papa!" hörten sie Liska heulen. „Ihr habt mich geweckt, ihr macht so einen Krach!"

Im Kleiderschrank lag ein Ehering versteckt. Das sollte eine Überraschung zu ihrem Jahrestag sein, obwohl Tanja solchen Sentimentalitäten keine Bedeutung beimaß. In der Ferne zeichneten sich die Lichter der einer Mautstelle ab. Am liebsten hätte er jetzt die nächste Ausfahrt genommen und wäre einfach umgekehrt.

Als der Astrophysiker Naum Gorenstein an das Pult trat, brandete Applaus auf.

„Ungefähr alle 150 Millionen Jahre", begann er, „passiert das Sonnensystem einen Spiralarm der Milchstraße, unserer Galaxie. In einem ähnlichen Rhythmus wechseln auf der Erde Kalt- und Warmzeiten." Im Saal ertönte nervöses Gelächter. Gorenstein blickte ins Publikum und breitete seine Arme aus.

„Sie haben recht, mit diesem Satz hätte ich meinen Beitrag zum Thema Klimawandel gleich beenden können. Astronomie lehrt Bescheidenheit."

Tanja hatte Mühe, dem Vortrag zu folgen. Sie hörte Gorenstein Diagramme erklären, verstand den Sinn seiner Ausführungen jedoch nicht. Typisch Frau, ärgerte sie sich. Einem Mann würde es auf das Wichtigste ankommen, und er würde sich durch schlechte Laune nicht aus dem Konzept bringen lassen. Der „typischen Frau" war aber heute nicht nach Milchstraße zumute. Ihr stand der gestrige Abend vor Augen, den sie nicht mehr ungeschehen machen konnte. Sie hatte Platonow seine mageren Einkünfte vorgeworfen: Es lohne sich nicht, sich sechzig Stunden die Woche abzurackern und ständig unterwegs zu sein, um dann doch lediglich Almosen nach Hause zu bringen. Sie hatte ihn gekränkt, auf seinem männlichen Stolz herumgetrampelt. Dann heulte sie los und musste sich dazu noch von ihm trösten lassen. Ihr wäre es lieber gewesen, er wäre ausgerastet.

Nach dem Interview damals im Kloster hatten sie sich noch einmal in der Stadt getroffen. Dunkelgraue Augen, ein kleines Grübchen am Kinn, sonnengebräunte Haut – junge Frauen, die am Cafétisch vorbei liefen, blieben mit ihren Blicken an seinem Gesicht hängen. Ein undurchsichtiger Typ, der nicht in ihr Leben passte. Unruhige Gedanken drehten sich in ihrem Kopf. Doch ein kleines Abenteuer mit so einem Schürzenjäger, mit einem Landsmann, konnte sie in ihrem einsamen Leben gut gebrauchen. Sprache ist kaum zu unterschätzen: Ein gutes Buch liest man lieber im Original. Ginge es schief, würde sie ihm eine Abfuhr erteilen, machte sie sich Mut und fand sich dabei lächerlich.

„Sie wollen also mit mir schlafen?" fragte sie brüsk. Die Frage war peinlich, das *Sie* obendrein. Verlegenheit stand in ihrem Gesicht. Platonow betrachtete sie eine Weile, ohne ein Wort zu sagen. Dann rieb er sich das Kinn und sagte leise „nein". Das geschah ihr recht. Tanja erhob sich. Sie wollte gehen. Er nahm ihr den zerknüllten Fünfeuroschein aus der Hand und legte ihn in ihre Handtasche.

„Ich bringe dich nach Hause."

„Ich bin mit dem Fahrrad gekommen."

„Mafiosi haben für gewöhnlich einen riesigen Kofferraum", entgegnete er ernsthaft, „der würde für zwei Leichen reichen."

Tanja war den Tränen nahe. Plötzlich sprang die Spange auf, die ihren Haarknoten hielt. Der Wind trieb ihr die Haare ins Gesicht und sie spürte seine Hand an ihrer Stirn.

In ihrer glühendheißen Dachwohnung stand er an den Türpfosten gelehnt, die Hände in den Hosentaschen, den Blick nach innen gekehrt, und sprach schnell und leise. Sein bisheriges Leben war schäbig und leer gewesen. Sie hätte allen Grund, ihn dafür zu verachten. Er wollte die Vergangenheit hinter sich lassen, dafür brauchte er sie. „Warum ausgerechnet mich?" „Weil du ganz anders bist." Er versuchte, auf ihrer russischen Saite zu spielen. „Komme mir bloß nicht mit solch einem Unfug, ich dachte, du bist witzig."

„Ich habe gegen ihre Regeln verstoßen. Du verstehst schon. Man will mich beseitigen." Er lächelte schief. „Klingt nach einer Schnulze, nicht wahr?"

Tanja sah die Schweißtropfen von seinen Schläfen hinabrinnen. Er tastete geistesabwesend nach einem Taschentuch in der Jackentasche. „Die Wahrheit ist: Ich bin ein bankrotter Mann. Ich schaffe es ohne dich nicht, komm mit, bitte." Noch nie hatte er seine Schwächen und Ängste einer Frau gestanden. Zum ersten Mal entglitt ihm die Selbstkontrolle, und er schien nicht fassen zu können, wie verwirrend und konfus sein Werben anmutete. Tanja spürte ihre Knie weich werden. Sie begriff, was er mit seinem „nein" gemeint hatte.

„Ich bin kein Geschenk", wehrte sie sich aus letzter Kraft, „du machst dir etwas vor. Ich bin ein Albtraum von einer Frau: hochfahrend, ungehalten und ungerecht."

„Nein, du bist kein Geschenk, stimmte er zu, du bist Luft zum Atmen."

Tanja ließ ihre Schuhe fallen und stieg auf den Hocker, um eine Dachluke aufzumachen. „Jetzt hast du genug zum Atmen."

„Blöde Kuh", sagte er gefasst. Sie drehte sich zu ihm verwundert um: „Wie, bitte?" Der Hocker wankte, sie verlor das Gleichgewicht und landete in seinen Armen. „Ich glaube dir kein Wort", flüsterte sie.

Eine Woche später lag er schwer verletzt in Istanbul auf der Intensivstation und schaute in das besorgte Gesicht seiner Gefährtin. „Du solltest keine Angst mehr um mich haben", hauchte er, „es hat sich gelohnt, ins Koma geschossen zu werden." Sein Gesicht trübte sich, und er verlor das Bewusstsein.

Sie war kein Geschenk. Aber noch nie war Tanja so gemein und ungerecht zu ihm gewesen wie gestern. Frühmorgens, als sie hörte, wie die Tür hinter ihm zuknallte, wurde ihr klar, wie es zu dieser abscheulichen Szene hatte kommen können. Tags zuvor hatte sie eine Nachricht gelesen, nach der General Dawydow wieder auf freien Fuß gekommen war. Seit dem war ihr die ganze Zeit komisch zumute. Nicht, dass sie Platonow bereits im Würgegriff des Mörders wähnte. Und doch hatte sie beschlossen, ihn damit zu verschonen. Ihre Spannung entlud sich in ihren gehässigen Vorwürfen, und es geschah genau das, was sie zu verhindern gesucht hatte. Tanja ahnte, wie ihm zu Mute gewesen sein musste. Sie war am Boden zerstört.

„Die Milchstraße, unsere Galaxie, hat vier große Spiralarme, die sich durch eine besondere Dichte aktiver Sterne auszeichnen", kehrte die Stimme Gorensteins zurück. „Mich beschäftigte die Frage, wie der Zusammenhang zwischen der Lage des Sonnensystems in der Galaxie und dem Geschehen auf der Erde zu erklären wäre.

Wir wissen heute, dass die Sternenaktivität in den Spiralarmen viel höher ist als in den Räumen dazwischen. Entsprechend stärker muss der Fluss kosmischer Strahlen sein, die bei Sternenexplosionen entstehen und das Sonnensystem aus dem Weltall bombardieren. Die Intensität ebendieser hochenergetischen Teilchenstrahlung scheint für den Einbruch der Kälte verantwortlich zu sein. Wenn das Sonnensystem einen Spiralarm verlässt, lässt der Fluss kosmischer Teilchen nach, es gelangt weniger von ihnen auf die Erde, und das Klima wird wärmer."

Robert wohnte dem Vortrag von Gorenstein mit einer Mischung aus Erregung und Unbehagen bei. Keiner der Faktoren, die der Israeli für Klimaschwankungen verantwortlich machte, wurde in Castorps Computermodelle mit einbezogen.

„Bislang war von gigantischen Zeiträumen die Rede, die jede menschliche Dimension sprengen", fuhr Gorenstein fort. „Der

Weltklimarat IPCC behauptet jedoch, das Klima bleibe seit Jahrtausenden unverändert, lediglich die Verbrennung fossiler Brennstoffe habe der letzten Erderwärmung Auftrieb gegeben. Wir Astronomen haben dagegen einige Gründe anzunehmen, dass Klimawandel heute wie vor Jahrmillionen von Kräften anderer Ordnung, nicht zuletzt von der Sonne, bestimmt wird.

Anders als vom INKA angenommen wird, bleibt deren Aktivität keinesfalls konstant. So zeigt das Sonnenmagnetfeld innerhalb eines 11-Jahres-Sonnenfleckenzyklus eine beträchtliche Schwankung um 20 Prozent. Wir gehen davon aus, dass es wie ein Schutzschirm funktioniert, der kosmische Strahlen vom Planeten abwendet. Wird es stärker, gelangen weniger kosmische Teilchen in die Atmosphäre. Sinkt seine Aktivität, kommen mehr von ihnen auf die Erde.

Es bleibt lediglich die Frage zu beantworten, welche Prozesse diese winzigen Teilchen in Gang setzen, um den Klimawandel beeinflussen zu können. Zum Glück ist es Professor Knut Svessen in seinen beeindruckenden Experimenten gelungen, uns der Lösung näher zu bringen."

Auf die Bühne sprang Knut Svessen.

„Vor zehn Jahren", legte er los, „habe ich den anthropogenen Klimawandel in einem Buch in Frage gestellt. Ich wurde vor die Ethikkommission unserer Universität zitiert und eines unlauteren Verhaltens bezichtigt. Angesichts der wissenschaftlichen Unsicherheit darüber, wie das Klima funktioniert, hat man mir vorgeworfen, es sei unmoralisch, auf sichere Erkenntnisse zu warten. Wer vor einer drohenden Klimakatastrophe nicht vorbeugen wolle, handele prinzipiell unverantwortlich. Ich glaube dagegen, grob fahrlässig handeln vielmehr diejenigen, die unter dem Banner des Gemeinwohls wissenschaftliche Ergebnisse fälschen und den Ruf der Wissenschaft schädigen. Manche Kritiker meiner Forschung scheinen zu glauben, dass Physik ein demokratisches Verfahren sei, bei dem man aus dem

Durchschnitt der Publikationen auf das für und wider einer Hypothese schließen und so die Wahrheit ermitteln könne. Das ist natürlich Unsinn."

Das Publikum trampelte begeistert los. Svessen hob die Hand.

„Professor Gorenstein hat auf einen Zusammenhang zwischen Temperaturschwankungen auf der Erde und der kosmischen Strahlung hingewiesen. Ich wollte wissen, was geschieht, wenn sie die Atmosphäre erreicht?

Der Zusammenprall kosmischer Strahlen und atmosphärischer Dampfmoleküle lässt elektrisch geladene Moleküle entstehen, die Ionen heißen. Ionen bilden winzige Aerosole, die als Kondensations-Keime fungieren, aus denen in mehreren Schritten Wolken entstehen. Wolken kühlen die Erde bekanntlich ab, in dem sie das Sonnenlicht zurück ins Weltall reflektieren. Im Grunde genommen ist unsere Hypothese einfach. Das Auf und Ab der Erdtemperaturen im letzten Jahrhundert zeigt eine gute Übereinstimmung mit der Zahl der Sonnenflecken, die die Intensität des Sonnenmagnetfeldes widerspiegelt. Je stärker das Magnetfeld ist, desto mehr kosmische Strahlen werden von der Erde abgelenkt. Daraufhin verringert sich die Wolkenbedeckung. Das hat eine vorübergehende Erderwärmung zur Folge. Schwächelt das Schutzschild, schwindet seine Abwehrkraft, steigt die Zahl der energetisch geladenen Teilchen, die in die Atmosphäre gelangen. Es bilden sich mehr Wolken und es wird auf der Erde kühler.

Um diese Annahme experimentell zu überprüfen, haben wir ein atmosphärisches Gasgemisch mit Gammastrahlen in einer Versuchskammer ionisiert. Mit Hilfe von UV-Strahlung ist es uns gelungen, diesen Effekt zu verstärken. Und das ist noch nicht alles", strahlte Svessen.

„Nach einer gewaltigen Plasma-Eruption auf der Sonnenoberfläche konnten wir eine Veränderung der Intensität der kosmischen Strahlung in der Stratosphäre in Echtzeit messen. Direkt nach diesem Ereignis nahm sie um etwa 15 Prozent ab. Das entspricht den üblichen Schwankungen im Laufe eines Sonnenzyklus. Wenige Tage nach dieser Eruption war ein deutlicher Rückgang der weltweiten Wolkenbedeckung messbar. Im Durchschnitt verloren die Wolken fast 7%, oder 3 Milliarden Tonnen ihres flüssigen Wassers. Auf diese Weise hatten wir ein Bindeglied zwischen dem Sonnenmagnetfeld, der kosmischen Strahlung und der relativen Klimavariabilität gefunden. Es sind die Wolken."

„An einer zyklischen Natur der Klimaschwankungen besteht kein Zweifel", meldete sich Gorenstein erneut zum Wort. „Aber es gibt mehrere kosmische Zyklen unterschiedlicher Dauer. Der eine hat mit der zyklischen Veränderung der Erdumlaufbahn um die Sonne zu tun, die anderen mit der Entfernung der Erde von der Sonne, mit der Neigung der Erdachse oder der Lage anderer Planeten. All die astrophysikalischen Faktoren verändern die Sonneneinstrahlung. Mehrere Zyklen überlappen sich und fördern ein sehr kompliziertes Bild von den Klimaschwankungen zu Tage.

Wenn es um die Erklärung kurzfristiger Dynamik geht, die heute von manchen als *menschengemachter* Klimawandel angesehen werden, dann muss der 11jährige Solarzyklus unbedingt mit in die Berechnungen einbezogen werden. In dieser Periodizität verändert sich die Zahl der Sonnenflecken, die bei den Ausbrüchen von Magnetfelder entstehen.

Als Astrophysiker ist mir unverständlich, warum sich ein führendes Forschungsinstitut wie das INKA seit zwanzig Jahren weigert, einen inzwischen gut belegten Einfluss der Sonne auf das Klima in ihre Berechnungen einzubeziehen. Wenn es keine Sonne gibt, ist alles erlaubt. Dann spielt plötzlich das anthropogene Kohlendioxid Gott." Gorenstein verschnaufte. „Entschuldigen Sie mir meine Heftigkeit. Ich bestreite nicht, dass der Anstieg von CO_2 einen gewissen Anteil an der aktuellen Erderwärmung haben kann. Aufgrund unserer Forschungsergebnisse sind wir jedoch davon überzeugt, dass die Methoden vom INKA schwere Mangel aufweisen. Ihm ist es bislang nicht gelungen, das Klima der Vergangenheit in seinen Modellen abzubilden. Der Sieg über die Sonne ist ein Pyrrhus-Sieg von Klimaalarmisten."

Die Zuhörer waren aufgewühlt. Es hagelte Fragen.

„Der Weltklimarat bestreitet, dass es im Mittelalter wärmer war als heute!" rief jemand aus dem Publikum aus.

„Nein, das tut er nicht mehr", erwiderte Svessen. „In seinem letzten Bericht ist die mittelalterliche Warmzeit wieder bestätigt worden. Aber das tut den Drohungen des INKA, das mittelalterliche Optimum werde in den kommenden Jahrzehnten unter dem Einfluss der steigenden Emissionen übertroffen, keinen Abbruch."

„Sie haben gesagt, dass die Warmzeiten in der Erdgeschichte nur von kurzer Dauer gewesen seien", rief ein Zuhörer dazwischen, „kann es sein, dass uns bald eine neue Eiszeit droht?"

Svessen überließ Gorenstein das Wort, der diese Frage besser beantworten konnte.

„Anhand unserer astronomischen Daten erwarten wir eine Klimaabkühlung bis zum Jahr 2030."

„Was hat es nun aber mit dem anthropogenen Kohlendioxid auf sich? Beeinflusst es das Klima – oder nicht? Ist das eine Verarschung? Daran hängt doch das ganze Tohuwabohu der Klimapolitik!"

„Es gibt keine enge Korrelation zwischen der Temperatur-Variation der letzten 150 Jahre und industriellen CO_2-Emissionen. Die erhöhte Sonneneinstrahlung und die Schwankungen des Magnetfeldes sind ausreichend, um den Großteil des Temperaturanstiegs seit 1880 zu erklären."

„Heißt das, dass all die Maßnahmen zur Reduzierung des CO_2 Schildbürgeraktionen sind?" ließ ein älterer Zuhörer nicht locker.

„What is *Shildburger*?" Gorenstein verstand die Frage nicht.

Das Publikum lachte.

„Ich kann mich nur an ein deutsches Gedicht, das *Zauberlehrling* heißt, erinnern. Wenn man Geister ruft, deren man dann nicht mehr Herr wird."

Der Hörsaal klatschte stehend. Guggenberger kündigte eine Mittagspause an. Die Teilnehmer strömten in die Kantine.

Robert setzte sich neben seine Nachbarin und guckte auf ihre Namensplakette. „Das mit der Diktatur, das war etwas weit hergeholt. Servus, Tanja. Ich heiße Robert." Er reichte ihr die Hand. Der vollschlanke Typ war irgendwie sympathisch, und sie war froh, dass sie jemand von ihren düsteren Gedanken ablenkte. „Stimmt", lächelte sie ihm zu. „Und doch kann Diktatur manchmal aus einer ganz unerwarteten Ecke drohen. Siegfried von Castorp, der Leiter des INKA und Klimaweiser, hat neulich verkündet, mit Demokratie sei die Welt nicht zu retten. Sie wäre dafür zu schwerfällig, daher will er eine globale Diktatur und bietet sich als wohlwollender Diktator an. Die INKA-Leute schneiden uns für gewöhnlich. Bist du etwa sein Agent?"

„Seit drei Wochen im Labor für Klimamodelle, von Haus aus Physiker und spioniere tatsächlich ein wenig herum." Robert nickte in Richtung Konferenzsaal. Tanja feixte.

„Du hattest doch mit Afrika zu tun, nicht wahr?"

„Nach dem Diplom bin ich in die Kernforschung gegangen, dann habe ich sie geschmissen, wechselte zum Strahlenschutz, und am Schluss hat es mich nach Afrika verschlagen. *It's a long way to Tipperary.*"

„Tschernobyl?"

„Ganz genau."

„Und warum Castorp?"

„Ich habe bei ihm studiert. Damals war er glühender Befürworter der Kernenergie. Anti-Atom-Proteste machten ihm zu schaffen. Dazu noch der Albtraum von Tschernobyl. Die Sorge um die Zukunft trieb ihn wohl wirklich um."

„War das seine heroische Phase? Allein gegen den Zeitgeist?"

„So ungefähr. Er bemühte sich, mir meine Entscheidung auszureden."

„Wie kam er dann im Handumdrehen auf die Klimakatastrophe?"

„Er glaubte, die Öffentlichkeit für die Rettung der Kernkraft mobilisieren zu können, aber nicht direkt, sondern über die Ökoschiene. Über Nacht wurde er als Mahner gegen die Klimakatastrophe berühmt."

„Ein falsches Leben für das Richtige? Glaubt er selbst an all seine Panikprognosen?"

„Noch blicke ich da nicht ganz durch. Es hat auch wenig Sinn, ihm allein die Verantwortung für die Energiewende zu geben."

„Jeder sagt, er übernehme die Verantwortung, aber niemand wird zur Verantwortung gezogen, wenn die Blase platzt. Stattdessen werden die Verantwortlichen mit einer saftigen Abfindung bestraft."

Robert nickte. „Wohl wahr."

„Bereust du jetzt, die Forschung aufgegeben zu haben?"

„Das ist nicht so einfach zu beantworten. Manchmal genügt ein Schritt, den du für richtig hältst, und du bist plötzlich auf einem Weg, auf den du gar nicht wolltest, und findest nicht mehr zurück."

Robert sah Tanja blass werden.

„Habe ich etwas Dummes gesagt?"

Sie schüttelte den Kopf.

„Das ist ein halbes Leben her. Heute sehe ich vieles anders als damals. Ich habe Erfahrungen sammeln müssen, die ich sonst nicht gemacht hätte. Das ist doch normal, oder?"

Platonow wird bereits hinter Warschau sein, dachte Tanja, wenn die Straße nicht verstopft ist. Am Abend würde sie ihn anrufen und ihm alles gestehen. Sie betrachtete nachdenklich ihr stummes Handy.

Robert bemerkte, dass sie mit ihren Gedanken weit weg war.

„Noch vor einem Monat habe ich nicht geahnt, dass um das Klima solche Schlammschlachten geführt werden. Wie kommst du überhaupt auf das Thema?"

Guggenberger winkte ihr von der Tür.

„Lass uns in den Vortrag gehen."

Tanja spürte, dass sich der schlecht rasierte Robert zu ihr hingezogen fühlte: Ein netter, etwas überforderter Vater, den seine Gefährtin, wie sie vermutete, auf gemeine Weise sitzen gelassen hatte. Für einen INKA-Mitarbeiter war er mit ihr sehr offen.

Die Kantine leerte sich.

Weitblick

Am Abend kam ihr Platonow mit seinem Anruf zuvor. In der Gegend gebe es Hochwasser, er sitze in einem Kaff, in einem schmuddeligen Hotel fest.
„Wie war die Konferenz?" wollte er wissen.
„Spannend. Mehr Wolken kühlen die Erde stärker ab als weniger."
„Von so etwas hab' ich schon in meinem früheren Leben mal gehört: Albedo."
„Kennst dich aber gut aus."
„Klar. Auf der Oberseite wird das Sonnenlicht abgestrahlt, auf der unteren wird die Wärme reflektiert."
„Hast du dir schon einen genehmigt?" Tanja war glücklich, seine gelassene Stimme zu hören. „Madame, ich bitte Sie! Ich habe nicht einmal Abendbrot gegessen."
„Haben die überhaupt etwas?"
„Bigos und leichte Mädchen."
„Das verträgst du doch nicht, Herrgott. Kurzum, die Sonne hat ein Magnetfeld, dessen Stärke sich zyklisch verändert. Wie meinst du das mit den Mädchen?"
„Sie klopfen dauernd an die Tür."
„Schön, dass du mich ins Bild setzt. Das Sonnenmagnetfeld wehrt einen Teil der kosmischen Strahlung von der Erde ab, die sonst in die Atmosphäre eindringen würde. Wenn die Sonne schwächelt – das erfährt man an der Zahl der Sonnenflecken –, gelangt die kosmische Strahlung verstärkt in die Atmosphäre. Die Teilchen ionisieren Wassermoleküle, die ziehen wiederum einander an, wachsen und werden zu Wolken. Es wird kühler. Svessen hat das im Experiment belegen können."
„Klingt verführerisch."
„Stell dir nur vor, wir sausen durch das Weltall, drehen uns zugleich um die

Sonne, durchqueren irgendeinen Spiralarm der Galaxie..."

„Meinst du das persönlich?"

„Bei dir dreht sich alles nur um das Eine... und uns wird per Gesetz ein CO_2-Fußabdruck verschrieben."

Platonow lachte.

„Ich hab mich immer gewundert, wie du es schaffst, gleichzeitig in ein Teleskop und in ein Mikroskop zu sehen."

„Willst du damit sagen, dass ich schiele?"

Auf der Fahrt sei ihm allerlei durch den Kopf gegangen, setzte er fort, und er habe plötzlich verstanden, dass es mit ihnen Tag für Tag besser werde. In seinem früheren Leben sei es immer umgekehrt gewesen, die Beziehung nutzte sich schnell ab, es sei immer auf dasselbe hinausgelaufen.

„Musstest du unbedingt wegfahren, um auf solche wunderlichen Gedanken zu kommen? Du bist mir ein handlungsreisender Philosoph."

Er hörte ihr leise murmelndes Lachen.

„Was sollte ich sonst stundenlang im Auto tun? Doof, dass ich das so vergleiche?"

„Nein, wie kommst du darauf?" Du hättest überhaupt nicht fahren sollen, lag ihr auf der Zunge, aber sie verkniff sich den Vorwurf.

„Mit dir hat sich alles verändert."

„Du übertreibst. Früher lagen einige Wesenszüge von dir auf Eis. Nach dem Anschlag sind sie nach und nach aufgetaut. Außerdem haben wir Liska."

„Ich hab' ihr eine polnische Puppe gekauft."

„Du, es war kompletter Mist, was ich gestern gekräht habe."

„Vergiss es, nicht der Rede wert. Und noch etwas: Dawydow ist auf freiem Fuß, schon seit einer Weile."

„Ich weiß."

„Was? Warum hast du mir nichts gesagt?"

„Du auch nicht."

„Eigentlich muss es uns egal sein: Für ihn bin ich tot."
„Stimmt, aber uns scheint es doch nicht egal zu sein. Deshalb wurde mir ganz mulmig, ich wollte nicht, dass du fährst und habe dir diese abscheuliche Szene gemacht."
„Ich mache das jetzt das letzte Mal. Es wird keinen Handlungsreisenden mehr geben."
„Dann hast du die ganze Zeit für dich."
„Und kein Geld. Weißt du übrigens, dass Bertolt Brecht ein Gedicht über den Klimawandel verfasst hat?"
„Damals hatte man andere Sorgen, die Klimakatastrophe war doch noch gar nicht erfunden worden. Du flunkerst schon wieder."
Er grunzte und sang ihr leise vor: *Der Regen kann nicht nach aufwärts, weil er's plötzlich gut mit uns meint. Was er kann, das ist: er kann aufhör'n, nämlich dann, wenn die Sonne scheint.*
„Ich wusste gar nicht, dass du so etwas parat hast."
„Germanistik gehörte zu meiner Ausbildung als Agent", feixte Platonow.
„Jetzt muss ich aber wirklich aufhören. Versprich mir, dass wir endlich heiraten."
„Schon wieder."
„Du bist unmöglich. Mein Akku ist leer."
„Kolja!"

Tanja hörte den Regen in den Lindenkronen rascheln. Sie stellte sich ein heruntergekommenes Bahnhofshotel vor und wie Platonow am offenen Fenster rauchte. Das Hotel ähnelte der Istanbuler Bruchbude, in der sie sich nach der Flucht verkrochen hatten. Draußen klebte feuchter Schnee auf den Ästen. Die Bettwäsche war verfärbt vom vielen Waschen, die Matratze durchgelegen und sein Körper die einzige Heizung.

Robert brachte seine Tochter in den Kindergarten und begab sich zur U-

Bahn. Der zweite Konferenztag begann erst in einer Stunde, und ihm kam in den Sinn, dass Tanja bald den gleichen Weg nehmen würde. Er zündete sich eine Zigarette an.

Seine neue berufliche Laufbahn versprach keine unbeschwerte Fahrt. Einerseits waren die Kollegen im Labor angenehm und Marie, eine Laborantin, sogar mehr als das. Andererseits wurde ihm auf der Konferenz plötzlich bewusst, dass er immer noch etwas für Physik übrig hatte. Gorenstein und Svessen verstand er auf Anhieb, und wenn er ehrlich sein sollte, war er auf die beiden neidisch. Und dann noch die Nachbarin.

Tanja war verwundert, als sie an der Kreuzung auf Robert traf. Er schlug ihr vor, zu Fuß zum Tagungsort in der Friedrichstraße zu gehen.

„In Polen ist gerade Hochwasser ", sagte sie unvermittelt.

„Hat das irgendeine Bedeutung?"

„Wenn man für den Klimawandel dermaßen sensibilisiert ist wie unsereiner, schon. Im ganzen Osten hat es in den letzten Jahrzehnten zu wenig Niederschlag gegeben. Das Gebiet galt als versteppungsgefährdet. Jetzt schüttet es ununterbrochen. Die Alarmisten behaupten: Zu wenig Niederschlag sei Folge der Erderwärmung. Wenn dagegen mehr Niederschlag fällt, ist daran auch der Klimawandel schuld. Seit sich herumgesprochen hat, dass uns eine Abkühlung bevorsteht, werden schneereiche und kalte Winter ebenfalls auf die Erderwärmung zurückgeführt. Dann hat das INKA eine Vollkaskoversicherung bei der Münchener Rück und darf orakeln was das Zeug hält."

„In Russland herrscht übrigens seit Monaten eine höllische Hitze. Alles brennt", gab Robert seine Kenntnisse zum Besten.

„Das sieht nach einer zyklischen Wiederholung aus. Ich wurde als Kind in ein Sommerlager ins Grüne geschickt, und als wir eines Tages aufwachten, waren wir von brennenden Wäldern umzingelt. Wären bei uns nicht ein paar mutige Erzieher mit dabei gewesen, könnte ich heute nicht mit dir über den

Klimawandel plaudern."

„Wann war das?"

„Das waren die berühmten Waldbrände von 1972, ist also unvorstellbar lange her. Ich besuchte damals die erste Klasse."

„Ging bereits los, mit der Klimakatastrophe", schmunzelte Robert.

„Eher mit dem Untergang des Sozialismus. Man hat alle Sümpfe trocken gelegt, außer den größten. In Albträumen sehe ich manchmal uns Kinder am Fluss kauern und heulen. Der Jüngste war sechs. Niemand konnte schwimmen. Aus dem Kiefernwald steigen Rauchwolken auf. Dann bilden die Erzieher mit den Älteren eine Kette quer über den Fluss. Sie werden von der Strömung umgestoßen, schlucken Wasser. Trotzdem halten sie die Klei-nen fest auf ihren Armen und reichen sie weiter. Dann wache ich immer tränennass auf."

Sie zog die Spange aus ihrem Haarknoten heraus und band ihn wieder fest. Robert schaute auf ihr schmales Handgelenk mit den durchscheinenden Adern.

„Bist du über diese Erfahrung zum Klima gekommen?"

„Ich werde dauernd darauf angesprochen, warum ich mich mit solchen hoffnungslosen Themen beschäftige. Hat dir dein Chef noch nicht verraten, dass der Klimawandel eine der größten Herausforderungen unserer Zeit ist? Wie kann ich wegschauen, wenn es fünf vor zwölf ist?"

„Nein, im Ernst. Die meisten Journalisten halten es mit den Grünen, wollte ich sagen."

„Die, die anders ticken, haben in unserer Einheitspresse einfach keine Chance, oder deren Ansichten werden der Öffentlichkeit in Mikrodosen wie Schlangengift verabreicht. Also gut. Bei mir war das eher eine Nebenfolge großer historischer Ereignisse.

Kurz vor der Wende habe ich einen DDR-Studenten geheiratet und war zu ihm nach Ostberlin gezogen. Bald fand ich eine Stelle an der Akademie der Wissenschaften, in einem Labor für Photosynthese. Nach der Wiedervereinigung wurde das Labor abgewickelt, und ich begann, über Umweltthemen zu schreiben. Das Waldsterben hörte gerade auf, das Ozonloch wurde verboten. Außer dem Mückenschutz am Bodensee blieb nicht viel Anregendes übrig. Dann habe ich gemerkt, dass mir die Klimahysterie zu blöd ist."

„Aha. Weil du dich mit Kohlendioxid gut auskennst?"

„Bevor die Herren des Klimawandels uns erklärt hatten, dass das CO_2 ein Schadstoff sei, ging ich eher davon aus, dass es ein Baustoff alles Lebenden ist. Der Naturkreislauf des Kohlendioxids ist grandios, aber seine Mengenabschätzung bleibt immer noch sehr grob. Wenn sich Schätzungen um ein Mehrfaches unterscheiden, kann man kaum eine zuverlässige Aussage darüber treffen, in welchem Verhältnis die anthropogenen Emissionen zu anderen CO_2-Quellen stehen. Man rätselt, wie viel davon aus den Ozeanen in die Atmosphäre gelangt. Von der Verbrennung fossiler Treibstoffe kommt angeblich nur 1 bis 10 Prozent der Gesamtmenge in der Luft. Völlig unklar ist auch dessen Verweildauer in der Atmosphäre, irgendwo zwischen 5 und 100 Jahren. Und mit solchen Diskrepanzen sollen nun die entsprechenden Computermodelle fertig werden."

„Mir ist schon jetzt bange. Nichtlineare Klimamodelle zeigen ein chaotisches Verhalten. Und wenn eine Ungewissheit mit einer anderen multipliziert wird, arten die Ergebnisse ins Beliebige aus."

„Ich beneide dich nicht, Robert. In Wirklichkeit gibt es nur sehr wenig Kohlendioxid in der Atmosphäre, sonst würde es nicht Spurengas heißen, und nach all den Emissionen liegt sein Anteil immer noch unter 0,4 Promille. Je mehr davon in die Luft gelangt, umso besser für die Pflanzen. Die Satellitenaufnahmen zeigen, dass die Erde in den letzten Jahrzehnten wesentlich grüner geworden ist. Grüne Erde ist allemal besser als die grüne Brille, die uns von den Klimazauberern verschrieben wurde. Das Kohlendioxid wirkt wie ein Düngemittel. Deswegen trägt dessen wachsende Konzentration auch zur Bewaldung bei. Warum wird sonst CO_2 in Gewächshäuser gepumpt?

In den Klimasimulationen wird auch die Landwirtschaft kaum berücksichtigt. Das INKA müsste sich mehr um Nutztiere in ihren Modellen kümmern. Die Pflanzen speichern Kohlendioxid. Die gemeinen Viecher fressen uns die Pflanzen weg und bescheren uns dafür weniger angenehme Gase. Stell dir das nur mal vor."

„Ja, die Kühe sollten weniger rülpsen und pupsen."

„Das musst du unbedingt deinem Castorp erklären, damit er die Vierbeiner in seinen Prognosen mit berücksichtigt."

„Er ist Joga-Meister und Vegetarier", jauchzte Robert. „Erstaunlich, dass er das Problem übersehen hat. Ist dein Mann auch ein Wissenschaftler?"

„Mein erster Mann war Physiker wie du. Wir ließen uns später scheiden. Das mit Kolja ist eine ganz andere Geschichte. Er verkauft Gebrauchtwagen."

„Ich dachte, er gehört ebenfalls zu eurem Geheimbund der Klimaleugner und übrigen Agenten des Großkapitals", scherzte Robert etwas deplaziert.

„Gar nicht. Das hindert ihn aber nicht zu behaupten, dass der Klimaschutz eine legale Form der Geldwäsche sei", prustete Tanja.

„Wie, der Geldwäsche? Wie meint er das?"

„Er kennt sich mit Geldwäsche einfach besser aus als mit Kohlendioxid. Ich halte die Klimapolitik eher für eine Methode der Geldverbrennung. Weil das genau mein Steckenpferd sei, meint er."

„Das ist ein Scherz, ich verstehe", sagte Robert ernsthaft.

„Nein, ich kann wirklich nicht mit Geld umgehen."

Es fing an zu nieseln. „Lass uns lieber einen Kaffee bestellen als durchnässt ankommen", schlug Robert vor. Sie ließen sich am Cafétisch im Schutz einer Markise nieder.

„Schau mal, da gegenüber sieht man einen Reichsadler in Originalfassung", Tanja zeigte auf den Giebel eines Klinkergebäudes, „und links ist die Literaturagentur *Weitblick*, die unser Klimabuch nicht vermitteln wollte."

„Warum?"

„Weil sie Castorp unter Vertrag haben. Nichts Persönliches, nur das Geschäft. Ihre Begründung war: Axel Guggenberger sieht überall Verschwörungen am Werk."

„Tut er das wirklich?"

„Jede Verschwörungstheorie, beteuert er, verblasst vor der Korruption des Weltklimarats und deren Helfershelfer wie dein Siegfried, der Drachentöter", lächelte Tanja. „Ich sage Axel immer wieder, er soll nicht solche Sprüche klopfen, sie schaden nur unserem Anliegen. Der gute Axel glaubt, dass man die Apokalypse mit wissenschaftlichen Fakten widerlegen kann. Ich befürchte, dass er sich gewaltig irrt. Die Öffentlichkeit kann zwischen Fakten und Meinungen über die Fakten nicht unterscheiden. Für die Wahrheit hat man unabhängige Experten. Kennst du zufällig einen? Wenn Castorp und der Klüngel vom Weltklimarat unabhängig sind, bin ich der Kaiser von China. Weißt du übrigens, dass viele Konferenzteilnehmer aus den neuen Bundesländern kommen?"

„Ist das so wichtig?"

„Es ist einleuchtend. Im Westen wuchs man in dem Glauben auf, in der Demokratie sei Meinungsfreiheit selbstverständlich. Darum ist das Vertrauen in die Medien hier immer noch sehr groß. In der Zone hat man den Staatsmedien misstraut und wusste zwischen den Zeilen zu lesen. Ausgerechnet die Unfreiheit war eine Schule des freien Denkens. Wir haben für Propaganda einen besseren Riecher. Psychologisch ist die Klimakatastrophe nicht über die Elbe gekommen. Dort stinkt die dirigistische Einführung der grünen Energie nach Sozialismus und Misswirtschaft. Dafür ist die alte Riege wieder in ihrem Element:

Endlich läuft es wie bei den Genossen, umverteilen, Knappheit verwalten. Das ist doch Planwirtschaft reinsten Wassers. Hast du einmal vom Leipziger Klimafrühstück gekostet?"

Robert kicherte amüsiert „Das gibt es doch nicht!"

„Von wegen. Das ist CO_2-neutrale Kost, die in bestimmten Leipziger Cafés serviert wird. Im Sozialismus hatten die Genossen Absatzschwierigkeiten mit ihrer Propaganda, im Westen hat man hingegen verstanden, die Klimakatastrophe zu vermarkten. Das ist ein Riesenunterschied. Das offene Geheimnis des ganzen Ostblocks war ja seine katastrophale Umweltverschmutzung. Der Westen war verglichen mit diesen Zuständen ein Öko-Paradies. Deshalb kam uns das ganze Getue um den Weltuntergang seltsam und abgehoben vor. Mal brach Panik über ein gewisses Ozonloch aus, mal waren alle Bodenschätze aufgebraucht, während man in der Zone wieder für Bananen anstehen musste."

Robert schmunzelte. „Bananen sind regenerative Ressourcen. Sie gehen nie aus."

„Aber nicht im Sozialismus. Dort waren sie knapp wie seltene Erden. Wir waren damals trotzdem sehr naiv. Da wir das eigene System hassten, schien da drüben alles anders und besser zu sein. Meinungsfreiheit, glaubte ich, bedeutet, dass man sagen darf was man wirklich denkt. Westliche Politiker seien ehrlich, Bürger könnten Politik beeinflussen und müssten sich nicht anpassen. Kurzum, so sah das Gegenbild zum Sozialismus aus. Nach der Wende habe ich einige Zeit gebraucht, um meine Illusionen auf Normalmaß herunterzuschrauben. Worauf ich hinaus will: Seit ich weiß, dass der Sozialismus keine bessere Gesellschaft hervorbracht hat, sondern ein Unterdrückungsregime war, kann ich mir vorstellen, dass alles, was als letzte Wahrheit verkündet wird, sich eines Tages als Irrtum entpuppen könnte. Damit sind wir wieder beim Klimawandel.

Es findet eine gigantische Manipulation mit Bildern und pseudowissenschaftlichen Erklärungen statt: All die Eisbären, die zum Inbegriff der Klimakatastrophe geworden sind, wobei sich ihr Bestand in den letzten Jahrzehnten verfünffacht hat. All die fossilen Ressourcen, die sich dauernd erschöpfen, aber nicht ausgehen."

„Ich würde dahinter vielleicht keine böse Absicht vermuten", entgegnete Robert, „die Berichterstattung wird nur von Menschen gemacht, und die sind mit dem Klimawandel überfordert."

„Da gebe ich dir recht, Journalisten sind überfordert. Doch warum sind sie bloß auf einem Auge überfordert? Warum lässt man nicht zu, dass auch eine andere Sicht der Dinge eine Existenzberechtigung hat? Warum werden Kritiker des Klimawandels verunglimpft, warum dürfen Menschen nur eine Meinung hören? Man schlägt die *Süddeutsche* auf und liest das *Neue Deutschland*."

„Du agitierst ja wie eine Rosa Luxemburg", stichelte Robert.

Tanja schraubte den Ton herunter. „Sie war jedenfalls für die Meinungsfreiheit, die arme. Ich bin schon enttäuscht, was hier daraus geworden ist. Uns war es ernst mit der Wahrheit."

„In Afrika haben sie das auch immer gesagt: Wir sind enttäuscht von euch. Ich wusste nie, wie ich darauf antworten sollte."

„Immerhin wolltest du dich nicht länger am Geschäft mit den guten Absichten beteiligen."

„Eigentlich hatte ich gar nicht vor zurückzukehren. Aber Claire wollte das Kind unbedingt in Deutschland gebären. Sagte sie. Dann kam es zu dem ganzen Gezerre mit der Scheidung, und ich bin wegen Marlene hier geblieben."

Die Stadt lebte auf. Die Ladenbesitzer zogen die Rollos hoch, Touristen schwärmten aus den Hotels und blickten entgeistert in den grauen Himmel.

Tanja stellte sich vor, wie Platonow jetzt im Regen auf dem Automarkt hockte, und bekam Schmerzen in der Magengrube.

„Lass uns weiter gehen, ich erzähle dir noch über unser Ozonloch."

„Habt ihr drüben ein eigenes gehabt?"

„Ja, die Löcher waren bei uns umsonst zu haben. Die Freunde meines Mannes, mit denen er in Moskau studiert hat, hockten in unserer Küche und diskutierten ständig über die Weltprobleme – von Republikflucht bis Kernfusion. Im Osten hatte man viel Zeit."

Tanja traten ihre winzige Plattenbauwohnung in Friedrichshain und die bärtigen Gesichter der Jungs vor Augen.

„Hans, er war Chemiker, hielt den Wirbel um das Ozonloch für eine Verschwörung. Also hör mal, Hans, tippst du auf die CIA? neckte ich ihn. Da lachten alle. Hans, muss man dazu sagen, war in der SED."

„Mir ist egal, ob das die CIA oder sonst wer war, aber die Mär wurde absichtlich in die Welt gesetzt!" fuhr Hans auf.

„Warum hältst du es denn für so unmöglich, dass die von der Industrie hergestellten Halogenverbindungen, diese Fluorchlorkohlenwasserstoffe die Ozonschicht schädigen können?"

„Weil es einen natürlichen Kreislauf von Halogenen gibt. Sie werden von Pflanzen als Abwehrstoffe ebenso wie von Vulkanen freigesetzt. Der Anteil der Industrie am Kreislauf dieser Stoffe ist verschwindend klein, tausendfach geringer als in der Natur."

„Hm, vielleicht sind chemisch hergestellte Stoffe besonders aggressiv?"

„Ich habe mich darüber informiert. Seit den 50er Jahren ist bekannt, dass im Winter die Ozonschicht über der Antarktis ausdünnt. Damals gab es diese Kühlmittel noch gar nicht."

„Du meinst also, dass der Abbau von Ozon ein natürliches Phänomen ist?"

„Aber sicher. Die Größe der Ozonlöcher korreliert mit der Intensität der kosmischen Strahlung, die durch das Magnetfeld der Erde zu den Polen gelenkt wird. Unter der Einwirkung von UV- Strahlung und Gewittern wird das Ozon regeneriert."

„Wer hätte aber ein Interesse daran, das Ausdünnen des Ozonschilds als menschengemacht hinzustellen?"

„Du wirfst mir gerade vor, ich verbreite Verschwörungstheorien."

„Interesse und Verschwörung ist nicht ein und dasselbe."

„Ich habe nachgeschlagen, wer Patente für die Mittel hielt, welche die Ozonschicht angeblich zerstören, und bin findig geworden!" verkündete Hans triumphierend.

„Und, wer war der Schädling?"

„*DuPont*, ein amerikanischer Chemiekonzern. Sein Patent lief 1980 aus."

„Und was folgte daraus?"

„Dass *DuPont* bis dahin das Monopol für die Herstellung dieser Stoffe besaß. Nach 1980 durften sie aber von jedem hergestellt werden, und sein Monopol und die Gewinne wären dahin gewesen."

„Ich habe von der kapitalistischen Wirtschaft sowieso keine Ahnung", gestand ich. „Aber wenn man weltweit diese Stoffe aus der Produktion herausnähme, hätte doch *DuPont* auch nichts davon."

„Lass uns die imperialistischen Haie nicht unterschätzen." Hans lächelte mich milde an, als wäre ich ein Kind.

„*DuPont* hatte bereits einen anderen Stoff entwickelt und ihn sich patentieren lassen. Nach dem Verbot der alten, angeblich schädlichen Halogene, das gerade beschlossen worden war, musste man wieder von *DuPont* das neue Patent kaufen."

„Das ist ein Ding", wunderte ich mich. „Woher hatte der Konzern so viel Macht und Einfluss auf die UNO?"

„Du bist doch gegen Verschwörungstheorien. Meine Antwort: Eine gesteuerte Angstkampagne in den Medien und das Imperium."

„Was für ein Imperium?"

„Die USA."

„Hans, du bist wirklich eine rote Socke", konterte ich, „hör auf mit deiner Propaganda, wir werden ohnehin damit gemästet wie die Weihnachtsgänse."

„Und du hör auf mit deinem Dissidentengetue. Ihr könnt nicht zwischen der Realität und eurer Verklärung des ach so freien Westens unterscheiden. Die USA benutzen die UNO als Instrument, um ihre Weltdominanz zu stärken."

„Hab' gestern dasselbe im *Neuen Deutschland* gelesen."

„Die USA verteidigen die Macht ihrer Konzerne mit Zähnen und Klauen. Und für das Ozonloch, also für das Patent von *DuPont*, zahlt jetzt die ganze Welt und besonders die sozialistischen Länder."

Tanja seufzte. „Heute hört sich das so komisch an. Doch die Samen des Zweifels wurden damals gesät."

„Es war genauso wie du sagst", nickte Robert. „Als ich noch an der Uni studierte, hat mir mein Dozent eine Anekdote über das Ozonloch erzählt. Er war Ende der 70er Jahre auf einer Konferenz in Dallas und lernte zwei Amerikaner kennen, die gerade an einem Lasermessgerät tüftelten. Das Ding sah wie ein Kühlschrank aus und war ein paar hundert Kilo schwer. Sie wollten es mit einem Wetterballon in die Stratosphäre fliegen lassen, um die Auswirkung der FCKW auf die Ozonwerte zu messen. Der Dozent war verblüfft, denn dafür hätte auch ein gewöhnliches Spektrometer von einem Kilo Gewicht ausgereicht. Unter dem Siegel der Verschwiegenheit verrieten sie ihm, dass die Messungen von *DuPont* in Auftrag gegeben worden seien, und die wollten nun einmal eine medienwirksame Aktion mit einem Super-Pupper-Big-Science Laser haben. Denn ihr Patent lief bald aus. Konnten sie jedoch beweisen, dass die FCKW die Ozonschicht zerstörten, würde deren Herstellung bald weltweit verboten, und der Konzern konnte mit seinen neuen Mitteln Monopolist bleiben."

„Na siehst du. Hans war darauf gekommen, ohne jemals in den USA gewesen zu sein, allein dank seiner ideologischen Wachsamkeit."

„Chapeau!" revanchierte sich Robert. „Mein Dozent besuchte diese Universität ein Jahr danach wieder und war auf ihre Forschungsergebnisse gespannt. Na ja, nichts von Bedeutung, gestanden ihm die Typen. Was würde schon dabei herauskommen, wenn die natürlichen Halogenverbindungen die menschengemachten tausendfach überstiegen? Das Ozonloch am Südpol sei natürlichen Ursprungs und habe mit den FCKW-Emissionen nichts zu tun. Kurzum, sie haben den gemessenen Ozonschwund der Wirkung von Kühlmitteln einfach nur zugeschrieben. Wir Studenten amüsierten uns über diese Geschichten."

„Die Genossen hatten manchmal doch recht."

„Als gerade ein neues Ozonloch, diesmal über dem Nordpol, gemessen wurde, habe ich an meinen Dozenten gedacht. Diese Schadstoffe sind ja längst verboten. Nun hieß es prompt, sie seien immer noch da", schloss Robert.

„Uns war bald darauf nicht mehr nach solcher Exotik wie dem Ozonloch zumute. Einen Monat nach unserem Küchengespräch fiel die Mauer, und es wurde von den irdischen Ereignissen verdrängt. Von unserem Freundeskreis blieb auch nicht viel übrig. Hans ging nach Amerika. Und weißt du, wo er untergekommen ist? Bei *DuPont* als Abteilungsleiter."

Robert grunzte.

„Na, da wunderst du dich?" lächelte Tanja. „Heute sehe ich die Geschichte mit dem Ozon-Alarm etwas anders. Ohne die Krebshysterie, die wie immer zuerst in den USA vom Zaun gebrochen worden war, hätte kein *DuPont* ein weltweites Verbot von FCKWs in die Wege leiten können. Man hatte damals ausgerechnet, wie viele Menschen wegen des Ozonlochs an Krebs sterben würden. Immense Unkosten wurden prognostiziert, daher schien es ganz rational, Vorsorge zu treffen und diese gefährlichen Stoffe weltweit zu verbieten. Der Montreal-Vertrag wurde dann sehr schnell verabschiedet. Er diente als eine Blaupause für das Kyoto-Protokoll, in dem globale Klimaziele festgelegt wurden. Dein INKA ist dafür berühmt, solche hypothetischen Risiken hochzurechnen. Seine Szenarien sind nichts anderes als Unheilsbeschwörungen. Wenn ich mir nur vorstelle, wie sich eine ganze Armee von Fachleuten und Programmierern mit nichts anderem befasst, als Ängste zu schüren, habe ich noch weniger Lust, Steuern zu zahlen."

„Castorp will mich zum Pressesprecher machen", gestand Robert, „ich glaube aber, dass ich sein Angebot ablehnen werde."

„Hat dich unsere Konferenz vom Saulus zum Paulus gemacht?"

„So würde ich es nicht ausdrücken", erwiderte er ernsthaft. „Doch ich kann nicht einfach an irgend etwas glauben, ich brauche überprüfbare Beweise, und da ist mir Svessen mit seinen Wolkenexperimenten näher als der Klimaretter von Amts wegen."

„Du wirst es bei Castorp mit solchen Ansichten schwer haben."

Robert zuckte mit den Achseln.

„Dass Castorp sich als Visionär aufspielt ist schon absurd. Er muss sich selbst wie ein Übermensch vorkommen, wie ein Herr über die Widersprüche."

„Castorp ist kein schlechter Mensch", entgegnete Robert. „Er steht unter Druck."

„Das ist eben unser Problem, dass Leute wie er die Flucht nach vorne antreten, um ihre Fehler nicht zugeben zu müssen", erwiderte Tanja. „Die Einsicht, dass die Welt anders tickt als man sich vorstellt, ist zutiefst verstörend. Das bedeutet, sich selbst gestehen zu müssen, dass man sich sein Leben lang geirrt hat – wie ein aufrechter Kommunist oder glühender Anhänger einer falschen Theorie. Das kann einen ins Mark treffen. Ich bin Akademikern begegnet, die den bloßen Zweifel an dem menschengemachten Klimawandel nicht ertragen konnten. Sie waren zutiefst verunsichert, verstört und schauten mich an, als wäre ich eine Außerirdische. Dabei hatten sie keine sachlichen Einwände gegen meine Argumente. Sie wussten weder, was es mit dem Klima auf sich hat, noch dass sie ihr biologisches Leben dem Kohlenstoff zu verdanken haben. Es gebe zu viele Menschen auf der Erde, die immer mehr konsumieren und die Ressourcen verbrauchen. Dieses Mantra hat seine Kraft seit den 70er Jahren nicht verloren. Panikmeldungen haben ihre Ängste immer wieder bestätigt. Man müsse verzichten, weniger konsumieren, sparen."

„Ich weiß: `Die Grenzen des Wachstums.` Wir haben das Buch in der Schule durchgenommen. Nach den Prognosen dort müssten heute alle Bodenschätzen zuneige gegangen sein und Milliarden von Menschen verhungern."

„Nichts davon ist eingetreten, das kümmert aber keinen. Die Begründung für den Klimaschutz wechselt ständig. Wer an die Klimakatastrophe nicht so recht glaubt, dem wird mit der Erschöpfung irgendwelcher Ressourcen Angst gemacht. Wenn sich herausstellt, dass sie nur in den Köpfen der Deutschen zu Ende gehen, in den USA dagegen eine Energierevolution stattfindet, werden die schrecklichen Umweltgefahren der Gasförderung an die Wand gemalt. Fragt man einen Wassersparer, ob es im Jemen mehr Regen gebe, wenn in Deutschland weniger gebadet würde, ist er schnell beleidigt. Und du sagst, Fakten. Konferenzen wie diese sind nicht viel mehr als eine Art Hygiene für Andersdenkende. Dein Castorp kann ruhig schlafen. Ich möchte gerne wissen, was der Physiker in ihm zu all dem wirklich denkt? Er darf doch die Sonnenfleckenzyklen nicht einfach ignorieren."

„Ehrlich gesagt, ich habe keine Ahnung, ob wissenschaftliche Argumente bei ihm noch eine Rolle spielen."

„Wahrscheinlich weiß er das selber nicht mehr", lächelte Tanja. „Wer mit 100 % Ökostrom fährt, läuft Gefahr, nie mehr am Ziel anzukommen."

Robert schaute auf die Uhr. „Wir kommen zu spät. Ich möchte den Gletscher-Beitrag nicht verpassen. Das ist ein Steckenpferd von Castorp."

„Wenn die Apokalypse ausbleibt, bestimmt die Untergangssekte das nächste

Datum und fängt von neuem an, auf das Ende zu warten. Die Zukunft ist nun einmal keine Fortsetzung von heute. Will man sie anhand von Dogmen aufbauen, kommt dabei bestenfalls ein fester Abnahmepreis für Solarstrom in den nächsten zwanzig Jahren heraus. Die Folgen sind schon jetzt zu besichtigen. Danach werden alle behaupten, sie hätten das schon immer gewusst."

„Du machst aber Sprünge", er schüttelte den Kopf.

„Alles ist nicht so wie es scheint, Robert. Das mag sehr banal klingen. Weißt du, was beim ganzen Getue mit dem Klimawandel das Schlimmste ist?"

„Die Energiewende?"

„Am schlimmsten ist, erstens, dass der Klimaschutz im Begriff ist, die Umwelt zu zerstören. Die Errungenschaften des Umweltschutzes werden durch die Klimapolitik zunichte gemacht. Diejenigen, die nach Unterführungen für Kröten verlangten, geben klein bei, wenn der Wald durch Hochspannungsleitungen vernichtet wird, wenn Windrotoren Millionen von Vögeln zermalmen, Tropenwälder den Ölpalmen Platz machen müssen und Pellet aus Sibirien importiert werden.

Zweitens, Feigheit und Opportunismus. Dass selbst Wissenschaftler sich verbiegen und anpassen müssen, um an Geldtöpfe zu kommen. Tut es dir nicht weh, mit ansehen zu müssen, wie sich ein reiches und erfolgreiches Industrieland mutwillig zerstört?"

„Das ist deutsch. Bis zu letzter Patrone."

Tanja nickte. Robert wird das INKA nicht verlassen können, egal wie er über den Klimawandel denkt. Auf einmal kam Mitleid in ihr auf für diesen enttäuschten, unsicher wirkenden Mann, der sehr einsam sein musste.

„Weißt du, Robert, du kannst uns gerne besuchen, wenn du Zeit hast", sagte sie.

„Ist nett von dir", erwiderte Robert verlegen.

Der Regen hatte aufgehört. Vor dem Eingang zum Hotel hielt eine Umweltaktivistin ein Plakat hoch: „Keine Chance für Klimaleugner!" Dann drückte ein junger Mann Robert ein Flugblatt mit der Überschrift „Wir halten an unseren Klimazielen fest" in die Hand.

„Anteil des CO_2 in der Luft: 0,038 Prozent.

Davon produziert die Natur: 96 Prozent.

Die Menschen: 4 Prozent.

Anteil Deutschlands am globalen CO_2 Ausstoß der Menschheit: 3,1 Prozent. Deutschland will die globale Führungsrolle bei der Reduktion des CO_2-Ausstoßes übernehmen. Dies kostet bis zu einer Billion Euro."

Tanja kicherte. „Sieh dir das mal an. Es gibt doch noch junge Leute, die etwas Eigenes im Kopf haben. Schmuggle das Blatt in Castorps Büro ein. Das wäre eine subversive Aktion."

„Du hast gut lachen."

Heimat

Der Bericht über die Klimakonferenz, den Robert verfasst hatte, war dicht und sachlich. Er gab den Inhalt der Vorträge ausführlich wieder und beschrieb die Diskussion. Ebenso klar schilderte er seine eigenen Eindrücke von der Wolken-Theorie, insbesondere vom Cloud-Experiment, dessen Ergebnisse durch direkte Messungen nach der Sonneneruption bestätigt zu werden schienen. Reproduzierbarkeit der Ergebnisse sei das A und O wissenschaftlicher Erkenntnis, und da habe Svessen Großes geleistet. Eigentlich konnte das für Castorp keine Offenbarung sein.

Als Robert sein Büro betrat, bot ihm die Sekretärin einen Kaffee an. Auf seinen fragenden Blick hin antwortete sie mit gedämpfter Stimme: „Jogapause!" Herr Professor stehe gerade Kopf, er sei bald fertig. Robert setzte sich auf den Stuhlrand. Seine Arbeitsstelle war nur befristet. Nichts konnte Castorp daran hindern, ihn zu entlassen, wenn er spürte, dass ein Mitarbeiter nicht voll hinter der *gemeinsamen Sache* stünde und kritische Töne anschlug. Plötzlich ging die Tür auf, und Castorp bat ihn herein.

„Ich halte Forschung und Gesinnung auseinander", sagte er statt einer Begrüßung. „Meine Mitarbeiter dürfen ihre Meinung offen zum Ausdruck bringen. Eine andere Sache ist es, dass das Institut in der Öffentlichkeit mit einer Stimme sprechen muss. Sonst können wir keine Politikberatung machen."

„Ich habe in meinem Bericht nur die Beiträge referiert." Roberts Stimme klang defensiv. Castorp nickte. „Wenn du die Stelle nicht annimmst, wird es für dich keine weiteren Konsequenzen haben." Robert entspannte sich. „Was mich umtreibt, ist die Auswahl der Eingabewerte für die Modelle." Castorp sah ihn mit leerem Blick an und nickte. „Darüber werden wir auf einem Fachseminar diskutieren." Er gab ihm zu verstehen, dass die Unterredung beendet war. „Dein Bericht war sehr aufschlussreich, danke." Nachdem

Robert das Büro verlassen hatte, ließ sich Castorp auf seiner Matte nieder und begann wieder mit der Bauchatmung.

Der Chef wirkte angeschlagen. In seinem Gesicht zeigten sich tiefe Falten. Das breite Lächeln, mit dem er seine Mitarbeiter zu begrüßen pflegte, war zu einem Grinsen erstarrt. Robert hatte ihn ganz anders in Erinnerung, und ihn trieb die Frage um, was Castorp bei alldem wirklich dachte. Warum verlangte er von Guggenberger 5000€ für seine Teilnahme an einer öffentlichen Podiumsdiskussion, wohl wissend, dass sich das so ein kleiner Verein nicht leisten konnte? Der Trick, mit dem er der wissenschaftlichen Debatte auszuweichen suchte, behagte Robert nicht. Durfte sein Chef die Ergebnisse von Svessen ignorieren, oder sah er seine Fehler ein? Verstand er sich als Opfer einer Hexenjagd? Waren ihm die Schwächen seiner Klimamodelle peinlich bewusst? Oder sind Männer einfach schlechte Verlierer? Bei einem zu rasanten Aufstieg erliegen sie der Taucherkrankheit. Sie bringt das Blut zunächst zum Schäumen. Dann folgt der Rausch der Erfolgssucht. Je spontaner und schneller der Höhenflug einsetzt, desto härter wird die Landung. Vielleicht hatte Castorp selbst keine Antwort darauf.

Ein strenger Güllegeruch drang in den Waggon. Die hinter dem Fenster flimmernde Landschaft, die Robert von klein auf kannte, hatte sich verändert. Das Weizengelb war fast verschwunden, links und rechts erhoben sich Maisfelder. Entlang der Eisenbahnstrecke waren unzählige Solaranlagen auf Stelzen zu sehen. Die Energiewende schritt voran.

In einem Buch mit dem Titel „1913: der Sommer des Jahrhunderts", das er am Bahnhof gekauft hatte, stieß Robert gerade auf die Zeile: „Am 10. Juli wird im Death Valley in Kalifornien die höchste bis dahin dokumentierte Temperatur gemessen: 56,7 °C. Am 10. Juli regnet es in Deutschland. Es ist kaum 11 Grad warm."

Früher hätte er solch eine belanglose Notiz einfach übersehen. Dem Autor ging es auch nicht um das Klima. Er wollte die unschuldige Normalität festhalten, die bereits ein Jahr später in einer Katastrophe untergehen würde. Robert war verblüfft, dass das Juliwetter für ihn plötzlich einen anderen Sinn bekam. „Außergewöhnlich" schlechtes Wetter – ob zu kalt oder zu warm – war das „Gewöhnliche", und das vor einem Jahrhundert wie heute. Über ein Jahrhundert rechnen sich solche Anomalien in der Regel auf einen Mittelwert herunter.

Robert ertappte sich bei dem Gedanken, dass er anfing, das Klimageschehen mit Tanjas Augen zu betrachten. Eigentlich gefielen ihm kantige Frauen nicht. Tanja hatte eine spitze Zunge, vor der man immer auf der Hut sein musste. Überhaupt war sie nicht sein Typ. Dazu noch der unmögliche Haarknoten. Es hatte ihn erwischt, ziemlich heftig sogar, da machte er sich keine Illusionen. Den Knoten würde er bekämpfen.

Der Himmel hing tief über der Ebene, der Regen zeichnete schräge Spuren auf die Fensterscheibe, und als Robert am Bahnhof in ein Taxi stieg, verspürte er einen Stich im Herzen.

Ilma war tot. Vor einer Woche noch hatten Formalitäten für das Altersheim erledigt werden müssen, und ihr Umzugstermin dorthin wurde fest gelegt. Nun kam er zu ihrer Beerdigung.

Die Wohnung war aufgeräumt. Robert betrachtete die Familienfotos an der Wand: die Großeltern vor ihrem Haus in Königsberg, die Geschwister in einem Aufnahmelager, seine Schulklasse mit dem Lehrer, Robert mit Ilma bei der Abiturfeier. Er bekam weiche Knie und musste sich setzen. Er öffnete einen verstaubten Schuhkarton voll alter Briefe und sah als Absender den Namen seines Lehrers mit unleserlicher Schrift.

„Verehrtes, liebes Fräulein Baumgarten, ich muss Ihnen offen gestehen: Ihre Zurückweisung war für mich ein schwerer Schlag. Vor allem fand ich den Grund für Ihre Absage verstörend. Ich kann mir gut vorstellen, dass Sie – eine aufrechte und stolze Frau – mich Ihrer nicht würdig finden. Ich gebe zu, mein Geist wie mein Körper sind angeschlagen, beide sind unauslöschlich von ungeheuerlichem Verbrechen und unbeschreiblichem Leid gezeichnet. Meine Albträume sind immer bei mir, ebenso wie Schuldgefühle und Sprachlosigkeit. Dass ich trotzdem fähig bin zu lieben, empfinde ich deshalb als eine unverdiente Gnade.

Allerdings hatte ich eine letzte und, wie ich jetzt sehe, unberechtigte Hoffnung, dass meine Gefühle von Ihnen erwidert werden könnten. Ich hätte damit leben müssen, wenn Sie einfach gesagt hätten, Sie liebten mich nicht. Doch Ihre Argumente waren anderer Natur, und sie haben mich damit vor den Kopf gestoßen. Darum kann ich Ihre ungeheuerliche Selbstanklage nicht akzeptieren.

Bisher wusste ich nicht, was Ihnen und Ihrer Schwester auf der Flucht geschehen ist. Mir ist jetzt erst klar geworden, dass Sie darunter unbeschreiblich gelitten haben und bis heute nicht davon losgekommen sind. Doch Ihre Begründung, Sie seien geschändet worden und würden dadurch die Ehre des Mannes beschmutzt, der sich mit Ihnen einlassen würde, finde ich ungeheuerlich.

Liebe Ilma, die Schandtat an einer hilflosen Frau kann sie nicht entehren. Sie entehrt den Schänder. Sie entehrt Männer wie mich, die Frauen nicht in Schutz nehmen konnten. Die bisweilen anzutreffende Beschuldigung, Frauen seien an der Schande selbst schuld gewesen, ist eine schamlose Unterstellung. Damit möchte ich ihr Leid nicht klein reden, doch ich hege die Hoffnung, dass diese Einsicht Sie von weiteren Selbstbezichtigungen befreien kann, die Ihre hehre Seele auffrisst. Ich kann Ihnen lediglich versichern, dass es eine Ehre für mich wäre, Sie an meiner Seite zu wissen.

Heute versuchen junge Menschen herauszufinden, wie diese Verbrechen geschehen konnten. Sie stellen ihre Väter an den Pranger. Doch ausgerechnet dem Los der Frauen wird wenig Beachtung geschenkt. Auch die Frauen wagen es nicht, offen über ihr Leid zu sprechen. Das sollten sie unbedingt tun.

Liebe Ilma, Sie hatten immer einen aufrechten Gang. Warum verweigern Sie sich dem Menschlichsten, was es auf der Welt gibt? Warum mauern Sie sich ein in Ihrem Leid? Ihre Argumente erscheinen mir wie eine Abwehr gegen das bisschen Glück, das uns am Lebensabend noch geschenkt werden könnte.

Wenn Sie schreiben, unsere Beziehung würde Robert nicht gut tun, muss ich Ihnen entschieden widersprechen. Robert ist ein begabter Junge, ich beobachte ihn seit langem und bin mir sicher, dass er für mich mehr als Respekt übrig hat. Meinerseits kann ich ihm seine Zuneigung nicht so erwidern, wie ich möchte, da ich ihn dadurch übermäßig bevorzugen würde. Allerdings bilde ich mir ein, dass es ihn freuen würde, mit mir unter einem Dach zu wohnen.

Liebe Ilma, ich weiß nicht, ob es mir jemals gelingen wird, Sie davon zu überzeugen, dass Ihre Vergangenheit uns nicht trennt, sondern verbindet. Ich will Ihnen helfen, Ihr Gefängnis zu verlassen.

In Liebe, Ihr Peter."

Robert schluchzte auf wie ein kleiner Junge. In seinen Gedanken sah er den Lehrer sich nach Ilma umdrehen, sah, wie sich ihre Blicke trafen, wie er plötzlich an der Tür klingelte und ihr ein Heft reichte: „Entschuldigen Sie, Fräulein Baumgarten, Robert hat sein Mathematikheft vergessen." Dabei hätte es ruhig bis Montag im Klassenzimmer liegen bleiben können.

Die Glocken läuteten. Schwarz gekleidete Männer und Frauen schwärmten aus ihren Häusern und zogen zur Kirche, um sich von ihrer Nachbarin zu verabschieden. Nach so vielen Jahrzehnten hatte man im Dorf längst vergessen, dass die zu Grabe getragene Flüchtlingsfrau einst misstrauisch beäugt wurde, weil sie nicht katholisch war, kein Dialekt sprach, ihre Nägel lackierte und rauchte wie ein Mann.

Doch damals war sie bei einem Bauern einquartiert worden und sollte sich um dessen kleinen Sohn kümmern. Der Junge war von der seltsamen Sprechweise und den roten Nägeln fasziniert. Ihre unheimliche Fremdartigkeit zog ihn an.

Als er dann anfing, zu Hause ihr Hochdeutsch nachzuplappern, glaubte sein Vater, er schäme sich des heimischen Dialekts, wolle ihn ärgern und verpasste ihm einen Schlag auf den Hinterkopf. Da das Kind aber nicht damit aufhören wollte, schickte man ihn zu den Benediktinern, damit er später Lehrer würde. Stattdessen entdeckte er den Großen Vorsitzenden Mao als Vorbild, warf faule Tomaten auf den iranischen Schah und handelte sich schließlich ein Berufsverbot ein. Er überwarf sich mit seinem schweigenden Vater und fand nichts Besseres, als Schriftsteller zu werden.

Aber im Alter werden Söhne ihren Vätern immer ähnlicher, und irgendwann kam er nach Hause, entschuldigte sich für seine Arroganz und versöhnte sich mit ihm. Denn kein Heim steht ohne Fundament. Und wenn ihm in seiner stürmischen Jugend das Dach nicht ganz fortgerissen worden war, war das dem Fundament zu danken, zu dem die Familie, der Vater, der Hof und die Magd Ilma mit den lackierten Nägeln gehörte.

Die Nachbarn waren gekommen, um sich von Ilma so zu verabschieden, wie sie sich immer von den Ihren verabschiedeten. Der Sarg ertrank in Blumen, Robert schüttelte Menschen die Hand, an die er sich nicht erinnern konnte, und vergoss mit ihnen Tränen, denen sie in dieser Gegend aus irgend einem Grunde ohnehin immer nah waren.

Beim Leichenschmaus im Gemeindehaus erzählten Nachbarn vom Wandel im Dorf, der aus den Bauern Unternehmer und aus Unternehmern globale Akteure gemacht hatte. Der Schriftsteller schilderte Robert, wie er dank Tante Ilma zum ersten Mal eine Ahnung davon bekommen hatte, dass es eine Welt außerhalb der Krebsbachaue gab. So gesehen sei die Vertreibung seine erste Globalisierungserfahrung gewesen.

Wenn man einer Beerdigung wie dieser beiwohnte, konnte man sich noch in einer heilen Welt wähnen. Wenn man aber da draußen unterwegs sei, er zeigte mit dem Kopf in Richtung Flughafen, scheine das Grollen immer näher heranzurücken. Er sei immer für Europa gewesen, schon wegen der Vergangenheit, sagte er nachdenklich und erzählte, wie er sich gefreut habe, als Polen und die anderen Staaten der EU beitreten durften. So aber hätte er sich das nicht vorgestellt, vielleicht sei man allzu naiv darangegangen und hätte vieles übersehen. Der Schriftsteller seufzte. Um sich vom Kulturpessimismus zu kurieren, sollte man nach Shanghai mit der Bahn fahren. Warum ausgerechnet mit der Bahn? wunderte sich Robert, wie lange bräuchte man dafür? Vierzehn Tage vom Bahnhof ZOO, Abfahrt 15.30 jeden Mittwoch. Der Schriftsteller war ein Kenner von Kursbüchern. Was würdest du im Zug die ganze Zeit machen? wollte Robert gerne wissen. Aus dem Fenster schauen, antwortete der Schriftsteller.

Zum Rauchen gingen die Männer in den Hof.

„Wie, Robert", sprach ihn ein alter Bauer an, der Vater seines Klassenkameraden. „Xaver hat erzählt, du rettest jetzt das Klima in Berlin. Stimmt`s?"

„Nicht ganz, Onkel Clemens", lachte er, „ich baue Klimamodelle. Das bedeutet nur Datenverarbeitung."

„Als ich Xaver den Hof überschrieben hatte, waren bei uns fünfzig Bullen im Stall. Die Schwiegertochter ist abgehauen: will nicht mehr im Dreck wühlen, 'ihr könnt den Bullen ihre Schwänze ohne mich schubbern.' Ha. Dann haben sie im Verband gesagt, es gebe jetzt Fördergelder für Energie, für 20 Jahre stünde der Abnahmepreis fest. Mein Junge hat die Bullen ruckzuck abgeschafft, eine Sonnenzelle aufs Dach geschraubt und eine Biogasanlage aufgebaut. Picobello. Und das Weib ist ruckzuck wieder heimgekommen."

„Das haben hier doch alle getan. Kein Dach ohne Photovoltaik, kein Feld ohne Mais. Schwaben sind geschäftstüchtig."

„Ich bin jetzt ein Energiebauer, da muss man nicht mehr bei Sonnenaufgang aufstehen", äffte der Vater seinen Sohn nach. „Jetzt ist er auf Tournée, und ich muss sein Gas fördern."

„Auf Tournée?"

„Mit seiner Band. Der Junge spielt doch Posaune. Sie haben den ersten Platz im Landkreis gewonnen und wurden nach Amerika geschickt. Er hat gestern angerufen: Sie fahren mit dem Bus durch die Prärie und kriegen Pizza zum Frühstück. Das verträgt er halt nicht, sehnt sich nach unsern Kässpätzle. Und links und rechts nichts als Mais. Für Sprit."

„Was hast du dagegen, Onkel Clemens?" Robert genoss es, den alten Bauern brummen zu hören.

Der Alte klopfte seine Pfeife an der Hausecke aus.

„Weil alle nur dem Geld nachjagen. Bei uns gibt es keine Kühe mehr. Alle raffen und raffen. So etwas hat es noch nie gegeben. Das geht nicht mit rechten Dingen zu, sage ich dir."

„Wenn der Staat das Geld verschenkt, schön dumm, wer da nicht mitmacht."

„Eben, verschenkt. Sie bleiben auf ihren Geschenken sitzen, sage ich dir. Weißt du, wie viel jetzt das Getreide kostet?"

Robert zuckte mit den Schultern.

Der Bauer zählte an seinen gekrümmten Fingern die Tücken der Energiewirtschaft auf.

„Der Getreidepreis schießt in die Höhe, eins, die Pacht zieht nach, zwei, die Dünger ziehen nach, drei, man muss teuren Mais zukaufen, weil der eigene für die Biogasanlage nicht ausreicht, vier, – und das Geschenk rentiert sich nicht mehr, fünf. Picobello."

„Der Abnahmepreis fürs Biogas ändert sich doch nicht. Auf dem freien Markt wäre der nicht zu erzielen", erwiderte Robert.

„Gerade weil er sich nicht ändert, werden die Unkosten bald höher als die

Einnahmen sein, Menschenskind."

„Du, Clemens", mischte sich seine Frau ein, „schwätz dem Jungen den Kopf nicht voll mit deinem Zeugs. Uns geht es gut, besser als denen in Berlin. Darum feiern sie da die ganze Zeit, und wir schaffen."

Der Alte winkte ab und ging ins Haus zurück.

„Der Vater kommt nicht mehr mit", seufzte sie, „er betet jetzt gegen das Biogas in der Kirche, will Unterschriften sammeln. Wider den eigenen Sohn. Das ist gegen die Menschen, brüllt er, Lebensmittel verbrennen ist unmoralisch, wo kommen wir da hin? Aber Xaver ist doch nicht dumm, er baut schon ein Silo für den Weizen. Will abwarten, wie die Preise sich so entwickeln. Der Alte schimpft ihn dafür einen Spekulanten. Hat Geld an die Welthungerhilfe überwiesen. Jesus Maria."

Der Schriftsteller, mit dem er zurück nach Berlin fuhr, plauderte von seiner rebellischen Jugend. In seiner Stasiakte hätte er gelesen, der Maoist soundso spreche gebrochen Deutsch. Entweder sei der Informant beschwipst oder ein Sachse gewesen. Nun plagten ihn ganz andere Sorgen als die Befreiung Palästinas. Er lächelte melancholisch.

„Unsere Generation wuchs in dem Bewusstsein auf, dass uns die Zukunft gehöre, wir würden die Welt verändern. Heute wundere ich mich über unseren damaligen Optimismus, unser Vertrauen in den Fortschritt. Wir wollten autoritäre Strukturen aufbrechen, die Gesellschaft von ihren Fesseln befreien. Nun lauern überall Gefahren. Dies müsse man kontrollieren, jenes müsse man verbieten, sonst würde etwas passieren... Ich habe in München einen Kommilitonen besucht, wir waren zusammen in der Roten Zelle Germanistik", spann der Schriftsteller seine Gedanken weiter. „Er ist ein bekannter Soziologe. Sein Buch ‚Nullrisiken' hat vor einigen Jahren Furore gemacht.

Er wohnt mit seiner Frau in einer Vorstadtvilla im Bauhausstil. Sonnendurchflutete Zimmer. Zwitschernde Vögel. Leere. Vor kurzem wurde bei ihm zum ersten Mal eingebrochen. Roma-Kinder. Er verzichtete auf eine Klage. Die Polizei solle die Kids frei lassen, sie gehörten ja zu einer verfolgten Minderheit. Das machen wir ohnehin so, versicherte ihm die Polizei, die seien ja auch noch nicht einmal 12. Ich hatte ihn noch nie so angeschlagen erlebt.

Ich wollte mit ihm offen reden. Seine Thesen fand ich bedenklich, voll unbewusster Ängste, realitätsfremd, irgendwie nicht auf der Höhe der Zeit. Du, ich will mit mir selbst ins Reine kommen, sagte ich, das sei eigentlich unsere Pflicht als Intellektuelle. Das können wir uns doch leisten, oder? Er hat nur mit den Achseln gezuckt.

Er beschwöre eine totale Risikofreiheit und spreche damit künftigen Generationen und aufstrebenden Gesellschaften ihre eigenen Erfahrungen ab. Risiken und Fehler gehörten zur Freiheit. Haben wir etwa keine Fehler gemacht? Null Risiken seien nur ein anderes Wort für Stillstand, ja, für den Tod. Ich habe nicht nur seine Weltsicht kritisiert, ich habe mich natürlich auch selbst mit einbezogen. Weil das ein Problem unserer Generation, unsere Lebenslüge ist."

Robert hörte nur mit halbem Ohr zu. Seine Gedanken kreisten um Tanja. Sie hatte ihm ihre Freundschaft angeboten, und er stellte sich vor, wie er in ihrer Wohnung bei Kaffee und Kuchen säße und mit ihrem langweiligen Mann über Fußball und Autos plaudern würde. Von wegen Fußball, hörte Robert die Bekenntnisse des Schriftstellers an ihm vorbeirauschen, ein Freund der Familie, Zeuge fremden Glücks zu sein – so weit werde es bei ihm nicht kommen.

„Für Kinder hatte unsereiner keinen Sinn. Ich gebe offen zu, dass ich unsere Kinderlosigkeit bedauere. Wenn ich meine Familie besuche und mit all meiner Verwandtschaft feiere, tut es mir richtig weh. Wir haben einen Anteil daran, dass unsere alternde Gesellschaft auf Kosten der Zukunft lebt. Wir, eingebildete Hedonisten und Weltverbesserer, sind deren größtes Risiko, wir saugen ihr die letzten Säfte weg. Unsere Fernstenliebe hat sich als eine Nächstenferne entpuppt."

„Wow", reagierte Robert. Der Schriftsteller lächelte zufrieden.

„Diese unzeitgemäßen Gedanken habe ich meinem Freund aufgetischt. Seine Lippen waren zusammengepresst, er wirkte auf einmal wie gealtert. Dann sah ich seine Frau im Garten Rosen beschneiden. Und weißt du, was mir in diesem Augenblick durch den Kopf geschossen ist?

Was haben wir bloß unseren Frauen, unseren Lebensgefährtinnen angetan? Als meine erste Freundin schwanger wurde, habe ich zu ihr gesagt: Muss das unbedingt sein? Wir hatten darüber noch nicht diskutiert. Sie hat abgetrieben, und ich hatte ein schlechtes Gewissen. Danach trennten wir uns. Selbstbestimmung besteht nicht darin, die eigene Natur, die innigsten Bedürfnisse zu ersticken. Das ist keine Selbstbestimmung, das ist eine Selbstunterdrückung. Eine seltsame Dialektik der Emanzipation.

Ich hatte mich in Rage geredet und gar nicht bemerkt, dass die Frau meines Freundes bereits am Türpfosten stand und zuhörte. Wie geht es dir, Louise? fragte ich, und auf einmal wurde mir mulmig. Sie waren auch kinderlos. Mein Freund ließ sich als junger Mann sterilisieren. Null Risiken. Sie lächelte mich irgendwie gequält an und nickte. Am Ende schwiegen wir alle. Im Nachhinein habe ich dieses Gespräch bedauert."

Robert hatte sein Institut erwähnt, und der Schriftsteller belebte sich mit einem Mal wieder. Er fand es toll, dass man gegen den Klimawandel kämpfte. Castorps Visionen erschienen ihm zwar manchmal weltfremd, andererseits dürfe man die Erderwärmung und die Endlichkeit fossiler Rohstoffe nicht in Abrede stellen, wie es manche taten. Seit Jahren gebe es kein normales Wetter mehr, Hurrikans, Hochwasser überall. Das Öl werde immer teuerer. Das sei nun einmal die Tatsache.

„Wenn Ressourcen und Wasser knapp werden, werden Verteilungskriege ausbrechen und Abermillionen zu Flüchtlingen machen. Das muss man unbedingt verhindern, sonst schwappt diese Flut herüber. Das kannst du doch nicht bestreiten."

„Ich war mit einer Afrikanerin verheiratet", entfuhr es Robert. „Meine Tochter ist ein Mischling."

„Oh, sie soll ein sehr schönes Mädchen sein", überhörte ihn der Schriftsteller.

„Ich verstehe dich ehrlich gesagt nicht", entgegnete Robert. „Du hast gerade eine flammende Rede gegen euere Risikoscheu gehalten. Wir können nicht wissen, wie die Welt in 50 Jahren aussieht. Künftige Generationen sollen selbst zurecht kommen. So habe ich dich verstanden. Ist es nicht anmaßend, der Jugend die eigenen Phobien überzustülpen?"

Der Schriftsteller war pikiert.

„Der Regen fällt immer noch vom Himmel", blickte Robert aus dem Fenster auf die bleiernen Wolken, „Die Erschöpfung der Ressourcen ist ein – ich weiß nicht wie ich das nennen soll – ein Denkfehler. Das aktuelle Wissen ist immer beschränkt. Vor vierzig Jahren wurde die Peak-Oil-Theorie geprägt. Dass die fossilen Energieträger immer schneller verbraucht werden und deshalb in Kürze ausgehen, war allgemeine Vorstellung. Wären die damaligen Panikmeldungen eingetroffen, hätten wir seit zehn Jahren gar kein Öl mehr, oder es wäre Gold wert. Die geschätzten Vorräte an Gas und Öl sind heute größer als noch vor einem Jahrzehnt. Es gibt neue Fördertechniken. Nichts geht zu Ende."

„Komm mir nicht mit so einem Mumpitz ", antwortete der Schriftsteller gereizt.

„Ich arbeite schließlich an einem Klimainstitut", entgegnete Robert gelassen, „du liest das Zeug nur in deiner Zeitung."

„Das habe ich doch schon einmal gehört", der Schriftsteller gab nicht nach, „von so einer spitzen Schnute."

Plötzlich fiel Tanjas Name. Robert gab zu, dass er sie zufällig kenne, sie sei seine Nachbarin. Die Frau habe sonst vernünftige Sachen geschrieben, nickte der Schriftsteller, dann sei sie mit einem Mal wie verwandelt, ja richtig unangenehm geworden. In seiner Veranstaltung mit Castorp hatte sie den Klimawandel in Frage gestellt. Der finde nur in seinem Kopf statt und sei nicht viel mehr als eine lausige Religion. Der Weltklimarat sei ein Tempel mit korruptem Hohenpriester und so weiter. Sie habe Castorp richtig in die Ecke getrieben.

„Vielleicht ist sie einfach freier als unsereiner", entfuhr es Robert.

„Ausgerechnet die Genossen müssen uns beibringen, was Freiheit ist. Man munkelt, dass ihr Lebensgefährte ein KGB-Agent gewesen sei. Einmal KGB, immer KGB – hast du diesen Spruch schon gehört? Da sollte der Freigeist gut aufpassen. Ihre Freunde kehren ihr den Rücken zu."

„Warum das denn?"

„Als Menschenrechtler möchte man so einem Freiheitsdenker doch nicht unbedingt nahe kommen. In meiner Redaktion hätte sie keine Chance."

„Das glaube ich dir sofort."

Robert wurde plötzlich klar, dass er so gut wie nichts über sie wusste. Am wenigsten konnte er es im Augenblick ertragen, dass ausgerechnet dieser Wichtigtuer von einem Schriftsteller ihm die Augen über ihre Geheimnisse öffnete.

„Ich weiß, dass du als Naturwissenschaftler vieles anders siehst." Der Schriftsteller wurde sanft. „Was hat es nun mit dem Zweifel am Klimawandel wirklich auf sich?"

„Viele Forscher halten vom sogenannten menschengemachten Klimawandel nichts."

„Das sind doch lauter Lobbyisten der Energiekonzerne, eine gut bezahlte Söldnertruppe, keine unabhängigen Experten."

„Ich bin ganz deiner Meinung", stimmte Robert ihm zu, „und die Atomindustrie nicht zu vergessen."

„Was ich nicht ganz verstehe, Robert. Du bist doch an einem führenden Institut für Klimaforschung. Castorp schlägt die ganze Zeit Alarm. Die Erdtemperatur soll nun um 6°C anstelle von 2°C steigen."

„Ganz nach Plan."

„So steht es doch in euren Szenarien."

„Und wie lange soll es dauern, bis dieser Wert erreicht wird?"

„Keine Ahnung. Bald."

„Bald wird es kälter."

„Das ist mir zu blöd."

„Ob es kälter oder wärmer wird, hängt nicht von den Kohlendioxidemissionen ab und schon gar nicht von der Energiewende. Langfristige Klimaschwankungen werden durch die kosmischen Kräfte und die Sonnenaktivität beeinflusst." Robert zeigte mit dem Finger nach oben.

„Wenn du mit der Generallinie deines Chefs nicht einverstanden bist, wie kannst du dort arbeiten?"

„Ich bin in einem Labor für Computermodelle. Über die Eingabewerte bestimmen Klimaforscher. Ich muss sie nur statistisch bearbeiten."

„Nanana. Du bist doch kein Einfaltspinsel. Du verstehst, was ich meine. Konformismus frisst unsere Gesellschaft auf. Das haben wir uns damals anders vorgestellt."

Robert platzte los. „Jawohl, ich bin eine feige Sau. Ich habe die Entwicklungshilfe korrumpiert und jetzt eben die Klimaforschung. Dass ausgerechnet du mir die Leviten liest..."

„Weißt du, Robert", sagte der Schriftsteller nach einer langen Pause versöhnlich. „Ich wollte dich nicht kränken. Ich denke nur laut nach. Zu meiner Zeit hat es klare Fronten gegeben. Man wusste, wer der Gegner war. Naturgemäß war ich immer links. Jetzt haben wir alle die gleichen Werte und ich zweifele daran, ob links noch links ist. Vielleicht bin ich bereits objektiv rechts, ohne es zu merken?

In meinem Biobrotladen in der Ludwigkirchstraße – du kennst doch die Ecke? – bin ich vor kurzem einer Freundin begegnet, sie war früher bei Amnesty International. Wir haben uns ein wenig unterhalten. Ich erzählte ihr, dass ich mein Auto abgeschafft habe. Sie war entsetzt: Wie kannst du nur mit der U-Bahn fahren? Warum denn nicht? wunderte ich mich. Eigentlich bin ich meistens mit dem Fahrrad unterwegs. Die Unterschichten, die kämen einem zu nah, manche stinken, da bekäme sie Schuldgefühle, erwiderte sie. Ich war baff.

Ich gebe zu, manchmal bin ich ratlos. Vieles, was früher selbstverständlich schien, gerät bei mir ins Wanken. Für mich ist es zu spät, alles erneut radikal zu überdenken. Ich merke immer mehr, wie viel Persönliches in meiner Sicht steckt. Vielleicht ist dieses Ohnmachtgefühl nichts anderes als die Angst vor dem unausweichlichen Vergehen, und das Vergehen ist das Einzige, was alles überdauern wird?"

Die Weggefährten verstummten. Schön, dass es Tanja gibt, ging Robert durch den Kopf, eine seltsame, schräge, wahrheitsliebende Frau mit ihrem unmöglichen Haarknoten, die ihn in ihrem Leben nicht brauchte.

Klimawandel

Fjodor war Astronom und kehrte gerade mit seinem Monatsgehalt und Lebensmittelvorräten im Rucksack aus der Stadt zurück. Platonow fuhr in dieselbe Richtung zwei Autos hinter ihm, als der Lada des Bauern, der Fjodor mitgenommen hatte, plötzlich unter Beschuss geriet. Vielleicht war das klapprige, noch in der Sowjetunion hergestellte Fahrzeug mit einem anderen verwechselt worden, oder der Fahrer war Opfer einer Blutrache geworden, jedenfalls wurde er tödlich verletzt. Das Auto durchbrach die Brüstung und blieb mit den Vorderrädern über einem Abgrund hängen. Platonow sprang aus seinem Jeep und entleerte das Magazin seiner Kalaschnikow blind in den Wald. Ihm wurde mit einer Feuersalve geantwortet. Den Fahrern gelang es gemeinsam, den Lada auf die Straße zurück zu ziehen. Fjodor, der auf dem Beifahrersitz gesessen hatte, war mit dem Schrecken davongekommen. Anschließend durchsuchten sie den Hinterhalt ab und fanden im Gebüsch einen verwundeten Bärtigen, Platonow machte kurzen Prozess mit ihm, dessen Begleiter war bereits über alle Berge.

Nach diesem Anschlag war Fjodor sichtlich mitgenommen. Platonow ließ ihn bei sich übernachten. Beide mochten sich auf den ersten Blick. Bei dem Astronomen hatte er sofort das sichere Gefühl, sich nicht verstellen zu müssen.

„Warum haust du nicht ab von hier?"

„Und du? Wie bist du denn auf die Idee gekommen, hier den Wegelagerer zu spielen?"

Sie schauten einander in die Augen und lachten. Platonow begleitete ihn bis zur Seilbahn. „Komm mich da oben besuchen, bevor der Winter beginnt. Ich bin da ganz allein, Bela nicht mit eingerechnet."

Jeden Tag durchquerten bis zu hundert mit Rohöl beladene Lastwagen den

Grenzposten Kusulak, der von Platonow und von fünf ihm zugewiesenen Soldaten kontrolliert wurde. Einmal in der Woche kam ein schwer bewachter Bote und holte das eingetriebene Schutzgeld ab.

Eigentlich sollte Platonow wie ein Kommandeur fungieren. Doch die Söldner, deren krumme Lebenskurven an ihren üppigen Tattoos abzulesen waren, pfiffen auf die Militärhierarchie. Den Stellenwert bestimmte einzig und allein die Verbindung zu einem Geheimdienst, von dem die Ganoven lebensklug annahmen, dass er sehr mächtig war. Andernfalls hätten sie das Schutzgeld auch ohne einen angereisten Fremdling erpressen können. Ihr Instinkt sagte ihnen jedoch, dass es „ohne" nicht lange gut gehen würde. Kämen sie auf die Idee, sich Platonows zu entledigen, würde man ihnen bald einen denkwürdigen Besuch abstatten. Und einen solchen Besuch konnten die Jungs nicht brauchen, zumal sie noch vorhatten, ihr verpfuschtes Leben mit ein paar Leckerbissen zu versüßen.

So gesehen war Platonow ihre Lebensversicherung, und mit dieser hatte man sich lieber nicht anzulegen. Dennoch hielt sich ihre Toleranz in engen Grenzen, besonders wenn es um das in der Gegend rare weibliche Geschlecht ging. Darum machte Platonow die Soldatin Toma, die zu seinem Grenztrupp gehörte, arg zu schaffen. Die junge Frau mit einem runden, von Sommersprossen übersäten Gesicht und einem fleischigen Körper war für den Dienst völlig unnütz, für den Frieden in der Einheit war sie eine Katastrophe. Jede Nacht versuchten betrunkene Männer ihre Tür zu stürmen, während Toma in ihrem Kabuff verbarrikadiert saß und unflätige Drohungen ausstieß. Sie trennte sich nie von ihrer Kalaschnikow und ging mit ihr ins Bett.

Als Kommandeur hatte Platonow keine Gewalt über die Meute, schon gar nicht in den niederen Angelegenheiten. Kurz, sein sehnlichster Wunsch war, Toma vom Grenzposten verschwinden zu lassen – mit oder ohne den ihr zustehenden Sold, der ohnehin auf sich warten ließ. Demnächst wollte er ihr das klarmachen.

In einer kühlen Herbstnacht lauschte Platonow dem üblichen Krawall, ohne die Augen schließen zu können. Bald hielt er es nicht mehr aus und ging auf den Hof. Er setzte sich unter einen zerschossenen Maulbeerbaum und starrte in den sternenlosen Himmel. Mit der Zeit würden seine Sinne abstumpfen, hoffte Platonow: Tanjas Stimme würde leiser, ihr Gesicht verschwommener, ihr Geruch fahler werden – bis die Erinnerung an sie ganz verblasste und der ziehende Schmerz unter den Rippen verstummte. In Wirklichkeit wurde die Sehnsucht mit der Zeit nur noch quälender. Auch jetzt tauchten all die Bilder wieder auf, alles, worüber er keine Macht hatte: ihr dünnes Handgelenk mit den zarten bläulichen Adern, ihr seidenes Nachthemd, Gelächter, Gespräche und ihre nackte Haut überall.

Sie saßen Kopf an Kopf auf dem Sofa. Sie plapperte unbekümmert vor sich hin: über Liska, die einem Kind auf dem Spielplatz „Meschugge" zugerufen hatte; über den Umweltminister, der vorgeschlagen hatte, Mondzellen zu entwickeln, damit erneuerbare Energie auch nach Sonnenuntergang verfügbar wäre.

„Und was hat er mit den Wolken vor?" fragte Platonow sich reckend.

„Warum mit den Wolken? Du hörst gar nicht zu." Sie drehte ihm den Kopf zu.

„Doch, mit den Wolken, die den Mond verdecken", erwiderte er und stopfte ihr den Mund mit seinen Lippen.

„Die Wolken", gluckste sie, „die werden mit Laserkanonen auseinandergetrieben. Jeder sollte dafür mit einem Wolkencent besteuert werden." Er lachte auf, ließ sich aber nicht vom Wesentlichen ablenken. Sie zappelte noch ein wenig und gab nach.

Nachher lagen sie ineinander verschlungen, und ihm kam nur lauter Unfug in den Sinn: „Was glaubst du, wie sehen wir aus, vom Himmel aus gesehen?"

Sie biss ihm in seine Hand und flüsterte: „Wie Afrika und Amerika, bevor sie auseinandergedriftet sind." Er lächelte über ihren eigenwilligen Einfall: „Warum gingen sie denn überhaupt auseinander?"

„Keine Ahnung. Wegen der Plattentektonik. Am Anfang gab es nur einen Urkontinent, Gondwana. Und plötzlich ging es los. Auf einmal brodelte es im Erdmantel, die Erdkruste tat sich auf, glühende Magma strömte aus, Vulkane spuckten Feuer, Steine und Asche, es bildeten sich Bergketten, zwischen den beiden zeigte sich ein Abgrund, der sich mit Wasser füllte. Sie waren dann weit voneinander entfernt und konnten nie mehr zueinander finden. Dafür bekamen Berge ihre Gletscher, Kontinente ihre Wälder und Flüsse – und sie waren unsterblich schön."

„Wir sollten lieber nicht auseinanderdriften", flüsterte er ihr ins Ohr, „wegen irgendwelcher Berge." Aber sie atmete bereits ruhig und hörte seine Dummheiten nicht mehr.

Platonow befreite seinen eingeschlafenen Arm und drehte sich vorsichtig auf den Rücken. Gelöst und gedankenlos lag er mit offenen Augen und hörte auf die Stadt: eine ferne Polizeisirene, klappernde Pfennigabsätze auf dem Pflaster, das Dröhnen türkischer Popmusik, die aus einem stehenden Auto nach oben drang, eine quietschende Balkontür im Erdgeschoss, in der ein nackter Hartz4-Serbe dem Türken „Ruhe! Verdammt noch mal!" zurief. Aber der Türke gab Gas und sauste mit seinem Pop davon und ließ den Serben mit seiner nackten Empörung zurück auf dem Balkan.

Amerika schien zu spüren, dass es sich von Afrika entfernt hatte, und drehte sich. Ihre Lippen lächelten, sie steckte den Kopf in seine Achselhöhle und legte ihm den Arm auf den Bauch. Platonow versuchte noch einmal, sich die Erde mit driftenden Kontinenten vorzustellen, rückte die Decke zurecht und schaltete die Nachtlampe aus.

Platonow schnürte es die Kehle zu. Sehnsucht und Schuld und andere sinnlose Gefühle ließen ihn frösteln. Die Leuchtgeschosse entrissen eine stumme Bergkette der Nacht. Faule Maulbeeren fielen ihm in den Schoss, und eine Feldmaus huschte unter seine Füße, um auf ihre Kosten zu kommen. Bis zur Morgendämmerung blieben noch ein paar Stunden. Vom Grenzposten hörte man quietschende Bremsen, laute Schreie und Geschimpfe. Nachts war es auf der Wache besonders gefährlich, und die Jungs tranken sich Mut an.

Ohne Licht anzumachen, ließ er sich auf der Pritsche nieder – und zuckte zusammen.

In seinem Bett lag Toma. Sie roch nach Schweiß und weiblichen Ausscheidungen. Sie fuhr mit der Hand über sein Geschlecht.

„Ich kann dich nicht schützen", sagte er beherrscht.

„Ich weiß."

„Was hast du hier überhaupt zu suchen? Hier ist kein Platz für Frauen."

„Mein Sohn ist krank, ich muss ihn in Moskau in einer Klinik untersuchen lassen. Das ist scheißteuer. Wenn ich den Sold für sechs Monate zusammen habe, hau ich ab."

„Die werden dich vergewaltigen."

„Ich weiß."

„Du bist doch Mutter."

„Dafür hasse ich euch, ihr Neunmalklugen", erwiderte Toma mit unerwarteter Härte in der Stimme. Doch sie nahm ihre Hand nicht weg und streichelte an seinem Penis herum.

Er spürte Lust, Kränkung und peinliche Hilflosigkeit.

Toma kam zu ihm, jede Nacht. Und Tag für Tag nahm er sich fest vor, sie zu einer Eisenbahnstation zu bringen und dort in den Zug zu setzen. Aber Toma blieb auf ihrem Posten.

Letzte Woche war der Geldbote nicht aufgetaucht. Das verstieß gegen die Regeln. Platonow holte die Tüte mit den eingewickelten Banknoten aus der Matratze und schüttelte sie auf seine Pritsche. Die Einnahmen hier aufzubewahren, war viel zu gefährlich, er musste dringend ein sicheres Versteck finden. Reglos betrachtete er die Schutzgeldbündel. Plötzlich hatte er sich entschieden. Er würde Toma etwas davon geben und sie sofort in die Stadt fahren. Sie vergoss ein paar Tränen, zierte sich aber nicht. Früh am Morgen brachen sie auf, und am selben Abend bestieg sie den Zug nach Rostow.

Platonow musste nun den Bergpfad emporklettern, mit schlechtem Gewissen, was in seiner Lage ziemlich überflüssig war. Natürlich war es gefährlich, das Geld oben auf der Sternwarte zu verstecken. Wenn man das Observatorium überfallen und es dort entdecken würde, wäre es aus mit Fjodor. Und doch wollte er ihn darum bitten. Es war unfair, was Platonow mit ihm vorhatte. Er wollte ihn ausnutzen, in ein Spiel hineinziehen, in dem ihm selbst nur eine kleine Nebenrolle als Sklave der Geheimdienstmafia zukam.

Früher hatte es auf dem Berg eine befestigte Straße gegeben, sogar Lastwagen konnten damals zur Sternwarte hinauffahren. Die Bärtigen hatten sie jedoch unpassierbar gemacht. Der Aufstieg war beschwerlich. Mit einem Stock tastete er nach verstecktem Minendraht und versuchte, sich möglichst vorsichtig fortzubewegen. Denn Steine, die in den Abgrund rollten, ließen sofort ein bewegliches Ziel vermuten. Die Kämpfer könnten ihn entdecken und gefangen nehmen oder mit ihm einfach kurzen Prozess machen.

Endlich stand Platonow erschöpft vor der Sternwarte. Das weiße, heruntergekommene Gebäude mutete verlassen an. Die Kellerfenster waren vergittert, an der Tür hing ein verrostetes Hängeschloss. Doch Fjodor musste drinnen sein. Platonow ging um das Observatorium herum und trat gegen die Hintertür. Er überlegte noch, wo der Eingang sein könnte, als Fjodor bereits auf ihn zulief. Die Männer umarmten sich.

„Ich hatte gehofft, du würdest eher kommen", sagte der Astronom, „es ist schon Herbst". Er hatte eingefallene Augen und wirkte abgemagert.

Platonow schnürte seinen Rucksack auf. Aus dem Haus kam ein dünnes Mädchen in einem langen Blumenkleid angerannt. Sie steckte ihre Nase in den Rucksack. Platonow streichelte ihr Haar, doch sie prallte erschrocken zurück.

„Bela ist mir letztes Jahr zugelaufen. Sie ist ängstlich wie ein wildes Reh. Sie haben ihre Mutter... Lehrerin war sie. Als die Bärtigen neulich hier einfielen, hat sie sich im Keller hinter dem Heizkessel versteckt."

Platonow schaute sich das Mädchen genauer an. Sie war graziös und schön, ihr Gesicht mit schwarzen weit aufgerissenen Augen schien wie aus Marmor gemeißelt. Zu anderen Zeiten wäre dieses Geschöpf kaukasischer Berge früh verheiratet worden und hätte Kinder bekommen. Oder man hätte sie in die Stadt zum Studium geschickt, wie ihre Mutter. Nun aber war sie ohne Schutz, und jeder Schuft konnte sie schänden, ohne Rache befürchten zu müssen.

„Sie haben von mir Computer und Geld verlangt. Haben mir die Nase gebrochen, das Teleskop und das Wetterhäuschen zertrümmert."

„Ich möchte dich um einen Gefallen bitten", sagte Platonow unvermittelt zu ihm, „könntest du das Mädchen wegschicken?"

Fjodor machte eine Handbewegung, und Bela verschwand.

„Fjodor, hör zu. Du weißt, ich bin hier nicht zum Spaß, das habe ich dir erzählt. Ich möchte das Geld, das ich dabei habe, bei dir verstecken."

„Na so was. Das Schutzgeld, das du eintreibst, soll doch weitergeleitet werden. Warum behältst du das überhaupt? Das ist doch zu gefährlich."

„Allerdings. Auf dem Posten ist ein ständiges Getümmel, außerdem haben wir fast jede Woche Zwischenfälle. Ich weiß nicht, was ich machen soll. Da habe ich an dich gedacht."

„Ich verstehe trotzdem nicht, warum das Geld nicht abgeholt wird. Das ist doch der Sinn des Geschäfts, die Mäuse nach oben weiterzuleiten."

„Klar. Aber irgendetwas ist da im Gange. Die Nahrungskette scheint unterbrochen zu sein. Ich habe keine Ahnung. Weiß nicht einmal, ob derjenige, der mich dazu erpresst hat, überhaupt noch im Geschäft ist. Wenn nicht, werden hier bald neue Raubtiere einfallen. Deshalb dachte ich, ich bringe die Scheinchen sicherheitshalber hierher. Wenn mir etwas zustoßen sollte, behalte es für dich."

„Und deine Frau?"

„Ich habe keine Frau mehr." Platonow machte eine Kopfbewegung. „Frag nicht weiter."

Ein kalter Herbstwind wirbelte vergilbtes Laub auf. Bela scheuchte die Krähen auf der Wiese auf. Vögel kreisten aufgebracht über dem toten Observatorium.

„Wir könnten das im Geröll verstecken", sagte Fjodor zögernd. „Im Gebäude geht es nicht." Platonow wurde auf einmal unruhig. Er lieferte diesen Mann einfach ans Messer, nur wegen der paar dreckigen Kröten.

„Mir kommt das Ganze dermaßen absurd vor." Er schüttelte die Geldbündel auf die Erde." Die haben doch keinen Wert. Entschuldige, dass ich dich damit behellige."

„Hör auf zu spinnen", Fjodor bückte sich und fing an, sie einzusammeln. Sie vergruben die Rubel in der steinigen Erde. Das Ganze dauerte dennoch nur eine Viertelstunde.

Die Männer wuschen sich den Schweiß von der Stirn und ließen sich am Holztisch im Freien nieder. Fjodor folgte mit den Augen dem schwebenden Adler, der Ausschau nach seiner Beute hielt. „Wir essen nur noch Murmeltiere", seufzte er. „Den Winter werden wir hier nicht überstehen."

„Geh doch nach Russland. Hier hast du nicht einmal mehr ein Teleskop. Und wer braucht jetzt schon Schwarze Löcher und Wetterprognosen?"

„Das ist leicht gesagt, `geh`. Ich habe dir ja erzählt, dass mich meine Frau verlassen hat. Sie hat es nicht ausgehalten, auf dem Berg zu hocken, erst recht mit der Tochter. Früher lebte hier noch eine weitere Familie. Sie ist auch schon lange weg."

„Warum bist du nicht mitgegangen?"

„Weiß ich selber nicht mehr so recht. Ich habe hier bereits als Student angefangen, der Berg ist mir ans Herz gewachsen. Die Wettermessdaten werden hier seit 100 Jahren erhoben. Unser Archiv ist von unschätzbarem Wert für die Wissenschaft. Ohne mich ginge es unwiederbringlich verloren. Ich zeige dir später, wie es aussieht."

Platonow dachte über diese merkwürdige Begründung nach. Es war nur eine Frage der Zeit, dass die Bärtigen, die sich in den Bergen herumtrieben, auch das Archiv verwüsten würden.

„Manchmal glaube ich, alles wäre für mich viel einfacher, wenn sie mich verlassen würde wie dich deine Frau", entfuhr es Platonow.

Fjodor schaute ihn verwundert an.

„Seltsam, dass du mich wegen meiner Trennung beneidest. Ein Mann, der eine Frau verlässt, behält immer noch die Oberhand. Umgekehrt ist es schlimmer, der Mann ist dann ein Versager, am Boden zerstört..."

„Nur, wenn sie wegen eines Anderen geht. Das war bei dir nicht der Fall."

„Irgendwie schon. Sie wollte ein normales Leben führen. Sie wollte, dass ich mich ins Zeug lege, Rubel nach Hause bringe. Ich hatte aber Angst davor, mit einem neuen Leben anzufangen... hatte auch kein Geld für eine Wohnung. Ein Astronom, ein Sternenschieber, wirklich zum Lachen. Sie hat mich Schlappschwanz genannt. Ich könne nicht für die Familie sorgen, sie hätte ihre Jugend hier vertan und so weiter. Am Ende war es nicht mehr auszuhalten."

Es dämmerte. Die Männer gingen ins Gebäude. Fjodor zündete eine Kerosinlampe an.

„Seit die Strommasten gesprengt worden sind, sitzen wir im Dunkeln, und das Kerosin ist auch bald alle."

Auf dem Schreibtisch stapelten sich dicke Hefte.

„Dein Archiv?" fragte Platonow. Fjodor nickte.

„Warst du nicht nur für Sterne zuständig?"

„Nein, auch für Temperatur, Niederschlag, Luftdruck – wie gesagt, alles Werte, die hier seit 100 Jahren gemessen werden."

„Haben die denn irgendwelche Erkenntnisse gebracht?"

„O ja, schau mal hin." Fjodor schlug ein kariertes Heft auf, angefüllt mit Grafiken. „Unten sind die Jahre von 1900 bis heute, links sind die Durchschnittstemperaturen in meinem Wetterhäuschen."

„Die Kurve verläuft ziemlich gerade", bemerkte Platonow.

„Eben. Seit über hundert Jahren ist in meiner Messstation kein nennenswerter Anstieg der Durchschnittstemperatur zu beobachten", erklärte Fjodor lebhaft. „Und bei einer noch größeren Auflösung könnte man erkennen, dass die Werte im letzten Jahrzehnt sogar langsam zurück gingen." „Und was bedeutet das?" fragte Platonow, dem von den farbigen Kurven ganz wirr vor Augen wurde.

„Hast du nie von der menschengemachten Erderwärmung gehört?"

„Schon, aber in letzter Zeit war mir nicht so sehr danach zumute. Überhaupt hab ich in meinem Leben Wichtigeres als den Klimawandel verpasst. Jetzt friere ich dauernd."

„Das sind die Nerven. Einen Klimawandel hat es immer gegeben. Der Mensch hat damit nichts zu tun. Für diese Gegend ist viel wichtiger, was mit unserem Gletscher los ist.

Er hat sich wiederbelebt. Unter dem dicken Eisschild befindet sich ein Riss in der Erdkruste. Das Magma, das sich unter dem Gestein sammelt, tritt hier und da aus, es ist über 1000 Grad heiß. Verstehst du?"

„Was? Kann der Gletscher dann etwa plötzlich schmelzen?"

„Nein, so schnell nicht. Aber er taut von unten auf, es bilden sich Wasserbäche, das Eis wird porös. Das heißt, ein Teil davon könnte abbrechen. Das letzte Mal hat sich vor 70 Jahren ein Felsen vom Blauen

Gletscher abgelöst. Damals ist dort unten alles platt gebügelt worden."

„Könnte man so etwas vorhersagen?"

„Dafür bräuchte man regelmäßige glaziologische Beobachtungen. Die gibt es nicht mehr. Aber sehr präzise sind sie ohnehin nicht. Naturgewalten haben ihr eigenes Leben, auf den Menschen nehmen sie keine Rücksicht. Sie finden einfach statt."

„Könnte ich also auf meinem Grenzposten von einem Eisrutsch überrascht werden?" fragte Platonow nachdenklich.

„Hm, damals geschah das weiter nördlich. Ein Spaß wäre das trotzdem nicht. Denn die Straße wäre auf jeden Fall verschüttet." Er schmunzelte: „Und die Laster könnten nicht mehr durchfahren. Mit deiner Schutzgelderpressung wäre dann Schluss."

„Aber die Wahrscheinlichkeit", setzte Platonow seinen Gedanken fort, „von den eigenen Leuten oder von den Bärtigen abgemurkst zu werden, ist vermutlich wesentlich höher. So gesehen ist die eigentliche Naturkatastrophe der Mensch."

„Stimmt. Aber ohne ihn würde sich niemand Gedanken darüber machen. Im Keller liegt unsere Holzsammlung, ich zeige sie dir morgen."

„Gehört die zu deinem Archiv?"

„Das ist eine einzigartige Kollektion. Anhand der Isotopenmessungen an den Baumstämmen aus unterschiedlichen Höhen kann man die Klimaschwankungen in der Region rekonstruieren. Je höher die Bewaldungsgrenze lag, desto wärmer war das Klima. Einzelne Holzstücke sind 7.000 Jahre alt. Damals muss es wesentlich wärmer als heute gewesen sein. Auf jeden Fall verlief die Gletschergrenze um diese Zeit tausend Meter höher. Ohnehin sind hundert Jahre für das Klima keine Zeit."

„Hast du auch die Baumringe ausgewertet?"

„Nein, an solchen Fragen haben hier früher Dendrologen aus Machatschkala gearbeitet. Die Holzmuster lagen zum Abtransport bereit, als alles zusammenbrach. Danach kümmerte sich niemand mehr darum."

„Und du hockst hier allein am Dach der Welt und denkst über dieses dumme Archiv nach. Du wirst noch verrückt oder verhungerst. Komm mit mir runter."

„Und dein Geld?"

„Das Geld kann man später holen."

„Weißt du was, Nikolaj", bemerkte Fjodor, „ich hab das Gefühl, du möchtest dich bald auf und davon machen, oder liege ich falsch?"

„Ich kann noch keine Entscheidung treffen. Man hat mich genötigt, hier Lösegeld aufzutreiben oder das Leben meiner Frau aufs Spiel zu setzen, da bin ich in Panik geraten. Wollte nur meine Familie aus der Schusslinie heraushalten. Hals über Kopf bin ich geflohen. Schon am nächsten Tag wurde mir der ganze Wahnsinn dieses Unterfangens bewusst. Ich habe mich geschämt, auf diese unerhörte Erpressung wie ein Psychopath reagiert zu haben. Ich hätte stattdessen meine Familie in Sicherheit bringen müssen. Aber meine alten Reflexe sagten mir, dass die uns auch unter der Erde finden würden. Die Vorstellung, meine Mädchen nicht schützen zu können, hat mir einfach den Verstand geraubt."

„Kannst du dir vorstellen, zurück nach Hause zu gehen?"

Platonow schluckte. „Ich darf gar nicht darüber nachdenken, bevor ich nicht verstanden habe, was mit dieser verfluchten Nahrungskette hier los ist. Wie weit die Krallen reichen. Es könnte sein, dass der Bote noch kommt. Wenn nicht, bekommst du das Geld, und wir machen uns aus dem Staub."

„Wenn ich mein Archiv mitnehmen kann. Ich könnte ihnen beweisen..."

„Fjodor, du redest wie ein Teenager. Keiner braucht dein Archiv und deine Holzstücke obendrein. Es ist Krieg hier, ein Bürgerkrieg und ein Mafiakrieg. Wem willst du was beweisen?"

„Dem Castorp."

„Wem?"

„Friedrich von Castorp, einem deutschen Klimaforscher."

Platonow brach in Lachen aus.

Fjodor betrachtete ihn gekränkt.

„Da gibt es nichts zu lachen. Vor zehn Jahren wurde ich zu einer Klimakonferenz nach Berlin geschickt. Und da waren all die Ausländer, die von menschengemachter Erderwärmung faselten. Nachdem ich meine Diagramme vorgestellt hatte, sagte Castorp, meine Methode sei vorsintflutlich. Heute werde alles anhand von Computermodellen berechnet. Aber deren schlaue Kalkulationen waren falsch, nicht meine! Ich habe lange Messreihen, sie nur Proxies."

„Was?"

„Proxies, indirekte Indizien, keine Messungen. Schätzungen, bei denen man von Baumringen oder aus Eisbohrkernen auf das Klima in der Vergangenheit schließt."

Platonow stellte sich vor, was Tanja zu diesem irren Gespräch über Lösegeld, Krieg und Klima in einem verfallenen Observatorium sagen würde. Er nahm sich zusammen.

„Ich habe schrecklichen Hunger."

„Bela, mach was zum Essen!" rief Fjodor in den dunklen Flur.

„Was hast du mit dem Mädchen vor?" fragte ihn Platonow. „Was wird aus ihr, wenn du gehen musst?"

„Das ist es ja. Sie hat niemanden außer mir. Ich merke schon, was dir die ganze Zeit durch den Kopf geht!" schrie er Platonow plötzlich an.

„Mir geht nichts dergleichen durch den Kopf", wehrte Platonow diesen Angriff verwirrt ab. „Es wäre aber besser für euch, wenn du das Problem mit gesundem Menschenverstand angehen würdest…"

„Sieh mal einer an. Du hast selbst sooo viel Urteilsvermögen übrig! Willst du mir hier die Leviten lesen?"

Bela trat mit Eintopf ins Zimmer und sah Platonow misstrauisch an. Sie ahnte, weshalb die Männer sich gestritten hatten. Das Mädchen teilte Suppe aus, die Männer löffelten sie schweigend.

„Was geht mich das alles an?" ging es Platonow durch den Kopf.

„Was würdest *du* an meiner Stelle tun?" fragte Fjodor ratlos.

„Wie alt ist sie?"

„Fünfzehn. Wie meine Tochter."

„Ich wollte dir nicht die Leviten lesen, du hast mich falsch verstanden. Ich meinte im Gegenteil, es gibt im Leben Zwangslagen, aus denen sich kein gewöhnlicher Ausweg findet. Das zu verstehen macht mich nicht glücklicher, dich auch nicht. Ohne dich überlebt sie nicht."

Fjodor nickte ohne ihn dabei anzusehen.

„Und was war mit diesem Castorp?" beschloss Platonow das Thema zu wechseln.

Fjodor guckte ihn verständnislos an.

„Ach, die Tagung. Er hat unserer Delegation gedroht, man würde sie nicht mehr zu internationalen Konferenzen einladen, wenn sie solche reaktionären Fossilien wie mich vortragen ließen, einen, der nicht an die menschengemachte Klimaerwärmung glaubt. Unser Leiter hat mich beschimpft, dass ich ihm das Geschäft verderbe und sie meinetwegen keine Projektgelder mehr kriegen würden. Er wisse selbst, dass diese ganze Idee von einem anthropogenen Klimawandel nur Schwindel sei. Aber er müsse schließlich sein Institut ernähren. Seitdem wurde ich nicht mehr eingeladen."

„Vielleicht irrst du dich trotzdem?"

„Ich mag mich ja irren, aber nicht meine Daten. Im Gegensatz zu denen brauche ich keine Proxies, um zu schummeln."

„Warum müssen die dann gleich eine solche Panik schieben?"

„Weil es, wie du dich auszudrücken pflegst, eine Nahrungskette gibt, die davon lebt, dass Menschen Angst vor einer Sintflut haben und sich in die Tasche greifen lassen, damit das nicht passiert."

„Das wäre dann genauso wie mit der Sicherheit und den Geheimdiensten. Je mehr die Gesellschaft verunsichert ist, desto mächtiger werden Geheimdienste. Je mächtiger sie werden, desto mehr Gefahren lauern an jeder Ecke."

„So was in der Richtung."

„Für uns hier ist das eine rein akademische Frage. Was der Klimawandel an Schrecken bewirken kann, das können wir Menschen auch selber tun."

„Klimaschutz ist ein Hirngespinst", entgegnete Fjodor trotzig. „Menschen sind seit der Eiszeit fähig, sich Veränderungen anzupassen. Das ist aber eine ganz andere Geschichte. Die Geschichte der Zivilisation ist nichts anderes als Anpassung an den stetigen Klimawandel." Fjodor erhob sich und stützte sich auf die Fensterbank.

„Im 6. Jahrhundert nach Christus hat sich das Klima dramatisch verschlechtert. Es gibt viele Hinweise darauf, dass tektonische Aktivität und Vulkanausbrüche damals eine starke Abkühlung nach sich zogen. Hast du jemals von den ʻdunklen Jahrhundertenʻ gehört? Auf der arabischen Halbinsel hatte die Klimaabkühlung eine extreme Dürre zur Folge, es brachen Hungersnöte, Gewalt, Kampf aller gegen alle aus, und weiß ich was noch. Sie leitete den Untergang der südarabischen Zivilisation ein. Die alten Reiche zerfielen. Und in dieser Zeit breitete sich der Islam aus."

„Der Islam?" stöhnte Platonow. „Komm mir jetzt bloß nicht mit dem Islam. Erzähl davon deinen Bärtigen. Sie werden dir einen Tempel für deine Holzsammlung in Mekka errichten."

Doch Fjodor war nicht zu stoppen. Platonow sah, wie der Astronom seine gebückten Schultern aufrichtete, wie sein hohlwangiges Gesicht sich glättete und seine Augen leuchteten. Er bewegte sich wie auf einer Kanzel. Er sprach nicht zu seinem gebeutelten Freund, sondern zu Gott, zum Gott der Wissenschaft, zum Gott der Vernunft, der ihn im Stich gelassen und ihn zu einem in der Wildnis gestrandeten Eremiten gemacht hatte.

„Es wurde viel wärmer als heute: ʼmittelalterliches Klimaoptimumʻ heißt diese Zeit. Die Wikinger kamen bis an die untere Wolga, und in Schweden wurde Wein angebaut. Immerhin hat dieser Segen mehrere Jahrhunderte angehalten. Dann wendete sich das Glück: Die Kleine Eiszeit brach aus, die Mitteltemperatur sank um bis zu drei Grad. Du kennst doch ‚Boris Godunowʻ?"

Platonow hatte einen Frosch im Hals, am liebsten hätte er jetzt losgebrüllt.

„Unser Boris hatte das Pech, die höchste Macht ausgerechnet in der Zeit der Wirren zu erlangen, als andauernde Kälte, Hungersnöte und Bandenkriege das Land ins Chaos stürzten. Und was war die Folge? Die Folge war die Gründung einer Zarendynastie, die das Gewaltmonopol wiederherstellen sollte. Die Romanows herrschten immerhin 300 Jahre. Bemerkenswert ist auch, dass um diese Zeit ganz Europa von Bürger- und Glaubenskriegen heimgesucht wurde.

Aus dem Kampf aller gegen alle wurde eine neue Staatsform geboren. Das Monopol auf Gewalt darf nur der Staat besitzen, nicht irgendwelche Bärtigen."

„Wenn ich dir so zuhöre", Platonow schluckte, „komme ich mir vor wie an der Universität. Wie kannst du mit einem solchen Wissensvorrat hier jahrelang herumsitzen?"

„Von wegen Vorrat", grinste Fjodor und sank zusammen. „Ich habe seit zehn Jahren keine wissenschaftliche Publikation veröffentlicht, bin zurück geblieben. Ich schaffe es nicht mehr, neu einzusteigen. Wo soll ich hin?"

„Geh in eine Stadt, in der es ein wissenschaftliches Institut mit deinem Profil gibt. Sie werden dich einstellen, ganz bestimmt. Nimm dir einen Batzen Geld, so viel du möchtest. Während deines Vortrags habe ich das endgültig entschieden."

„Das war kein Vortrag", erwiderte Fjodor grimmig.

„Na gut, dann war es eben eine Bergpredigt", lächelte Platonow.

Es wurde stockfinster.

„Hör genau zu, Nikolaj. Du bist der einzige, dem ich das anvertrauen kann. Weil du überhaupt der Einzige bist.... Welchen Sinn hat unser Leben? Du, du bist fähig zu lieben. Darum leidest du."

Platonow schoss das Blut in den Kopf. Fjodor blickte ihn nachdenklich an.

„Am liebsten würdest du mir jetzt in die Fresse hauen, stimmt`s? Warum musst du dich verleugnen? Hier sind nur die Sterne unsere Zeugen, aber sie wissen ohnehin alles."

Platonow überwand sich. „Lass die Kirche im Dorf."

„Widersprich nicht. Das ist deine Stärke und deine Schwäche zugleich. Irgendjemand, der nur besitzen und zerstören kann, ist auf dich neidisch geworden. Er wollte dich für etwas bestrafen, wozu er selbst nicht fähig ist. Er besaß alle Reichtümer der Welt, dieses eine blieb ihm aber versagt. Darum solltest du vernichtet werden. Es durfte so etwas nicht geben, was du hast."

„Ich käme nicht so schnell auf Idee, diesem Unmensch derart abgründige Gefühle zu unterstellen. Leute wie der funktionieren viel einfacher."

Platonow hielt inne. „Ich bin ein gewöhnlicher Mensch. Mein Vater diente bei der Luftwaffe, der Großvater war auch Militär, und ich war eine naive Rotznase, wollte unbedingt Agent werden, um der Heimat zu dienen. Einfach zum Lachen. Nachdem alles zusammengebrochen war, stand ich mit leeren Händen da. Ich habe Drecksachen machen müssen, habe meinen Kummer heruntergespült und weggevögelt – und lebte mit dem Gefühl, nichts erreicht zu haben, ein Niemand zu sein. Dann begegnete ich ihr. Ihr Gesicht war aufgeschlossen, offen. Nein, es war ungeschützt, verletzlich. Mich schleuderte es zu ihr." Platonow suchte nach Worten. „Ich rede jetzt ein hochtrabendes Zeug. Sie war eine unverdiente Gabe. Ich war aber nicht einmal fähig, dieses Geschenk zu bewahren und habe alles zerstört, was mir teuer war. Und du sagst, Liebe."

„Das gehört doch dazu. Manchmal genügt nur ein Schritt, um einen

Erdrutsch loszutreten... Für mich war dieser Ort", Fjodor zeigte auf die abgeblätterten Wände des Labors, „der erhabendste aller Welten. Mein Teleskop, meine Galaxien, meine Formel. Ohne diese Welt bin ich nichts, sie hat keinen Sinn, egal wohin ich gehe. Kurzum, ich möchte dir mein Vermächtnis überreichen." Fjodor holte ein gefaltetes Blatt aus der Brusttasche. „Hier habe ich meine Theorie niedergeschrieben. Sie ist bahnbrechend. Irgend jemand wird dafür einen Nobelpreis bekommen."
Über die Lippen Platonows huschte ein schmerzhaftes Lächeln.
„Lach nicht, hör lieber zu. Siehst du die sieben Sterne? Das sind die Plejaden, der jüngste Sternenhaufen in unserer Galaxie. Sie sind erst vor 120. Millionen Jahren entstanden, zur Zeit der Dinosaurier."
„Sind sie deswegen ausgestorben?"
„Ich habe mich auch gefragt, was die armen Geschöpfe damit zu tun haben sollen.

Bei seinem Umlauf um das Zentrum unserer Galaxie durchquert das Sonnensystem unterschiedliche Regionen der Milchstraße, in denen Supernovae unterschiedlich häufig auftreten. Supernovae sind sterbende Sterne. Dabei werden ungeheure Mengen von Energie und Materie freigesetzt. Etwas davon gelangt nach Millionen von Lichtjahren auch auf die Erde. Meine Theorie besagt: Die Evolution des Lebens spiegelt die Evolution der Galaxie wieder. Die Biosphäre ist ein Abdruck des Himmels."
Er überreichte das Blatt Platonow. „Wenn mir etwas zustoßen sollte, schick es an die Akademie."
Platonow war gerührt und sprachlos.
„Wir steigen morgen herunter. Du wirst deinen Nobelpreis bekommen."
„Und was soll ich mit Bela tun?"
„Geh mit ihr in die Stadt. Sie liebt dich doch."
Fjodor schaute Platonow entsetzt an, dann nickte er.
„Du hast mich überzeugt."

Er lächelte und klopfte ihm auf die Schulter: „Endlich, Mann."

„Hörst du da draußen, ein Echo?" Fjodor horchte auf. „Irgendjemand bewegt sich auf dem Berg."

„Nein, ich höre nichts. Das kommt dir nur so vor."

„Möchte ich hoffen. Ich bin hier seit über 25 Jahren."

Platonow stand auf. „Lass uns schlafen gehen. Ich bin hundemüde."

Platonow vernahm stumpfe Schläge und öffnete die Augen. Schüsse fielen. Er sprang zum Fenster. Das Observatorium war von einem Dutzend bewaffneter Bärtiger umzingelt. Sie schossen eine Salve auf die Fenster. Anscheinend hatten sie seine Bewegung bemerkt.

„Russkij, mach auf, werden sonst alles verbrennen!" schrie ein Kämpfer mit einer kehligen Stimme.

Fjodor rannte in sein Zimmer: „Wo sind die Patronen?"

Platonow sah ihn ratlos an: „Im Rucksack. Sie werden uns ausräuchern. Hat eh keinen Sinn.

Bela darf ihnen nicht in die Hände fallen."

„Dann bleibt uns nichts anderes übrig, als rauszugehen. Man wird sie nicht finden."

Sie hörten, wie das Schloss aufgebrochen wurde und die Kämpfer in das Gebäude eindrangen.

„Leg deine Flinte weg, sie werden uns sonst an Ort und Stelle umlegen."

In einer Minute wurden beide Männer überwältigt. Die Bärtigen nahmen ihnen das wenige Geld ab, das sie bei sich hatten, die warmen Pullover und die Konserven dazu, die Platonow mitgebracht hatte. Sie durchsuchten die anderen Räume, fanden außer Büchern und Heften nichts Wertvolles und verstreuten Fjodors Klima-Archiv über den Boden. Ein junger Kämpfer mit einem Milchgesicht und dünnem Bart zündete den Papierhaufen an.

Platonow sah Fjodors Gesicht aschgrau werden. Mit gebundenen Händen wurden sie hinausgeführt und zum Bergpfad getrieben. Fjodor hörte Feuer im Gebäude knistern und drehte sich um.

Am Eingang stand kerzengerade Bela in ihrem Blumenkleid. Der Wind verwirbelte ihre langen Haare.

„Lauf!" schrie Fjodor. Das Echo schickte seinen Schrei über die Berge. Der Anführer stieß Fjodor mit dem Gewehrkolben in die Brust. Er fiel zu Boden, bekam noch einige Fußtritte. Sein Gesicht blutete. Bela blieb wie angewurzelt stehen. Der junge Kämpfer grinste, hob seine Kalaschnikow und feuerte eine Salve. Das Mädchen taumelte zu Boden. Er blickte stolz auf den Anführer und schien von ihm lobende Worte zu erwarten. Doch dessen Gesicht blieb reglos. Er bellte etwas Unverständliches und spuckte abfällig durch die Zähne.

Die Banalität des Guten

von: Guggenberger
an: Tanja X

Meine liebe Tanja,
ich bin fassungslos. Selbstverständlich kannst Du auf mich zählen. Wenn Du Geld brauchst, stehe ich Dir ab sofort zur Verfügung. Ich habe Nikolaj als einen scharfsinnigen und lebensfrohen Mann kennengelernt. Er hat mich vor einer Weile in seine erstaunliche Geschichte eingeweiht. Vom Staat im Staate und von all diesen kriminellen Regeln hatte ich bislang keinen blassen Schimmer. Gruselig. Nikolaj erzählte mir über eurer beider Flucht und den Anschlag, nach dem ihr wegen seiner schweren Verletzungen doch zurückkehren musstet. Den Eindruck, er hätte Angst oder fühle sich verfolgt, hatte ich allerdings nicht. Mir gefriert das Blut in den Adern, wenn ich daran denke, dass er von der Rache dieser Bestien eingeholt worden sein könnte.

Nun stehe ich offiziell auf der Schwarzen Liste der Klimaleugner und bin durch ein selbsternanntes „Klimagericht" auf deren Blog zur Erschießung verurteilt worden. Vielleicht heitert dich diese Nachricht ein bisschen auf. Im Übrigen haben wir gerade folgende Situation.

Einerseits bleibt ein Temperaturanstieg auch weiterhin aus, was selbst vom Weltklimarat zugegeben wird. Met Office in England und der Deutsche Meteorologische Dienst haben ihre Prognosen nach unten berichtigt und sagen keine Erwärmung für die kommenden zehn Jahre voraus. Diese Tatsache scheint mit der geringen Anzahl von Sonnenflecken zu tun zu haben, was wiederum von einem schwächelnden Sonnenmagnetfeld zeugt. Astronomen sagen, dass der Übergang vom 23. zum 24. Sonnenzyklus nicht wie sonst üblich von einem Anstieg der Sonnenaktivität begleitet werde.

Andererseits verlieren die Klimahysteriker angesichts dieser unschönen Realität die letzten Skrupel. Man suggeriert immer mehr Extremwetterereignisse, einen unaufhaltsamen Meeresspiegelanstieg, Gletscherschwund und sonstigen Unfug aus der Mottenkiste der Untergangssekte. Herr von Castorp ist da vorneweg. Die Erdtemperatur will er jetzt gar auf 8 Grad emporklettern lassen. Nun werfen sich auch noch alte Genossen für so etwas in die Bresche wie dieser Herr,
http://www.berliner-zeitung.de/meinung/kolumne-freiheit10808020,21468122.html
– dessen Arroganz nur von seiner Ignoranz übertroffen wird. Freiheit bezeichnet er als eine Ersatzreligion. Die wahre Religion wäre dementsprechend die Klimaapokalypse. Wir werden mit der amerikanischen Waffenlobby gleichgesetzt. Skurril.

Unterdessen verzichten immer mehr Staaten auf „erneuerbare" Energien. In Großbritannien wurde ein riesiges Vorkommen von Schiefergas entdeckt, in Polen wird bereits angebohrt. Nur das Kartell der hoch subventionierten guten Absichten läuft gegen diesen Segen Sturm.
Meine liebe Tanja, wie kann ich Dir Mut machen? Ich bin ratlos.
Dein Guggenberger

Lieber Axel,
ich bin Dir für Dein spontanes Hilfeangebot unendlich dankbar. Das ist mehr als eine freundliche Geste. Ich weiß, dass Du mit Kolja in gegenseitiger Sympathie verbunden bist. Du kannst dir gar nicht vorstellen, wie wichtig eure Freundschaft für ihn war, nach allem, was er durchgemacht hatte. Sonst hätte er Dir seine Geschichte nicht anvertraut.

Nach der Verhaftung seines Bosses fühlte er sich wie ein Gefangener, der plötzlich freigelassen wurde und das Leben neu entdeckte. Er war euphorisch, tatendurstig, unbeschwert. Jetzt kommt es mir aber doch so vor, als ob seine Altlasten in ihm unbemerkt ihre Gifte freisetzen. Manchmal hat er im Schlaf geschrien und ist ganz verwirrt aufgewacht. An den Albtraum konnte er sich dann angeblich nicht mehr erinnern. Ich habe das auf den Anschlag zurückgeführt und ihn oft bedrängt, eine Therapie zu machen. Selbst nach der Entmachtung dieses Monsters konnte er anscheinend nie absolut sicher sein, dass die unheilvolle Abhängigkeit endgültig beendet war. Er ertränkte diese Ungewissheit in Arbeit, und die Freizeit gehörte Liska. Dies alles wurde mir erst nach seinem Verschwinden bewusst. Ich hasse diese Vorstellung, trotzdem kann ich mir das Geschehen nicht anders erklären.

Lieber Axel, ich spüre, dass Du von mir enttäuscht bist. Ich bin von mir selbst enttäuscht. Gewiss würde es mir gut tun, weiter an unserem Projekt zu arbeiten. Das geht bei mir im Augenblick nicht. Wenn ich mir vorstelle, was ihm vielleicht geschieht, kommen mir unsere Wahrheiten ebenso wie deren Lügen dermaßen künstlich und weltfremd vor, dass mein Verstand versagt. Aber ich freue mich trotzdem über Nachrichten von der Klimafront.

Zu Deinem Link: für gewöhnlich geht man davon aus, dass Intellektuelle intelligent sind. Vermutlich ist das ein Vorurteil. Manche merken gar nicht, dass die Halbwertzeit ihres Gedankenguts längst abgelaufen ist.

Was soll die Geschichte mit der schwarzen Liste? Hoffentlich sind die durchgeknallten Klimaeiferer nicht gefährlich.

Wir hatten übrigens einen längeren Stromausfall. Bin auf Deinen Stromgenerator neidisch. Das Geld brauche ich vorerst nicht.

Deine Tanja

Liebe Tanja,

bei mir hat sich Dein Freund Robert gemeldet. Wir hatten ein langes Gespräch. Er sucht nach einer Möglichkeit, das INKA zu verlassen. Leider musste ich ihn enttäuschen. Wir sind arm wie Kirchenmäuse und können nicht einmal Studentenjobs bezahlen. Dass Castorp uns als Lobbyisten der Ölkonzerne zu diffamieren pflegt, ändert an dieser Realität nichts.

Hast Du ihn aufgeklärt? Er war gut informiert und, was die Sache mit den Computermodellen angeht, ernüchtert. Am schlimmsten fand er die Anpassung der Ausgangsparameter an die politischen Vorgaben.

Dein Guggenberger

Lieber Axel,

leider wurde Liska in Mitleidenschaft gezogen. Sie ist noch zu klein, um das Verschwinden des Vaters zu begreifen, und zu groß, um ihn schnell zu vergessen. Sie wartet auf ihn im Bett, damit er ihr eine Geschichte erzählt, und lässt mich nicht vorlesen. Sie war sein ein und alles. Im Augenblick machen wir eine Therapie. Ich habe mich einigermaßen gefangen, kann mich aber nicht konzentrieren. Alle äußeren Signale kommen bei mir geschwächt an wie durch eine Membrane. Manchmal dringt etwas in mich ein wie die Schlagzeile: „In diesem Jahr 40% mehr Extremwetter", „Klimaleugner gehören eingesperrt", „Das Klima ist nicht zu retten" – wie ein Rascheln. Früher hat mich solch ein Unfug wahnsinnig aufgeregt.

Pass gut auf Dich auf. Als verdienter Held der Lobbyarbeit für Kohle-, Öl- und Atomkonzerne und geächteter Klimaleugner bist Du besonders exponiert. Es gibt ja Verrückte, die sich ein Opfer nach den Schlagzeilen suchen. Ich habe Castorp nur ein einziges Mal bei einer Veranstaltung erlebt und habe versucht zu verstehen, was im Kopf dieses intelligenten Manns vor sich geht. Warum erzählt der so einen Quark? Ich konnte mich des Gefühls nicht erwehren, dass er ahnungslose Menschen verachtet, die ihm aufs Wort glauben. Er verachtet sie ausgerechnet dafür, dass sie ihm seinen hochtrabenden Unsinn abnehmen. Kaum jemand ist ihm ins Wort gefallen und hat einmal gefragt: Aber hallo, Herr des Klimawandels, Sie haben von einem Monat vor einer Erwärmung um 2°C gewarnt, wo kommen denn jetzt plötzlich 6°C her? Wird bei euch immer höher gepokert? Halten Sie zufällig Aktien der Münchener Rück?

Robert habe ich in letzter Zeit aus dem Auge verloren.

Herzlich, Tanja

Liebe Tanja,

ich hoffe für Dich auf eine baldige Besserung, trotz dieses schweren Schlags. Dein Töchterchen braucht Dich jetzt doppelt.

In den Nachrichten wurde heute über einen Spionageprozess gegen ein russisches Ehepaar berichtet. Mir ging dabei ein interessantes Gespräch mit Nikolaj kurz nach dem Climategate durch den Kopf. Da die Datei mit der vertraulichen Korrespondenz exponierter Klimaexperten ausgerechnet in Sibirien aufgetaucht ist, gab es damals Mutmaßungen, dass dahinter der KGB stecke. Ich fragte ihn deshalb, welchen Nutzen eine Bloßstellung korrupter westlicher Klimaforscher für Russland haben könne? Nikolaj meinte, es wäre nicht auszuschließen, dass die Geheimdienste, die in Russland die Gas- und Ölvorkommen kontrollieren, erneuerbare Energien als Gefahr für ihre Pfründe sahen und ein weiteres Klimaabkommen vereiteln wollten. Der Climategate wäre eine wirkungsvolle Form einer solchen indirekten Einflussnahme. Man habe quasi fast umsonst den UN-Weltklimarat bloßgestellt und die Klimakonferenz scheitern lassen.

Nun ist Russland aus dem Kyoto-Protokoll ausgestiegen, und ich musste wieder an Nikolaj denken.

Im Nachhinein erscheint mir seine Version einleuchtend. Die Zeitungen amüsieren sich über die russischen Spione, die angeblich mit vorsintflutlichen Methoden arbeiteten. Allerdings frage ich mal lieber nicht, ob es bei uns noch eine Gegenaufklärung gibt, die diesen Namen auch verdient...

Na ja, bei unserer Klimapolitik brauchen wir keine Feinde mehr.

Wir haben inzwischen mehr junge Leute im Tross, nicht alle sind gleichgeschaltet.

Meine liebe Tanja, ich weiß nicht, wie ich Dich trösten kann.

Guggenberger

Lieber Axel,

Die Ungewissheit zermürbt mich. Ich weiß zwar, womit sie ihm gedroht haben könnten. Doch welche dreckige Arbeit er jetzt für die erledigen muss, und warum ausgerechnet er, verstehe ich nicht. Als ob denen Handlanger fehlten. Nicht wissen ist schlimmer als schreckliche Gewissheit. Koljas Schweigen erschließt sich mir nicht, wenn er noch leben sollte. Damit Du Bescheid weißt: Ich habe es nicht über das Herz gebracht, ihn als vermisst zu melden.

Ob seine Version des Climategate schlüssig ist, weiß ich nicht. Wahr ist, dass die Geheimdienste in Russland Staat und Wirtschaft unter sich aufgeteilt haben. Nun wollen sie ihre Einnahmen dazu einsetzen, Europa unter ihre Kontrolle zu bringen. So soll übrigens auch die „friedliche Konvergenz der Systeme" nach ihrem ursprünglichen Plan ausgesehen haben. Vor ein paar Jahren habe ich und Kolja einen Roman gelesen, in dem es um die Erfindung einer neuen Energiequelle im Westen ging – das Flogiston –, das die Ölpreise zum Einsturz brachte. Was geschieht mit einem Staat, der ausschließlich von Rohstoffexporten lebt? Durch die Ölexporte wurde Russland zu einer Wüste, weil die Bevölkerung verlernt hatte, etwas anderes zu produzieren. Sie musste sich nun vom Öl, das keiner mehr kaufte, buchstäblich ernähren. Das war eine Art vorausahnende Satire. Als über das Schiefergas in den USA berichtet wurde, hat Kolja nur gelacht: „Das Flogiston ist schon da."

Kurzum, man hatte in Russland tatsächlich den Entwicklungssprung bei unkonventionellen Gas- und Ölförderungstechnologien verschlafen. Die Gaspreise fielen plötzlich. Nun sind die Pipelines halbleer, die Gewinne schwinden. Wäre da nicht der destruktive Einfluss der Energiewende in

Deutschland, würde Gasprom in einem Jahrzehnt keine besondere Rolle mehr spielen. Denn der Strom ist überall billiger. Man sieht also, dass weniger die subversiven Aktivitäten dritter, als vielmehr politische Blindflüge diesem Land am meisten schaden. Gib aber zu: die Ernüchterung über den Klimawandel ist weniger dem Climategate als der schieren Realität zu verdanken.

Deine Tanja

Liebe Tanja,

den ganzen Tag habe ich in den Computer gestarrt und musste dabei an Dich denken. Weißt Du noch, wie wir uns kennengelernt haben? Du hast ein Interview mit mir während der ersten Klimakonferenz gemacht. Die Zeitung weigerte sich, es zu veröffentlichen, weil ich als Sektierer gebrandmarkt worden war. Denn ich hätte deren angeblich wissenschaftlichen Konsens über die menschengemachte Klimaerwärmung gefährdet. Damals galt Manns Hockeyschläger als die letzte Wahrheit über den Klimawandel.

Unseren Gesprächen habe ich eine tiefere Einsicht in den ganzen Klimakomplex zu verdanken. Anfangs glaubte ich noch daran, dass im Streit mit den Klimaeiferern Forschungsergebnisse eine entscheidende Rolle spielen. Aus diesem Grund haben wir uns mit Gorenstein, Svessen und anderen empirischen Forschern zusammengetan, welche die Evolution der Erde als Bestandteil einer kosmischen Einheit sehen.

Du hattest aber von Anfang an recht: Je überzeugender die Wissenschaft zeigt, dass der anthropogene Einfluss auf das Klima zu vernachlässigen ist, desto unüberwindbarer erscheint die Mauer der kollektiven Selbsttäuschung. Die Diskussion hat sich längst von der Wissenschaft gelöst. Mit Physik und Chemie ist dieser Pseudoreligion nicht beizukommen. Castorp war einst Physiker. Jetzt ist er ein Scharlatan. Er weiß, dass Klimaschutz wissenschaftlich nicht zu begründen ist. Angesichts des enormen Schadens, den seine Lügen der Allgemeinheit und dem gesunden Menschenverstand zufügen, gehört er an den Pranger. Ich sehne mich nach dem Tag, an dem er wie Phil Jones von allen seinen Posten entbunden wird. Du fehlst mir – nicht nur als Gesprächspartnerin.

P.S. Verzeih mir, dass ich Dir vielleicht zu nahe trete, aber Du musst sein Verschwinden melden.

Dein Guggenberger

Lieber Axel,

Das letzte, was ich jetzt brauche, ist zusätzlicher Druck. Ich weiß allzu gut, dass es falsch ist, Kolja nicht als vermisst zu melden. Ja, er könnte theoretisch Opfer eines gewöhnlichen Raubüberfalls geworden sein. So aber mache ich mich vermutlich sogar strafbar und laufe Gefahr, dass mein Betrug auffliegt. Ich fälsche seine Unterschriften. Das ist ein Hirngespinst, trotzdem habe ich so entschieden. Schluss, Punkt.

Deine Tanja

Liebe Tanja,

und sie dreht sich doch! Erstaunliche Dinge sind im Gange. Vor zehn Jahren habe ich über die *abiotische* Theorie geschrieben, die seinerzeit von vielen Geologen diskutiert wurde. Nun kommt sie wieder. Laut dieser Theorie enthielt die Staubwolke, aus der sich die Erde vor 4,5 Mrd Jahren zusammengeballt hatte, Kohlenwasserstoffe oder ihre chemischen Bestandteile. Sie müssen also zum Urmaterial der Erde gehört haben. Bis auf den heutigen Tag befänden sie sich in einer Tiefe von 100 bis 300 km in einem stabilen Zustand. Durch die Gesteinsporen stiegen sie nach oben, sammelten sich unter undurchdringlichen Gesteinsschichten und bildeten Öl-, und Methanvorkommen – heute wie vor Jahrmillionen.

Folglich seien Erdöl und Erdgas nicht aus organischen Komponenten wie toten Pflanzen und Tieren nahe der Erdoberfläche, sondern aus *anorga-*

nischen Verbindungen bei gigantischen Drücken und hohen Temperaturen entstanden, die im Erdinneren herrschten. In einer Reihe von Experimenten wurde Öl aus Marmor (!) hergestellt – in einer Druckkammer, in der Druck und Temperatur wie im Erdmantel, 100 km unter der Oberfläche, erzeugt worden waren.

Die Entdeckung immer neuer Lagerstätten in den Bereichen, wo sie nicht aus fossilen Resten stammen können, gibt der *abiotischen* Theorie recht. Was daraus folgt, kannst Du Dir denken. Die angeblich *fossilen* Rohstoffe sind nicht fossil. Sie erschöpfen sich nicht, sondern bilden sich im Erdmantel immer neu und sind in diesem Sinne *regenerativ*. Viele bekannte Lagerstätten – das ist in der Öl- und Gasbranche ein offenes Geheimnis – füllen sich nach. Mit ein wenig Fantasie kann man sich das Erdinnere als ein „eingeschlossenes Weltall" vorstellen, das unsere Zivilisation an der Oberfläche mit unerschöpflicher Energie versorgt. Die wichtigste Begründung für den Ausbau erneuerbarer Energien „koste es was es wolle" – die Endlichkeit fossiler Ressourcen – wäre damit nichtig. Weder sind sie fossil noch endlich. Die ganze Konstruktion der Energiewende fällt in sich zusammen. Meine liebe Tanja, die Dinge ändern sich. Ich vertraue auf Deine Stärke.

Dein Axel

Lieber Axel,

Von der *abiotischen* Theorie, von der Du so fasziniert bist, hatten wir von unserem Freund, der Chemiker war, schon vor der Wende gehört. In seinem Labor versuchte man vergeblich, Öl aus organischen Sedimenten herzustellen. Das Scheitern dieser Experimente, glaubte sein Chef, sei eines der Belege dafür, dass all die vermeintlich *fossilen* Energiestoffe, genau wie Du sagst, nicht von der Erdoberfläche stammen können.

Ich kenne mich da schlicht nicht aus und würde meine Hand nicht dafür ins Feuer legen, dass diese Theorie die einzig richtige ist. Das ist aber nicht entscheidend. Damals hat mich vor allem die Verkehrung eines gewohnten Bildes fasziniert. Es hieß doch immer, dass das Plankton, das vor unseren Augen auf den Meeresgrund rieselte, in Jahrmillionen zu Öl werden sollte. Wir hatten mit geologischen Epochen wie Karbon Vorstellungen von üppigen Farnbäumen verbunden, die in die Sümpfe fielen und uns die Steinkohle bescherten. Und plötzlich stellt jemand all diese gewohnten Vorstellungen auf den Kopf und behauptet, dass nicht nur Methan und Öl, sondern auch Steinkohle aus dem Erdinneren käme. Alle meine Gewissheiten gerieten ins Wanken.

Vielleicht, weil ich noch jung und trotzig war, vielleicht, weil bald die Stunde der Wahrheit schlug und die Mauer fiel, hat diese Theorie zu meiner skeptischen Haltung gegenüber alternativlosen Wahrheiten beigetragen. Sie hat mir vor Augen geführt, dass vermeintliche Fakten noch keine Beweise sind und vertraute Weltbilder wie Handschuhe umgestülpt werden können. Der Anspruch, im Besitz einer endgültigen Antwort zu sein, kann eine blinde zerstörerische Macht entfalten. Allerdings ist der Schwindel mit dem Ozonloch nur ein Klacks, verglichen mit dem Gefecht um den Klimawandel. Denn das Schreckliche, das dieser bewirken könnte, überbieten wir im Kampf gegen seine vermeintlichen Folgen.

Die Dinge ändern sich, das stimmt. Aber es gibt Dinge, die nicht zu ändern sind.

Deine Tanja

Liebe Tanja,

wäre es nicht besser, wenn ihr zu uns ziehen würdet? Wir haben ein großes leeres Haus, einen Garten – und einen Stromgenerator. Meine Frau würde sich auf die Kleine freuen.

Noch eine Überraschung für Dich: Der Apostel des Klimawandels, James Lovelock, der uns Milliarden von Todesopfern in Folge der Erderwärmung vorgerechnet hat, verblüfft nun mit einem Schuldbekenntnis.

„Ich heiße James Lovelock, bin Wissenschaftler und Autor, bekannt als der Begründer der Gaia-Theorie, eine Weltsicht, nach der die Erde als ein sich selbst regulierendes Gebilde gesehen wird, welche die Umwelt an ihrer Oberfläche immer fit hält für das Leben.(...) Ich bin ein Umweltschützer und Mitbegründer der grünen Bewegung; aber ich neige meinen Kopf in Scham bei dem Gedanken, dass unsere ursprünglich guten Absichten so missverstanden und so falsch angewendet wurden. Nie wollten wir eine fundamentalistische grüne Bewegung aufziehen, die alle nicht erneuerbaren Energieformen prinzipiell verurteilt. Selbst in unseren schlimmsten Albträumen konnten wir uns nicht vorstellen, dass die Grünen unser unschätzbares ökologisches Erbe beiseite schieben könnten, weil sie nicht verstehen, dass die Bedürfnisse der Erde von den Bedürfnissen der Menschen nicht zu trennen sind. Wir müssen nun dafür sorgen, dass die Windmühlen nicht zu Monumenten einer gescheiterten Zivilisation werden wie die Statuen der Osterninsel."

Liebe Tanja, ich möchte mich noch einmal für meine plumpe Einmischung entschuldigen.

Dein Axel Guggenberger

Lieber Axel,

Vor langer langer Zeit las ich in seiner Gaia-Theorie und war von ihr nicht sonderlich beeindruckt. Dass die Erde wie ein Organismus funktioniert, dass sie krank werden und sterben könne wie ein Mensch – das ist reine Esoterik, und die Anhänger von solchen Ideen brauchen keine Wissenschaft, um daran glauben zu können. Dabei war Lovelock selbst ein guter empirischer Forscher. Im Unterschied zu Castorp und seinesgleichen hat er aufrichtig an den menschengemachten Klimawandel geglaubt. Die Kernkraft war seiner Meinung nach die einzige Rettung vor dem Untergang. Daher dieses Entsetzen über die Folgen des Klimaschutzes für die Umwelt.

Seine Klage hat etwas Antikes. Der Vater erschreckt sich vor seinen missratenen Kindern, wirft ihnen Verrat vor, sagt sich von ihnen los und übersieht doch, in welchem Maße seine spekulative Theorie zum Öko-Wahn beigetragen hat. Aber immerhin. Ein solches Geständnis wünschte ich mir, ehrlich gesagt, von Castorp. Wie lange darf er Forschungsergebnisse zum Wohle der Menschheit ungestraft fälschen?

Die alten Religionen haben ein reiches Kulturerbe hinterlassen. Man zehrt davon seit Jahrhunderten. Was wird von der Klimareligion bleiben? Da hat Lovelock recht: Unsere Kathedralen sind Windmühlen, die vor sich hinrosten werden als Ruinen der Vernunft.

Tja, Axel. Die Vernunft hilft mir im Augenblick wenig. Mein Geist lebt im Mittelalter. Ich beginne an Wunder, an die Hölle und ewige Qualen zu glauben. Warum nur hat er mir nicht vertraut? Langsam verliere ich den Boden unter den Füßen.

Ich kann nicht zu euch ziehen.

Deine Tanja

Liebe Tanja,

mir geht es in letzter Zeit nicht so gut. Heute Nacht konnte ich nicht schlafen und plötzlich ging mir ein Gespräch mit Nikolaj durch den Kopf, als wir zum letzten Mal beim Schach saßen. Du warst nicht mitgekommen. Er war in sich versunken und spielte schlechter als sonst. Sollen wir lieber aufhören? fragte ich ihn. Plötzlich sagte er, er möchte jetzt bei dir sein. Wenn er noch lebt, wird er zurückkommen. Grüße ihn dann von mir. Für alle Fälle möchte ich mich jetzt verabschieden.

Dein Guggenberger

EisTau

Robert hatte es längst aufgegeben, sich den Kopf über die Kapriolen seiner Exfrau zu zerbrechen. Claire hielt sich nicht an Absprachen. Sie holte Marlene unangekündigt aus dem Kindergarten ab, obwohl er an der Reihe war, störte seine Pläne und schien die Tochter gegen ihn aufbringen zu wollen. Seit einem halben Jahr traf er sich mit Marie, einer Laborantin aus dem Institut. Nachdem Claire davon erfahren hatte, gab es für sie kein Halten mehr. Sie wollte diese Beziehung vereiteln, und nichts war einfacher, als die Kleine dafür zu benutzen. Robert beschlich immer öfter das Gefühl, dass er auf Dauer nicht die Kraft aufbringen würde, gegen ihr Zerstörungswerk anzukämpfen.

Dass es riskant war, Marie mit seiner ungestümen Tochter zu konfrontieren, geschweige denn mit ihr zusammen zu ziehen, war ihm bewusst. Doch sie wollte Marlene unbedingt kennenlernen. Sie hatte jüngere Geschwister und war sich sicher, mit der Kleinen gut umgehen zu können. Robert beschloss, die beiden endlich zusammenzubringen.

„Marlene!" rief er seine Tochter, die gerade Positur gegen einen Jungen eingenommen hatte, "wir gehen nach Hause!" Marlene war vom Spielplatz nicht weg zu bekommen. Sie ließ sich nicht fangen und schaukelte ganz oben auf dem Klettergerüst.

„Marlene!" Er brüllte sie an und musste sie wegzerren.

Robert hatte afrikanisch gekocht, Marlene benahm sich artig, sagte Marie „gute Nacht", und er brachte sie nach dem Abendessen ins Bett. Das war ein Etappensieg. Die Kleine schien seine Freundin akzeptiert zu haben.

Robert machte sich bereits Gedanken über eine größere Wohnung, in die sie gemeinsam ziehen würden. Beim Sonntagsfrühstück wollte er den Plan mit den beiden bereden. Doch Marlene war wie ausgewechselt. Sie störte das

Tischgespräch mit ihrem Handyspiel, verrührte ihr Ei mit dem Finger, vergoss ihren Milchkaffe. Marie riss ihr die Tasse aus der Hand und bemühte sich, die Tischdecke mit einer Serviette abzutrocknen. Marlene biss sie in den Unterarm bis aufs Blut. Robert gab seiner Tochter eine Kopfnuss, sie heulte los und rannte aus dem Zimmer. Marie blieb eine Weile regungslos sitzen. Dann stand sie auf.

„Ich gehe lieber", sagte sie. Robert erhob sich schweigend und begleitete sie zur Tür.

Am Mittagstisch hörte er den neuen Pressesprecher des INKA über die herannahende Klima-Apokalypse schwadronieren. In der Antarktis befänden sich 90% der gesamten Eismasse der Erde, und wenn es da richtig losgehen würde, wollte man sich die Folgen lieber nicht ausmalen, da würde keine Arche Noah mehr helfen. Robert schaute aus dem Fenster auf den verschneiten Park und war heilfroh, die Stelle nicht übernommen zu haben. Der Neuling, der sich zuletzt für Winterhall PR betrieben hatte, war von der Perspektive einer Erderwärmung fasziniert. Wenn er irgendwo las, der Südpol kühle sich gerade ab, würde er auch darin nur einen weiteren Beleg für einen Klimawandel sehen. Wenn die Erwärmung ausblieb, war es der chinesische Ruß, der die Atmosphäre verdüsterte und damit für eine Kältepause inmitten der Erderwärmung sorgte. Dann wieder hieß es, wenn die aufstrebenden Staaten ihre Hausaufgaben zur Verringerung der Luftverschmutzung erledigt hätten, könnte gerade dadurch ein Temperaturanstieg mit ungeahnter Wucht bewirkt werden. Der Pressesprecher schien noch nicht gemerkt zu haben, dass sich der Wind gedreht hatte.

Am Anfang des 24. Sonnenzyklus zeigte das Klima seinen Rettern die kalte Schulter. Die von den Satelliten gemessenen Temperaturen gingen zurück. Die CO_2-Emissionen, von einem rasanten Wirtschaftswachstum in

China und Indien befeuert, schnellten indes in die Höhe. Beide Kurven strebten immer weiter auseinander, wie die Schere zwischen arm und reich. Selbst diejenigen, die gestern felsenfeste Belege für eine bevorstehende Eisschmelze gefunden haben wollten und einen Niedergang des Eisbärenbestands gewittert hatten, stimmten nun in den Chor der Klimaskeptiker ein. Die Flut der Kritik an den INKA-Modellen stieg unaufhaltsam an. Öffentliche Appelle an Castorp und Verrisse seiner Computermodelle nahmen kein Ende. Alle wussten plötzlich über die ausbleibenden Sonnenflecken Bescheid. In den Zeitungen tauchten unverständliche Abkürzungen wie PDO, AMO und NAO auf, die wie ein Menetekel anmuteten.

Es war die Stunde der Wendehälse. Siegfried von Castorp wurde nun von denselben Meinungsmachern als falscher Prophet geschmäht, die ihn zuvor als Visionär gefeiert hatten. Professor von Hardenberg, ein ausgewiesener Polarforscher, war dafür bekannt, einen dramatischen Rückgang des arktischen Eisschildes infolge des Klimawandels nachgewiesen zu haben. Nach seiner Emeritierung machte er sich jedoch daran, den Einfluss der CO_2-Emissionen auf den Eisschwund in Frage zu stellen. Das Auf und Ab der Eisbedeckung vollzöge sich zyklisch, behauptete er nun in einem Artikel, den er an Castorp geschickt hatte. Die Ursache dafür seien multidekadische ozeanische Oszillationen, die durch die Sonnenaktivität gelenkt würden. 90% der von der Erde absorbierten Sonnenenergie würden in den Ozeanen gespeichert. Diese Wassermassen ermöglichten es, die Erde wärmer zu halten, nicht der Treibhauseffekt. Im Gegenteil *kühle* das Kohlendioxid die Erde ab. Ohne diesen „Klimakiller" wäre die Erde noch viel wärmer.

Für das bisherige Verständnis des Treibhauseffekts versprach Hardenbergs Hypothese nichts Gutes. Tatsächlich wies er auf einen zyklischen Wechsel von Abkühlung und Erwärmung zwischen 1880 und 1940 sowie zwischen 1940 und 2000 hin. Das bedeutete für den Klimawandel, dass der letzten

Abkühlungsphase von 1940 bis 1970 eine wärmere Phase von 1970 bis 2000 folgte. Für die Definition von Klima sollte seiner Meinung nach eine globale Durchschnittstemperatur über einen Zeitraum von 60 und nicht von 30 Jahren herangezogen werden, wie es am Weltklimarat Praxis war.

Die INKA-Modelle ließen laut Hardenberg die kalte Phase des Zyklus außer Acht. Dadurch sei die kurzfristige Klimaerwärmung stark überschätzt worden. Im letzten Klimabericht sei ein fast vollständiges Verschwinden des Eises in der Arktis prognostiziert worden, monierte er, ohne seinen eigenen Beitrag zu dieser Prognose zu erwähnen. Der Vergleich der aktuellen Entwicklung mit der in den 1930er Jahren zeigte indes einen ähnlichen Eisrückgang. Demnächst beginne jedoch eine Abkühlungsphase eines abermaligen 60jährigen Zyklus, und die Eisbedeckung am Polarkreis nehme wieder zu. Allerdings hatte von Hardenberg sich auch den Genuss nicht verkneifen können, Castorp die Leviten zu lesen.

„Die Aufgabe der Wissenschaft besteht darin, die trotz aller Forschungsergebnisse weiterhin existierenden Ungewissheiten klar einzuräumen und widerstreitende Theorien offen zu diskutieren. Mit Verheißungen einer paradiesischen Zukunft oder von Apokalypsen verlässt man den Pfad der Vernunft zugunsten der Alchemie der Macht."

Der Blog des Emeritus wurde gut besucht, allein dieser Artikel war schon 10.000 Mal angeklickt worden. Castorps gestrige Gesinnungsgenossen ergötzten sich an der spöttischen Bewertung seiner Klimamodelle durch Ray Ashly als „Bullshit". Die peinlichen E-Mails aus dem längst vergessenen Climategate machten wieder Schlagzeiten. In *„Die Zeit"*, welche die Klimaskeptiker als gut bezahlte Söldnertruppe der Konzerne verunglimpft hatte, wurde die menschengemachte Klimaerwärmung auf einmal in Frage gestellt. Die letzte Ausgabe von *„Der Spiegel"* trug die Überschrift: „Die Klimakatastrophe findet nicht statt!" Der Kölner Dom stand wieder auf dem Trockenen.

Die Energiewende lief aus dem Ruder, Milliardensubventionen für erneuerbare Energien waren dahin. Photovoltaik-Hersteller gingen reihenweise pleite. Windräder standen still oder rasten, ohne dass der dabei produzierte Strom genutzt werden konnte. Der fest eingeplanten Reduzierung der Kohlenstoffemissionen in der Zukunft ging eine für das Klima schmerzhafte Phase von wachsenden Emissionen voraus. Kohlekraftwerke liefen auf Hochtouren, wenn die Sonne streikte. Und das tat sie in diesen Breiten allzu oft. Lediglich abermalige Landtagswahlen hinderten halbwegs zurechnungsfähige Politiker daran, die stillgelegten Kernkraftwerke hochfahren zu lassen, um die Energieversorgung zu gewährleisten. „Klimaschutz" wurde zum Unwort des Jahres.

Castorp war im Institut seit Monaten nicht mehr gesehen worden. Es hieß, dem Chef stünde ein Forschungssemester zu, und er wolle es für eine Reise in die Antarktis nutzen. Doch vielleicht, tuschelten Kollegen, musste er einfach dringend seine Visionen auf Eis legen. Denn die Klimamodelle des INKA hätten sich als Rechnung ohne den Wirt erwiesen. Der Wirt war die Sonne, und im Augenblick spielte sie bei der Erderwärmung nicht mit.

Castorp mochte Kreuzfahrten nicht. Schon beim Anblick eines mehrstöckigen Schiffes, das einem über der Berliner Stadtautobahn errichteten riesigen Wohnblock ähnelte, verspürte er Unbehagen. Mit Abertausenden von Passagieren reisen, mit ihnen dreimal am Tag essen zu müssen, sich ununterbrochen unterhalten zu lassen, erschien ihm absurd. Nur ein einziges Mal ließ er sich überreden, eine Vorlesungsreihe über den Klimawandel für die Passagiere eines Kreuzfahrtschiffes abzuhalten. Seine Frau hatte von den Galapagos-Inseln geträumt, und er schenkte ihr die Reise zu beider Silberner Hochzeit.

Diesmal wurde Castorp von einem britischen Kollegen zu einer Forschungsexpedition eingeladen, die unter anderem Eisbohrkerne aus den antarktischen Gletschern entnehmen sollte. Doch nicht die

Forschung war der Grund für seinen Aufbruch zum Südpol. Er wusste einfach nicht mehr weiter. Neue Erkenntnisse, die seinen Modellen den Garaus zu machen drohten, verwirrten ihn, drangen aber nicht in sein Bewusstsein. Sie schwammen an dessen Oberfläche wie der Plastikmüll im Pazifik, der ihn auf seiner damaligen Kreuzfahrt erschüttert hatte. Bis zum Horizont, von Meeresströmungen zusammengetrieben, erstreckte sich der Abfall des globalen Konsums, der weder versinken noch abgebaut werden konnte. Das stolze Kreuzfahrtschiff durchpflügte die ozeanischen Plastikfelder. Die Schaumwellen schienen mit dem bunten Kram um sich zu werfen, und sein Herz war voller Hass auf das Menschengeschlecht.

Castorp erblickte ein sich langsam näherndes Kreuzfahrtschiff und fragte beim Kapitän, was die „Titanic" mit den Wohlstandspensionären in diesen Breiten zu suchen habe. Wieso, entgegnete der, es gebe schon länger diese Route, die kämen jeden Sommer für viel Geld. Gerade hätten die Veranstalter sich etwas Lustiges ausgedacht, frohlockte der Kapitän. Passagiere, jedenfalls die rüstigen unter ihnen, sollten an Land gebracht werden und mit ihren Körpern einen Kreis auf dem Eis bilden – als sichtbares Zeichen gegen den Klimawandel. Ein Greenpeace-Team werde sie filmen und die Aufnahmen für Spendenaktionen nutzen. Der Kapitän zündete sich eine Zigarette an. Sein Schiff forsche seit zwanzig Jahren hier und immer zur selben Zeit. Er habe die Temperaturmessungen im Bordjournal durchgesehen: Die Werte gingen kontinuierlich zurück. Aber logisch, lächelte er, in der Antarktis stehe manches naturgemäß auf dem Kopf.

Castorp erkundigte sich, ob eine Möglichkeit bestünde, mit den Passagieren an Land zu gehen. Der Kapitän versprach ihm, das Kreuzfahrtschiff anzufunken. Es war fast Mitternacht. Die Sonne berührte die weiße Unendlichkeit, hielt kurz inne und ging abrupt unter, als ob sie Versteck spiele. Die Erde wurde auf einmal ganz klein. Castorp schien, als ob er an ihrem Ende angelangt war und es lediglich eines kleinen Schritts bedurfte, um noch hinter ihren Rand zu schauen. Er fühlte fast physisch, wie der Erdball sich um seine Achse drehte. Es verschlug ihm den Atem. Wenige Minuten später war die Feuerkugel schon wieder in voller Größe da. Sie streifte den golden aufleuchtenden Horizont und löste sich gleichgültig von der Erde.

Der Kapitän trat aus seiner Kabine. Die Aktion beginne nach dem Frühstück. Man habe gerade Pinguine gesichtet, und der Ausflug verspräche, sehr schön zu werden. In der Kajüte öffnete Castorp sein i-Pad, bekam aber kein Signal und klappte es wieder zu. Beim Frühstück konnte er kaum essen. Sein Freund beobachtete ihn besorgt und erkundigte sich, ob er eine Magenverstimmung habe. Das komme bei unerfahrenen Schiffsreisenden vor. Nein, er leide nur an Schlaflosigkeit, versuchte er, sein Gegenüber zu beruhigen. Zur verabredeten Zeit wurde Castorp von einem Kutter abgeholt und zusammen mit den Kreuzfahrtpassagieren in ihren grünen Jacken auf einen Gletscher gebracht.

Castorp erklärte dem Animateur, er wolle an der Greenpeace-Aktion nicht teilnehmen und würde sich nur gerne die Pinguine ansehen. Er käme dann wieder zu der Sammelstelle. Der Animateur ermahnte ihn, in Sichtweite zu bleiben, er könnte sonst ganz schnell die Orientierung verlieren, und wer in der Antarktis die Orientierung verliere, dem sei nicht mehr zu helfen. Der Wissenschaftler vom Forschungsschiff erschien ihm aber vernünftig, und so ließ er ihn gehen.

Schon hinter der nächsten Schneewehe begegnete Castorp einer Gruppe von Pinguinen, die zum offenen Wasser liefen. Er ging auf sie zu, doch die stattlichen Vögel zeigten kein Interesse an einer artfremden Kreatur und schienen ihn nicht einmal zur Kenntnis zu nehmen. Sie trippelten unbeirrt an ihm vorbei. Castorp wäre gern mit ihnen ein Stückchen zusammen gelaufen.

Plötzlich scherte ein Pinguin aus der Reihe. Er drehte sich um und begab sich in die entgegengesetzte Richtung, ins Landesinnere. Castorp erschrak. „Du darfst nicht allein aus der Reihe tanzen!" schrie er ihm hinterher. Der Pinguin blieb verwundert stehen. Castorp näherte sich ihm vorsichtig und kauerte sich nieder. Der Vogel hob seine Flügelchen und nickte. Vielleicht wird er von den anderen gemobbt, will nicht mehr gefügig mitlaufen, schoss es Castorp durch den Kopf.

„Hast dich mit denen überworfen, was?" flüsterte Castorp und streckte seine Hände zu ihm aus. Der Vogel neigte den Kopf zur Seite. „O, du bist aber stolz", lächelte er, „du pfeifst auf die Meute, stimmt`s?" Der Pinguin steckte den Schnabel in sein Gefieder. „Hat dir schon einmal jemand gesagt, wie schön du bist? Nein? Ich denke manchmal, die Natur hat ohne Menschen keinen Sinn. Wer, wenn nicht ein Mensch, würde dir sagen, wie du geschaffen bist, wie schön dein Gefieder ist, was für einen perfekten Anzug und einen eleganten Kragen du um den Hals trägst? Wie heißt du übrigens? Ich heiße Siegfried." Castorp zeigte mit dem Finger auf sich. „Menschen geben allem einen Namen, wusstest du das? Ich möchte dir auch einen Namen geben. Wie wäre es mit Kaspar-David-Andreas?" Der Pinguin war sprachlos. „So heißen meine Söhne," erklärte Castorp seine Wahl, „und du bist jetzt so etwas wie deren Patenkind." Kaspar-David-Andreas schien unbeeindruckt zu sein und wandte sich von ihm ab.

„Jetzt warne ich dich aber, es ist nicht richtig, was du vor hast." Castorp wollte das abtrünnige Tier schnappen. Doch dem Pinguin gefiel diese Absicht gar nicht. Er legte sich auf den Bauch und rutschte eine Schneewehe hinunter. „Halt, Kaspar-David-Andreas!", rief Castorp aus und lief hinter ihm her. „Du musst an die Küste zurück, zu den deinen." Der Pinguin lag auf dem Bauch und schien auf seinen wunderlichen Begleiter zu warten. „Ich kann im Schnee nicht so schnell laufen wie du, ich bin dafür nicht geschaffen." Castorp verschnaufte, wischte sich den Schweiß vom

Gesicht. Der Pinguin erhob sich und ließ sich wie ein Kind beim Flügel nehmen. Gemeinsam trippelten sie weiter.

Die Passagiere hockten seit einer Stunde an dem Gletscher und warteten auf den Beginn der Aktion. Der grüne Menschenkranz gegen den Klimawandel versprach spektakulär zu werden. In der Mitte des Kreises wurde ein kahler Everest aus Pappe nachgebaut, als Symbol für das weltweite Verschwinden der Gletscher. Doch der Hubschrauber, aus dem die Aktion gefilmt werden sollte, konnte nicht starten. Der Animateur schrie ins Funkgerät, den Passagieren sei ein weiteres Warten nicht mehr zuzumuten, wenn nichts geschehe, müsse die Aktion abgebrochen werden.

Der Himmel trübte sich, am Horizont kündigten sich Schneewirbel an. Castorp und Kaspar-David-Andreas kämpften gemeinsam gegen den eisigen Wind. „Weißt du, dass der Eisschild hier 3000 Meter dick ist? Wenn die Erderwärmung kommt, wird es Tausende von Jahren brauchen, bis er geschmolzen ist. Das Meer wird überall ansteigen und viele Menschen und Tiere werden sterben. Aber uns wird es dann schon lange nicht mehr geben." Der Pinguin war müde und wollte nicht mehr laufen. Er ließ sich auf dem Schnee nieder.

„Die da sagen, dass meine Modelle die Realität nicht abbilden können. Ich kann aber nichts dafür. Wir haben die Messreihen der NASA benutzt. Sie galten als zuverlässig. Stell dir nur vor: Die NASA hat die Werte der Vergangenheit nachträglich geändert, um den Rückgang der Temperatur zu kaschieren. Weißt du, wer die Behörde geleitet hat? Ein linker Hund. Der Typ ließ bei einer Anhörung zur globalen Klimaerwärmung die Aircondition im amerikanischen Kongress ausfallen. In Washington ist das Wetter im August nicht wie hier bei euch. Die Abgeordneten schwitzten wie in der Sauna, und er konnte sie davon überzeugen, dass uns eine Klimakatastrophe droht. Falls nichts geschieht. Was fragst du? Was ich damals getan habe? Ich träumte von nachhaltiger Energie. Wirklich nachhaltig ist nur die Kernkraft, heute und auf ewig, die wollte aber keiner haben. Mit der neuen Generation von Atomkraftwerken hätten wir die Sintflut verhindern können. Ich habe diese Last auf mich geladen. Jetzt sagen sie aber, meine Computermodelle taugen nichts, da sie positive Rückkopplungen überschätzen. In Wirklichkeit sei die Empfindlichkeit des Klimas viel geringer als in unseren Modellen. Egal was man nehmen würde: den Wärmegehalt der Ozeane, die Änderung der Wolkendecke, Feuchtigkeit, Infrarot-Strahlung – alles sei von uns nicht korrekt berechnet worden, um eine Erwärmung zu suggerieren.

Ich bin jetzt ein Fälscher. Sagen sie. Vielleicht habe ich ja auch meine Habil gefälscht wie dieser Blödmann von Minister? Sie würden darin ja ohnehin kein Wort verstehen, von den Formeln ganz zu schweigen. Nun schreit die Meute, der Erwärmungseffekt durch die menschengemachten CO_2-Emissionen in meinen Computersimulationen sei um den Faktor 3 bis 7 übertrieben worden. Svessen hält mir die Sonne vor die Nase: Sonnenfleckenzyklus, kosmische Strahlung, El-Nino, AMO, PDO, NAO, Wolken-gemolken... Auf und ab, auf und ab. Dreißig plus dreißig macht sechzig."

Kaspar-David-Andreas erhob sich und flatterte empört mit den Flügeln. „Du bist ein kluger Zeitgenosse." lächelte Castorp. „Jones und Mann haben unter einer Decke gesteckt, und dabei kam der Hockeyschläger raus." Castorp zeigte ihm, wie der Hockeyschläger aussieht.

„Guck mal, ich halte mich an einem Stock fest. Er steht für den Verlauf der Temperaturkurve seit dem Mittelalter. Bis vor 150 Jahren verlief der Graph glatt, parallel zur Zeitachse. Dann bekommt der Stock eine Kelle. Das bedeutet, hat Mann behauptet, dass die Klimaerwärmung immer schneller, immer steiler voranschreitet. Der hat geschummelt. Im Mittelalter war es wärmer als jetzt. Da würdest du schwitzen, wenn du Schweißdrüsen hättest.

In der Neuzeit haben alle gefroren, damals hättest du dich bei uns wie zu Hause gefühlt."

Der Vogel bedeckte seinen Kopf mit seinen Flügelstummeln.

„Die nächste Eiszeit kommt bestimmt. Weißt du, was das bedeutet? Das bedeutet, dass es nie mehr so warm wie jetzt werden wird. Die meiste Zeit herrschte Kaltzeit auf unserem Planeten. Wir leben in einer interglazialen Zeit, und davon sind schon 10.000 Jahre vergangen. In dieser Pause ist alles entstanden. Der ganze Mensch mit seinem Müll: Prometheus, Atlantis, die Pyramiden, Tempel, Pompeji, Hitler, die Atombombe, die Photovoltaik, Facebook, die Energiewende. Uns sind also nicht mehr als 8000 Jahre geblieben. Dann braucht ihr, Guggenberger und Hardenberger, nicht mehr zu googlen und zu bloggen im ewigen Eis! Der einzige Ausweg wäre, immer mehr fossile Rohstoffe zu verbrennen, um die Erde ein wenig wärmer zu halten. Scheiterhaufen auf jedem Platz! Wenn ihr denn keine Atomenergie wollt, keinen Fortschritt! Und was, wenn die Sonne bald erlischt, fragst du? Nein, da reicht es noch für eine Weile."

Castorp fror es. Der Pinguin schaute ihn traurig und ratlos an. „Mir ist sehr kalt", sagte Castorp, „wir müssen weiter." Der Vogel rührte sich nicht von der Stelle. „Du hast recht, Kaspar-David-Andreas. Man muss Energie sparen." Castorp ließ sich nieder, drückte den Vogel an sich und grub sich in den Schnee. „Zu zweit wird es uns wärmer," flüsterte er, „wir müssen nur den Schneesturm überdauern, so machen das die Pinguine hier immer. Sie rücken zusammen und lassen sich vom Schnee verwehen. Kluge Tiere wie du eines bist beherrschen diese Überlebenskunst. Nachher werden wir zu den anderen zurückfinden," flüsterte Castorp.

Auf den Berliner Straßen war es eisglatt. Der Stadtreinigung waren die Salzvorräte bereits Ende November ausgegangen. Den Kindern machte die Rutschbahn Spaß, Passanten brachen sich immer wieder die Knochen.

Robert erblickte die Nachbarin genau in dem Augenblick, als sie das Gleichgewicht auf dem vereisten Bürgersteig verlor. Aus ihrer Einkaufstasche rollten Kerzen. Er half ihr auf die Beine, hob ihre Tasche auf, und sie dankte ihm wie einem Fremden. Robert war pikiert.

„Tanja?"

„Du bist es, Robert. Entschuldige, ich habe dich nicht erkannt. Alle laufen so vermummt herum."

Er bemerkte plötzlich, dass sie sich verändert hatte. Irgend etwas war mit ihrem Gesicht.

„Wofür brauchst du so viele Kerzen?"

„Wir hatten doch einen Stromausfall. Die Energiewende greift um sich. Hast du nichts davon mitbekommen?"

„Ich war verreist."

„Nun muss ich Vorsorge treffen, sonst sitzen wir im Winter im Dunklen."

„Ich bringe dich nach Hause", er fasste sie am Ellenbogen.

„Wie läuft es bei euch so?" „Bei uns läuft im Augenblick nichts mehr. Nikolaj ist verschwunden."

„Wie verschwunden? Hat er dich verlassen?"

„Kann man wohl so sehen."

„Das gibt es nicht."

„Warum?", lächelte sie müde.

„Ich dachte bloß, bei euch wäre es anders. Entschuldige, ich rede Unsinn. Ich bin einfach bestürzt."

Die höchste Macht

Dawydow stand am Fenster und blickte auf die Straße, wo Tadschiken den vereisten Bürgersteig reinigten. Die stumpfen Schläge der Brechstangen dröhnten in seinem Kopf.

Er dachte, dass die Winter in letzten Jahren genauso streng seien wie in seiner Jugend, und dass das zermürbende Warten jetzt ein Ende haben müsse, sonst würde er das alles nicht mehr aushalten. Vor seinem inneren Auge tauchte der vergitterte Käfig auf, in dem er mehrere Monate wie ein Serienmörder dem gaffenden, nach Rache durstenden Mob vorgeführt worden war, der stotternde Richter mit rotem, verfetteten Gesicht und der schlagfertige, millionenschwere Staranwalt mit seiner unerträglich getupften Fliege von Armani. Wie betäubt war er aus dem Gerichtssaal auf die Strasse getreten, durch die das Laub vom Herbstwind gewirbelt wurde, hatte die kühle, herbe Großstadtluft tief eingeatmet und gleichzeitig nicht weitergewusst.

Dieser Albtraum lag nun schon länger zurück, aber es schien, als ob sich nun alles wiederhole – und dann war ihm plötzlich, als geschehe alles durcheinander: seine Flucht aus dem Kloster, die Freilassung, die Haft... In seiner Nase mischte sich Brandgeruch mit dem von Weihrauch.

Ratlos und erschöpft war Dawydow mit leeren Händen von Aristarch nach Moskau zurückgekehrt, von der Idee besessen, dass sein Zögling und Nachfolger, der allmächtige Sascha Zapok ihm unter die Arme greifen müsse. Und Sascha brauchte sich nicht in die Tasche zu greifen, dafür hatte er Platonow, der sein lukratives Projekt in Deutschland gegen die Wand gefahren hatte und von dem so das ganze Rudel betrogen worden war. Für Sascha wäre es ein leichtes, Platonow ein Angebot zu machen, das dieser nicht ausschlagen konnte, er musste diesem Verräter nur nahe legen, was für ihn auf dem Spiel stünde, wenn er sich nicht kooperativ verhielte.

In der Tat schien die Rechnung Dawydows aufzugehen. Sascha zeigte Verständnis für die aussichtslose Lage seines einstigen Gönners. Er hatte ein neues ertragreiches Gebiet gerade unter seine Kontrolle gebracht, also wäre es kein Problem, Platonow dorthin zu schicken. Die Beute stünde selbstverständlich Dawydow zu, ließ ihm sein einstiger Zögling ausrichten. Der General konnte sein Glück kaum fassen.

Am Mittag lief die Galgenfrist ab. Laut Abmachung hatte Sascha bis dahin den Betrag von drei Millionen Dollar in einem Bankfach zu deponieren und ihm eine SMS mit der Geheimzahl zu schicken. Diese musste er unverzüglich seinem Gläubiger weiterleiten. Geschähe dies nicht, würde erst ein Vertrag, der beim Notar hinterlegt war, in Kraft treten, und die Wohnung, die Dawydow als Sicherung verpfändet hatte, ihm dann nicht mehr gehören. Er hätte diese unverzüglich zu verlassen.

Dawydow zog die Vorhänge zu und legte sich auf die Liege. Der dumpfe Schmerz im Nacken verstärkte sich. Sein Blutdruck war wieder gestiegen, er hatte vergessen, seine Medizin zu nehmen. Nun stand er ächzend auf und tastete sich in die Küche. Mit der Pille unter der Zunge legte er sich auf das Bett und glitt in einen Dämmerzustand.

Mit dem Sterben hatte er nie etwas anfangen können. Der Tod war in seinem Leben nicht vorgesehen. Wäre es nicht überaus töricht, das Zeitliche ausgerechnet in einem Augenblick segnen zu müssen, da ihm die ganze Welt zu Füßen lag? Mit solchen Gedanken war Dawydow keinesfalls allein. Doch als er und die anderen Mächtigen in die Jahre gekommen waren, mussten sie mit Unbehagen feststellen, dass die Dauer ihres opulenten Lebens sich auf einmal als verflucht kurz erwies, die Kinder missrieten und dort, wo es keine Geldautomaten gab, ihre Offshore-Konten nutzlos waren. Das ergab überhaupt keinen Sinn.

Sie hatten sich deshalb zusammengetan und ihre Sicherheitsdienste beauftragt, nach innovativen Projekten zu fahnden, die sich mit der Verlängerung des irdischen Lebens befassten.

Bald lagen zwei Angebote bei Dawydow auf dem Tisch. Das eine hatte den Namen „Nirwana". Einem russischen Emigranten, der in Kanada forschte, war es angeblich gelungen, mit Hilfe eines von ihm hergestellten chemischen Mittels die Körpertemperatur fast auf Null zu senken. In diesem Zustand verlangsamten sich alle physiologischen Prozesse drastisch, ohne die Hirnfunktion zu beeinflussen. Entsprechend verlängerte sich die Lebensdauer beträchtlich. Das Bewusstsein des Probanden konnte immer wieder in eine virtuelle Welt abgleiten, in der sich all seine Wünsche erfüllten. Der gekühlte Körper war fähig, sich in einem speziellen Rollstuhl fort zu bewegen, der allein durch die Kraft der Gedanken gesteuert wurde. Der Nirwana-Klient sollte imstande sein, über das Internet mit anderen Menschen zu kommunizieren: Er konnte sprechen, hören und sehen. Jederzeit würde er das Programm eigenhändig abstellen und in sein normales Leben zurückkehren können, mit der Folge freilich, dass es noch schneller dem Ende zu gehen würde.

Nachdem Dawydow das Angebot überflogen hatte, witterte er sofort einen unverschämten Schwindel. „Welchen Sinn hat es, das Leben zu verlängern, nur um an einen Rollstuhl gefesselt zu sein?" brüllte er seinen Sicherheitsberater an. „Außerdem denke ich gar nicht daran, mich im Internet zu befriedigen, wie ein armer Schlucker. Sag dem Hochstapler", er zerknüllte das Papier und warf es dem Mann ins Gesicht, der sich kreidebleich auf den Tisch stützte, „er soll mit der ersten Maschine zurückfliegen. Sonst werden wir ihm sofort unsere Kühlmittel verabreichen. Sie sind viel wirkungsvoller!"

Das zweite Angebot war von Professor Skula eingereicht worden, der in seinem Labor seit Jahren zu einem sogenannten *Geroprotektor* geforscht hatte und seinem Ziel schon nahe war. Der körperliche und geistige Verfall habe seine Ursache in den mit dem Alter steigenden Oxidierungsprozessen in den Körperzellen, erklärte er seinen potenziellen Sponsoren. Sein Mittel gegen die Alterung sei also ein Antioxidant. Es sollte die Körperzellen vor Zerstörung durch Sauerstoffradikale schützen und den Alterungsprozess dadurch hinauszögern. Das leuchtete Dawydow ein. Zusammen mit den anderen Oligarchen entschied er sich für die Unterstützung des *Geroprotektors*.

Am Gero-Institut von Skula fanden sich alle erdenklichen Geräte modernster Bauart, es war das reichste an der ansonsten darbenden Moskauer Universität. Die Lösung des Problems schien in greifbare Nähe gerückt zu sein. Nach drei Jahren Tierversuchen war dem Forschungsteam der Beweis gelungen, dass Ratten, denen *Geroprotektor* verabreicht wurde, fasst doppelt so lange lebten wie die in der Kontrollgruppe. Die Sponsoren wurden zum feierlichen Abschluss des Experiments in das Labor eingeladen. Professor Skula führte sie zu einem geräumigen, zweigeteilten Käfig. Auf der einen Seite befanden sich die Ratten, denen das Gero-Mittel verabreicht wurde. Auf der anderen waren die unbehandelten Ratten untergebracht. Beide Gruppen, erklärte er, seien zeitgleich Versuchstiere für dieses Experiment geworden, aus der zweiten seien allerdings nur noch wenige Tiere übrig geblieben. Lediglich ein Viertel von ihnen lebte noch.

Wenn Ratten aus der Kontrollgruppe ihr nahendes Ende spürten, verkrochen sie sich in die Ecken des Käfigs und kletterten aufeinander, um so den mörderischen Bissen der vitaleren Individuen entgehen zuwollen. Zuletzt fielen sie übereinander her und erleichterten den Überlegenen ihre eigene Beseitigung. Doch der Triumph der wenigen Sieger hatte überraschende Nebenwirkungen. Obwohl ihnen jetzt genug Ressourcen und Raum zur Verfügung stand, verloren sie zunehmend an Appetit, wurden apathisch und vermutlich depressiv. Im Ergebnis starben nun auch sie nacheinander, kurz nach ihrem Sieg. Sein Team sei gerade im Begriff zu klären, worin der Grund für den Misserfolg in deren Überlebensstrategie zu suchen war.

Die Gero-Ratten verhielten sich indes ganz anders. Als junge Tiere waren sie viel aggressiver als die Kontrollgruppe. Doch mit fortgeschrittenem Alter veränderte sich ihr Verhalten. Anstelle einer gnadenlosen Konkurrenz teilten sie ihren Raum untereinander auf, und zu Zusammenstößen kam es nur dann, wenn eine Ratte auf das Gebiet einer anderen vordrang. Dieses konfliktvermeidende Verhalten, meinte der Professor, käme dank eines wesentlichen Rückgangs eben der Oxidierungsprozesse zustande, welche die Körperzellen angriffen. Gero-Protektor verhindere die Alterung von Körperzellen und trage zu einem hormonellen Ausgleich im Organismus der Ratten bei.

Auf die Frage, wann der *Geroprotektor* zu haben sei, antwortete er jedoch ausweichend. Zuerst würde es im Labor in kleinen Mengen hergestellt werden. Das würde ihnen nichts ausmachen, versicherten ihm die Sponsoren. Sie wären bereit, alles aufzukaufen, was das Labor hergeben würde. Sie müssen verstehen, meine Herren, machte der Professor eine unschuldige Mine, dass wir unser innovatives Produkt vor Nachahmern schützen müssen. Zuerst müssen wir uns um ein Patent kümmern. Die Sponsoren lehnten eine Patentierung ab, das Mittel gehöre nur ihnen, drohten sie Skula. Sie gaben ihm zwei Wochen Zeit, um das Präparat auszuliefern.

Doch war es der Konkurrenz trotz strenger Bewachung gelungen, das unter Verschluss gehaltene Wundermittel aus dem Labor zu entwenden. Die chemische Analyse ergab, dass es sich dabei um ganz gewöhnliches Aspirin handelte. Die Boulevardblätter ergötzten sich an den betrogenen Oligarchen. Professor Skula wurde auf seiner Datscha tot aufgefunden.

Die Wanduhr schlug 12.00. Hellgraues Licht drang in die Wohnung. Das Telefon schwieg. Niemand klingelte an der Tür. Schweiß trat Dawydow auf

die Stirn. Er schaltete den Fernseher ein. Die Kamera zeigte einen Platz voller junger Menschen. Sie schwenkten Flaggen und skandierten seltsame Losungen. „Gebt uns die Winterzeit zurück!"
„Was für eine Winterzeit?" wunderte sich Dawydow. Aus den Lautsprechern tönten Aufrufe: „Nieder mit der Partei der Diebe und Ganoven!"

Die Nachrichtensprecherin trug ein weißes Bändchen am Jackett und verlas eine dringende Regierungserklärung. Der amtierende Präsident, hieß es, lege vorzeitig sein Amt nieder. Die Macht gehe an die Vertreter der Oppositionsparteien über, die unterdessen eine verfassungsgebende Versammlung einberufen sollten. Sie würden Verfassungsänderungen und Neuwahlen beschließen. Dawydow hatte Mühe, den Verlautbarungen zu folgen.

Weitere Nachrichten im Überblick: „Sascha Zapok, der mutmaßliche Anführer einer Bande hochrangiger Geheimdienstoffiziere, wurde auf dem Flughafen Domodedowo in seinem Privatjet festgenommen. Ein Erdbeben Stärke 7 erschüttert Sibirien. Im Gorki-Park wurde eine internationale Kunstmesse ‚Sieg über die Sonne' von rechtsextremen Sonnenanbetern verwüstet. Zypern wird aus der Eurozone ausgeschlossen. Blutige Unruhen in Athen."
Dawydow schaltete den Fernseher aus und trat ans Fenster. Die Tadschiken waren verschwunden. Sein Herz hämmerte. Er zog den Mantel über und verließ die Wohnung.

Auf der Straße herrschte Silvestergedränge, gehetzte Passanten liefen mit Einkaufstaschen herum, vom Weihnachtsmarkt dröhnte Popmusik herüber. Dawydow stieg langsam in eine Straßenunterführung hinab. Er wurde mehrmals angerempelt und an die Wand gedrückt. Schwer atmend gelangte er zu einem festlich geschmückten Weihnachtsbaum, der von Schaulustigen umstellt war, und holte tief Luft. Plötzlich spürte er einen schneidenden Schmerz unter dem linken Schulterblatt und knickte ein. Eine junge Frau in einem weißen Pelzmantel, die hinter ihm stand, versuchte den fallenden

Alten zu stützen, wurde jedoch durch die herandrängende Menschenmenge beiseite geschubst. Sie sah auf ihren blutüberströmten Ärmel und schrie auf.

Nach dem Brand musste der Abt feststellen, dass das Konto seines Klosters gesperrt worden war. Der Patriarch verweigerte ihm eine Audienz. Aristarch war zu lange im Geschäft, um dieses unheilvolle Zeichen misszuverstehen. Mit Quersack und Pilgerstab kam er zu Fuß im Erlöser-Kloster an, verneigte sich vor Serafima und bat sie um eine Bleibe.

„Aljona", rief sie ihre Helferin, „schau mal schnell nach, ob wir eine trockene Zelle haben!" Eine halbe Stunde später wurde Aristarch in einem Kämmerchen untergebracht.

An guten Tagen ging er für gewöhnlich hinaus, setzte sich auf die Bank vor dem Eingang, wie alte Menschen dies zu tun pflegen, und wartete auf die Mahlzeit oder die Heilige Messe. Ihm fehlte es an nichts, außer vielleicht an Musik. Serafima war gnädig und erlaubte ihm, Opern auf sein ansonsten nutzloses Smartphone herunterzuladen.

Gerade war er im Begriff, sich die Kopfhörer aufzusetzen, um eine Arie aus *Jesus Christ Superstar* zu hören, als sein Handy klingelte.

„Hier spricht die Polizeiverwaltung Petrowka 36, Mordkommission. Heißen Sie Anton oder Sascha?"

„Wieso Sascha? Ich bin Anton", entgegnete er perplex, „so hat man mich als Kind getauft."

„Sparen Sie sich ihre Witze. Wir haben hier eine Leiche ohne Papiere, aber mit einem Handy. Auf der Chipkarte sind nur zwei Namen gespeichert: Sascha und Anton. Können Sie sich vorstellen die Leiche zu kennen?"

„Ich kenne die Leiche", flüsterte Aristarch, ließ die Smartphone fallen und sank auf den Boden.

„Gott behüte!" schrie eine Nonne auf, die gerade im Hof Schnee schippte, „unserem Großväterchen ist schlecht geworden!"

„Tonja, komm her, es ist so dunkel hier. Gib mir deine Hand, ich habe Angst."

„Ich muss bald zur Messe, hörst du nicht die Glocken läuten?" seufzte die Äbtissin.

„Nein, geh nicht, bleib bei mir. Mir drückt es so auf der Brust."

Seine Hand umklammerte ihr Handgelenk.

„Ich möchte beichten."

„Du hast gestern schon die letzte Ölung bekommen."

„Hör zu. Ich war noch ein grüner Bursche, als mich ein Jude fragte, ob ich schon Kinder hätte."

„Warum ausgerechnet ein Jude?", erwiderte Serafima gleichgültig.

„Kam mir damals auch so komisch vor. In diesem Augenblick geriet bei mir alles ins Wanken, als ob der Boden unter den Füßen schwinde, aber ich verstand das Zeichen nicht. Nichts habe ich damals verstanden. Vergib mir, Tonja. Verzeih mir deine Tränen, den Jungen..."

„Ich habe dir längst vergeben. Bete, Anton. Er ist uns Sündern gnädig."

„Tonja, überlass den Jungen der Erde und bestatte mich neben ihm, mich, den verlorenen Vater neben meinem Söhnlein." Er schluchzte.

Die Glocken läuteten erneut. Die Äbtissin erhob sich. „Lass mich frei, Anton, ich muss zur Messe. Ich werde für dich beten."

Sie befreite ihre Hand aus seiner Umklammerung, rückte ihre Kopfbedeckung gerade und ging hinaus.

Die Kerze erlosch. Aristarch lag im Dunklen und lauschte dem Gesang der Frauen, der aus der Höhlenkirche drang. In seinem Kopf schoben sich zusammenhanglose Bilder und Töne von Musikinstrumenten ineinander und übereinander wie im Orchestergraben, bevor der Vorhang aufgeht.

Der kleine Anton hört jemanden klopfen. Er öffnet die schwere Eingangstür und sieht eine Frau im Schafsfell, die sich vor ihm verbeugt:

„Spendet uns Opfern der Feuerkatastrophe um Christi Gnade eine Kopeke." Die Frau öffnet ihre Mantelschöße und stellt ihren weißen Bauch und rote Schamhaare zur Schau. Ihm ist bange. Zwei Männer schieben ihn zur Seite und drängen sich in die Wohnung. Anton zittert. „Pst", zischt ein Mann und drückt ihm schmerzhaft den Hals. Die Männer schnappen sich den Mantel seiner Mutter, einen Silberlöffel und ein Stück Wurst – mehr gibt es nicht zu holen. Anton spürt seine nasse Hose und weint leise. Er legt sich auf das Bett, schließt seine Augen und will sterben. Wenn die Mutter von der Arbeit kommt, wird sie ihn sicher schlagen.

Der schluchzende Anton verschwindet. Er hört sich selbst plötzlich bei der Aufnahmeprüfung zum Konservatorium die Arie von Boris Godunow „Die höchste Macht errang ich" vorsingen. Der Professor unterbricht ihn bei den Zeilen „Wie ein wildes Tier schleicht das Volk, das verseuchte, verhungerte ... Armes Volk! Armes Land!":

„Sie sind für dieses Meisterwerk noch zu jung, Sie sollten es mit einer einfacheren Partie versuchen."

„Dann singe ich eine Romanze vor."

Der Professor seufzt.

„Gehen sie, junger Mann. Versuchen Sie ihr Glück in zwei Jahren wieder."

„Nein, ich kann nicht so lange warten, sonst werde ich zum Wehrdienst eingezogen."

Eine Frau mit offenem Haar lacht und winkt ihm vom Waldrand. „Lauf!" schreit er.

Sie rührt sich nicht von der Stelle. Plötzlich erkennt er Platonow, der zu ihr rennt. Er nimmt sie in den Arm, sie versteckt ihr Gesicht in seiner Brust, und auf einmal haben sie ein Kind dabei. Platonow lächelt ihm freundlich zu.

Er sieht überrascht seinen Maybach mit getönten Scheiben am Waldrand vorfahren.

„Der wurde doch voriges Jahr gestohlen", wundert sich Aristarch. Die Tür öffnet sich, und Dawydow steigt aus.

„Hast du schon gehört, Anton? Der Maybach wird eingestellt! Deiner ist der letzte, eine unschätzbare Rarität, pass gut auf ihn auf." Dawydow grinst. „Du hast mir kein Geld geliehen, Anton, wolltest du alles mit ins Grab nehmen?"

„Das Geld gehört dem Kloster."

„Das Kloster gibt es nicht mehr, Heilandsland ist abgebrannt. Guck dir den da an", er zeigt auf den lächelnden Platonow. „Das ist alles seine Schuld. Der muss mir jetzt die Kohle aus der Hölle holen, sonst wird sein Kindleinweiblein..." Der General zieht eine Pistole aus der Tasche und fängt an, mit weiblicher Stimme seine Lieblingsromanze zu singen:

„Ich fuhr nach Hause, Ich hab an Sie gedacht. Unruhig mein Gedanke sich verwirrte. O, wenn ich nie mehr aufwachen könnte..." Er zielt auf Platonows Frau.

„Verzeih mir! Ich hab' das nicht gewollt, ich habe auch ein Kindchen!" schreit ihm Aristarch zu. Platonow wirft die Frau zu Boden und bedeckt sie mit seinem Körper. Dawydow schießt.

Aristarch zuckte zusammen und öffnete die Augen. In der Klosterzelle war es kalt und stickig.

„Tonja", stöhnte er und schnappte nach Luft. Er richtete sich auf der Pritsche auf, ging wankend durch den Raum, hielt sich am Türpfosten fest und tastete sich nach draußen. Kalte Luft drang ihm in die Lungen. Der Alte hob den Kopf und schaute nach oben. Der Himmel war schwarz und sternenlos.

„Im dunklen Himmel hoch Da leuchtet ein Stern
Gehört er dir, mein Engel Er ist für immer dein."

Der Gesang wurde lauter, er drehte verwundert den Kopf. „Bis du es, Tonja? Ich sehe dich nicht. Das haben damals die Touristen auf meinem Golgatha gesungen. Weißt du noch, wie es weiter ging?"

„Wer liebt, der wird geliebt."

„Tonja! Sag dem Jungen, sein Vater hat ihn lieb..."

Aljona schloss die Kirche ab, in der sie bis Mitternacht aufgeräumt hatte, und lief schnellen Schrittes ins Dormitorium. Das trübe Mondlicht entriss der blinden Nacht einen kleinen Fleck Erde, der Schnee knisterte unter ihren Filzstiefeln, und sie sah Schatten am Zaun entlang schleichen. Aljona bekreuzigte sich. „Gott steh mir bei", flüsterte sie beschwörend und stolperte. Vor ihren Füßen lag reglos ein Mensch in einer Mönchskutte. Aljona prallte zurück, ließ den Eimer fallen und schrie auf.

Eiszeit

„Ich will, dass Papa heimkommt." „Er kommt nicht, Kind, du weißt doch." „Ist Papa uns böse?" „Nein." „Warum ist er dann weg?" „Ein Unglück, verstehst du? Manchmal geschieht den Menschen unverschuldet ein Unglück, aber man muss trotzdem weiter leben. Deshalb wollen wir stark sein und uns gegenseitig stützen. Du bist schon ein ganz großes und selbständiges Mädchen."
In der Küche packte Robert den Einkauf aus.

Liska wich ihr nicht von der Seite, als ob sie Angst hatte, die Mutter könne ihr erneut verloren gehen. „Ich will nicht, dass du wieder ins Krankenhaus musst, ich bleibe nicht mehr bei Robert. Marlene ist ätzend. Außerdem darf er nicht auf Papas Sofa sitzen."

„Das ist nicht Papas Sofa", flüsterte Tanja zurück. "Jeder darf darauf sitzen."
„Nein! Ich will nicht, ich will nicht, ich will nicht." „Liska, Robert ist nett, er hat uns sehr geholfen. Ohne ihn hättest du bei fremden Menschen wohnen müssen, und wir dürften nicht mehr zusammen bleiben." Liska schluchzte leise. „Ich hätte gerne einen Hund."

Robert trat ins Wohnzimmer. „Hast du dich ein bisschen erholt?" fragte er Tanja besorgt. Sie nickte. „Soll ich heute für euch kochen?" „Danke, Robert, du hast schon so viel Zeit mit uns verloren. Wir kommen zurecht." Er setzte sich neben sie auf das Sofa und streckte seine Beine aus. Liska löste sich von der Mutter und verschwand in ihrem Zimmer. Robert begleitete sie mit einem ratlosen Blick.

„Liska möchte einen Hund haben, was sagst du dazu?"

„Ich würde selbst gerne einen haben, aber im Augenblick ist mir nicht nach einem Hund zumute."

„Ist Marlene noch oft bei dir?"

„Manchmal. Sie ist von Claire eingeschult worden. Sie benutzt das Kind, um sich an mir zu rächen. Kurzum, das Übliche. Ich hab den Kampf aufgegeben. Es kommt wie es kommt."

Tanja nickte.

„Was tut sich am INKA?"

„Im Institut ist der Teufel los. Der Weltklimarat hat unsere Treibhausgasmodelle für unzuverlässig erklärt, obwohl sie seit zwei Jahrzehnten allen bisherigen Klimaszenarien zugrunde lagen. Dann sollte der gleich seine Katastrophenberichte in die Tonne werfen."

„Wird das Institut nun abgewickelt?"

„Hast du jemals erlebt, dass man in der Bundesrepublik eine Institution abschafft, die von der öffentlichen Hand finanziert wird? Mich dürften sie aber getrost vor die Tür setzen. Ich gelte jetzt als eine Kreatur von Castorp", Robert schmunzelte. „Die große Jagd nach den Sündenböcken beginnt. Mir droht also wieder Freiheit."

„Wie geht es deinem Chef jetzt, nach all dem?"

„Was? Weißt du nicht, dass Castorp tot ist?"

„Wie? Warum auf einmal tot?"

„Du hast gar nichts mitgekriegt. Er war schon seit Wochen in der Antarktis verschollen. Letzte Woche hat der Pressesprecher eine Rundmail geschickt: Ein anomal warmer Sommer am Südpol hat den intakten Leichnam von Prof. Castorp zu Tage gefördert, mit einem Pinguin im Arm."

„Mit einem Pinguin? Du lieber Gott! Hat er sich verirrt?"

„Man munkelt allerhand."

„Glaubst du, er fühlte sich an den Pranger gestellt?"

Robert zuckte mit den Achseln. „Du weißt doch, welche Töne auf der Konferenz angeschlagen wurden. Nachdem die Klimamodelle aufgeflogen waren, bekam er Hunderte von Schmähkommentaren auf seinen Blog. Ihm wurde sogar die Affäre mit den Emissionsrechten vorgeworfen, obwohl er mit diesem Geschäft nichts am Hut hatte. In seinem Schreibtisch lag ein Krimi

‚Sau Nummer 8', in dem ein korrupter Klimawissenschaftler seine Geliebte Messdaten manipulieren lässt und ein Gutachten für einen Windpark fälscht. Da konnte auch Joga nicht mehr helfen."

Tanja fühlte sich erschöpft.

„Denke nicht, ich wäre immer so antriebslos. Das ist durch die Medikamente. Ich werde sie nach und nach absetzen." Robert nickte. Er wusste, dass er jetzt lieber gehen sollte, und blieb doch sitzen.

„Überhaupt gibt es viele Neuigkeiten aus der Forschung. Bei der Herstellung von Solarzellen und Flachbildschirmen entsteht das tödliche Treibhausgas Stickstofftrifluorid. Es ist 17.200 Mal so wirksam wie Kohlendioxid."

„Es tut sich anscheinend eine neue Klimafront auf. Man kann sich vorstellen, wie viel Geld jetzt in die Bekämpfung der Folgen des Klimaschutzes fließen wird. Aber uns lässt man dann wenigstens etwas Atem schöpfen."

„Besonders wenn man berücksichtigt, dass die Verweildauer des neuen Gifts in der Atmosphäre angeblich bei 740 Jahren liegt."

„Die haben aber Fantasie. Verglichen mit dieser Geschäftsidee war das Ozonloch noch ein Kinderwitz. Der Klimaschutz wird noch eine Renaissance erleben."

„Zudem zeigen die Baumringe, dass zwischen 1960 und 2000 die Klimaerwärmung ausfiel, obwohl der menschengemachte Klimawandel wenigstens in den Klimaberichten schon auf Hochtouren lief."

„Das wurde gleich nach dem Climategate bekannt, als der Hockeyschläger von Mann sich als eine Manipulation erwies."

„Das steht jetzt aber offiziell fest, vom Umweltministerium bestätigt."

„Wenn Don Quijote wüsste, wie visionär sein Kampf gegen die Windmühlen war. Man hat es mit lauter Fiktionen zu tun."

„Sicher ist lediglich, dass die Sonnenaktivität sich gerade auf dem niedrigsten Stand seit 100 Jahren befindet. Uns drohen Temperaturen wie während der Kleinen Eiszeit."

„*Das stimmt doch nicht, wenn der Regen nach aufwärts fließen soll*", sang Tanja leise. Robert sah wie sich ihr unbewegtes Gesicht belebte. Er nahm den Reim auf „*Und ich lernte, wieso und weswegen, da ein Riss ist durch die Welt, Und der bleibt zwischen uns, weil der Regen von oben nach unten fällt.*` Schön, dass es dir besser geht, wir schaffen das schon", er streichelte ihre Hand.

„Weißt du, woran man ein gutes Gedicht erkennt? Wenn es auf eine völlig andere Situation zutrifft. Brecht meinte die Klassenteilung, die von den Reichen zum Naturgesetz erklärt wurde. Naturgesetz bedeutet: für immer und ewig, alternativlos. Dass der Klimawandel vom Menschen verursacht worden sei, gilt auch als alternativlos. Es gebe einen parteiübergreifenden Konsens über den Klimawandel, heißt es. Wer jedoch daran zweifelt, soll den Mund halten und davon profitieren. *Und sie sagten mir: wenn ich brav bin Dann werd ich dasselbe wie sie.*` Forscher kämpfen um Drittmittel, Doktoranden wollen ihre Promotionen an die Leitlinien ihrer Chefs anpassen, und aus diesen kollektiven Anstrengungen kommt es zur Klimakatastrophe."

Robert lachte.

„Und plötzlich: *Da hört' ich die Trommel rühren Und alle sprachen davon. Und heisere Stimmen versprachen Uns das Blaue vom Himmel herab Und herausgefressene Bonzen schrieen: Macht jetzt nicht schlapp!* Das ist das EEG-Gesetz und die Energiewende mit den Durchhalteparolen gehetzter Politiker."

Robert traten Tränen in die Augen.

„So gesehen war Brecht ein Prophet, er hat die Energiewende kommen sehen. *Und wir glaubten: jetzt sind's nur mehr Stunden Dann haben wir dies und das. Doch der Regen floss wieder nach unten Und wir fraßen vier Jahre lang Gras.*"

„Hör auf", brummte Robert.

„Wieso? Wenn Getreide zu Biosprit verarbeitet wird, werden Millionen von

Menschen hungern."

„Dann traten aber Klimaskeptiker auf den Plan."

„Genau. Helden wie wir. *Und ich sagte: Da kann was nicht stimmen Und war trüber Zweifel voll: Das stimmt doch nicht, wenn der Regen Nach aufwärts fließen soll.* Kein Klimawandel, nirgends. Computermodelle sind frei erfunden, die Erdachse hat keinen Antrag an den Bundestag gestellt, bevor sie sich verschob. Gib zu: Ist schon seltsam, wie lange der Regen nach aufwärts fließen durfte."

Tanja war auf einmal aufgeregt. Sie suchte nach einer Pille in ihrer Tasche.

„In der Klinik habe ich mit einem Typen zusammen geraucht, der an Nachrichtensucht litt. Eines Tages kam er verwirrt an und sagte, dass das Eisschild in der Antarktis zunehmen würde. Das sei aber nichts Besonderes, wollte ich ihn beruhigen, es hat immer schon solche Schwankungen gegeben. Er schaute mich entsetzt an: Wenn sich das ganze Eis auf einem Pol konzentriere, würde sich die Erdachse senkrecht stellen, und dann sei es mit dem Klima endgültig aus."

Robert war erleichtert. Tanja war doch wacher und munterer, als es zunächst den Anschein hatte.

„Übrigens, Svessen wurde für den Nobelpreis nominiert."

„Für die Wolken?"

„Nein, für die Sterne. Er hat eine Theorie vorgelegt, die das Entstehen von Supernovae mit der Evolution der Lebensformen verbindet. Hinter der Evolutionsleiter gibt es eine kosmischen Triebkraft, verstehst du?"

„Seit ich eingeknickt bin, habe ich die ganze Zeit das Gefühl, alles über mich stand in den Sternen, aber ich vermag die Inschrift nicht zu lesen."

Robert erhob sich endlich.

„Ich würde mir wünschen, dass der Riss zwischen uns kein Naturgesetz ist."

Tanjas schaute ihn hilflos an.

„Ich bin dir wirklich sehr dankbar, dass du mich da rausgeholt hast. Ich könnte es nicht verkraften, wenn Liska in eine Pflegefamilie müsste."

„Tanjachen, bitte." Robert berührte sie an der Schulter. Das einzige, was er fürchtete, war ihre Dankbarkeit.

Tanja hörte, wie seine Schritte auf der Treppe verhallten. Sie riss das Küchenfenster auf. Draußen tanzten Schneeflocken und ließen sich langsam auf die Erde nieder. Der Schneeteppich war frisch und weiß wie in ihrer Kindheit, wenn sie im Hof einen Schneemann bauten. Am nächsten Morgen steckte gewöhnlich eine leere Wodkaflasche in dessen Arm und die Möhrennase war abgebissen. Der Tee wurde kalt und ungenießbar. Tanja zündete sich eine Zigarette an. Der Rauch entwich in die kalte Luft.

Sie hatte gehofft, dass es nach der Behandlung aufhören würde, doch Platonow stand schon wieder hinter ihrem Rücken am Türpfosten in seiner Lieblingspose, mit gekreuzten Armen. Sie drehte sich nicht um.

Als du nicht zurückkehrst bist, habe ich in deinem Schreibtisch gewühlt: Nach einem Hinweis, nach einem Geheimnis, nach irgend etwas. Doch da lagen nur alte Quittungen und Visitenkarten. Ich hielt die Schublade auf den Knien und mir wurde bewusst, dass es keinen einzigen Brief von dir gab. Wozu auch? Ein Briefwechsel von einer Zimmerecke in die andere, das wäre wirklich komisch gewesen. Stattdessen hast du mir dauernd unanständige SMS geschickt. Ein paar davon sind noch in meinem Handy gespeichert. Plötzlich schoss mir ein idiotischer Gedanke durch den Kopf, dass du nämlich mit einer Frau durchgebrannt sein könntest. Auf einmal fand ich das gar nicht so abwegig.

Warum solltest du eine Ausnahme sein? Irgendwann stündest du reumütig auf der Türschwelle, ich würde dich ohrfeigen – oder was man in solchen Fällen gewöhnlich tut – und was dann? Es gelang mir jedoch nicht, den Gedanken an deine Affäre zu einem glaubwürdigen Ende zu bringen. Die Vorstellung, dass du nicht nach Polen gefahren seiest, sondern dich gleich um die Ecke in einem fremden Bett vergnügtest, war einfach dämlich.

Dein Anruf konnte unmöglich inszeniert gewesen sein. Danach war dein Telefon tagelang abgeschaltet und schließlich ganz abgemeldet. Fremdgehen wäre gemein, aber immer noch menschlich. Alles andere wäre viel schlimmer. Es würde bedeuten, dass meine Ängste, meine düsteren Vorahnungen kein Hirngespinst waren. Wenn wir darüber hätten reden können, wäre das nicht passiert. Jetzt mache ich mir Vorwürfe.

Im vergangenen Jahr hatte Robert mich und Liska zum Heiligabend eingeladen. Nun wollte ich vor Weihnachten endlich reinen Tisch machen: deine Klamotten zum Roten Kreuz bringen und das Bett weggeben. Die Sachen rochen ein bisschen nach Wermut, wie dein Schweiß. Ich liebte diesen bitteren Geschmack, wenn ich deine Haut geleckt habe. Meine Zunge sei rau wie bei einer Katze, lachtest du. Stimmt nicht, eine ganz gewöhnliche Zunge. In der Tasche deines grauen Sakkos fand ich einen Umschlag mit einer alten Postkarte. „Beringung der Schwalben auf einer Vogelwarte" stand da drauf. Das Wort „Beringung" kam mir so seltsam vor. Wozu müssen Schwalben überhaupt beringt werden? Im Kuvert entdeckte ich auch einen Ehering. Damit ich keine Ausrede mehr hätte. Fein ausgedacht, du hattest Stil. War in der Tat eine blöde Marotte von mir.

Aus dem reinen Tisch wurde nichts. Beim Anblick des Rings bin ich zusammengebrochen. Ich kann mich an nichts mehr erinnern, bis ich mich auf einer Liege fand und Liska sich heulend an mich klammerte. Konntest du dir jemals vorstellen, dass ich als Mutter derart komplett versage und dein Kind einem Fremden in Obhut gebe? Du hast auf meine Stärke vertraut. Ich bin aber nicht stark. Am liebsten würde ich dich hassen.

Ich kann mich überhaupt nicht mehr konzentrieren. Irgendein völlig unbedeutendes Wort oder ein kleiner Laut bringt eine chaotische Gedankenflut in mir in Gang. Dann springt der Gedanke plötzlich in eine unerwartete Richtung wie eine aufgescheuchte Heuschrecke, und ich bin ganz wo anders.

Robert hat erzählt, dass Castorp in der Antarktis tot aufgefunden wurde. Er lag unter Schnee, einen Pinguin umarmend. In der Regel halten diese Vögel immer zusammen, und wenn ein Unwetter kommt, rücken sie in Form einer Schildkröte zusammen, um Wärme zu sparen.

Mir kommt es so vor, als ob er in einem verwirrten Pinguin sein alter ego erkannt hätte, dessen Verschwinden die anderen gar nicht bemerkt hatten und unbeirrt weitergezogen waren. Nun musste ich an tote Pinguine denken.

In dem Sommer, in dem ich gerade dabei war, mein Praktikum nach dem vierten Semester zu absolvieren, hatte unsere Biostation acht Kaiserpinguine von einem Forschungsschiff geschenkt bekommen. Stell dir diese prächtigen Geschöpfe vor. Man wusste mit ihnen aber nichts anzufangen und ließ sie an einem fauligen Teich leben. Sie litten unter der Hitze und an der Mückenplage. Die Mücken stachen sie um die Augen herum bis sich ganz blutiges Gestrüpp bildete. Damals habe ich zum ersten Mal verstanden, was tierisch leiden heißt. Es war ein herzzerreißender Anblick. Einer von ihnen schaffte es, auszureißen und in den Wald zu flüchten. Dort hat er einen betrunkenen Pilzsammler zu Tode erschreckt. Die Vögel verendeten einer nach dem anderen. Als Robert von Castorp erzählte, war mir diese Geschichte plötzlich eingefallen.

Meine Aufgabe während des Praktikums war es, mehrere Nächte in einem dunklen Käfig Notizen zu machen, wie sich das Nagetier *Dryomys,* Baumschläfer, fortbewegte. Das süße Nachttier sah wie ein Eichhörnchen aus, nur mit einem flachen weißen Schwanz. Wir Studenten feierten bis in die Morgendämmerung, und mir fielen die Augenlider zu. Das Beobachtungsobjekt blieb sich selbst überlassen. Morgens hatte ich ein schlechtes Gewissen, traute mich aber nicht, dem Dozenten mein Versagen zu gestehen.

Die nächtlichen Bewegungen des Tierchens habe ich notgedrungen gefälscht. Der Zoologe hat das sofort erkannt und strafte mich mit einem

Blick, den ich nie vergessen habe. Er war von mir maßlos enttäuscht, hat mir aber eine gute Note gegeben. Seine Nachsicht war das Allerschlimmste. Dass ausgerechnet ich über Fälschungen in der Wissenschaft geschrieben habe! Peinlich.

Der Zoologe hielt den Baumschläfer in seinen Handflächen wie das Herz einer Geliebten. Das warme Klümpchen zitterte am ganzen Körper. Er hatte zehn Jahre auf einer Peststation in Kasachstan verbracht und über Murmeltiere promoviert. Ich konnte meinen Blick von seinen gerunzelten rauen Fingern nicht abwenden. Es lag etwas Erotisches darin, wie er seinen Kopf zu dem Tier neigte und es anlächelte. Wahrscheinlich war ich in ihn verliebt. In diesem Augenblick wurde mir klar, dass ich keine Zoologin werden durfte. Für eine solche Hingabe muss man eigens geschaffen sein.

Weißt du noch, wie du mich gefragt hast, warum ich mich von meinem Mann getrennt hätte? Wegen der Guppys, sagte ich ohne nachzudenken. Du hast mich verständnislos angesehen. Wir hatten ein Aquarium zu Hause. Als er auf einer Dienstreise war, vergaß ich, die Fische zu füttern und habe sie dann vor lauter Schreck überfüttert. Am nächsten Morgen schwammen sie mit dem Bauch nach oben. Du warst vor Lachen fast in den Bosporus gefallen. Siehst du, ich gehe über Leichen, hatte ich dich gewarnt. Am nächsten Tag wurdest du niedergeschossen.

In der Klinik habe ich mich bei Facebook angemeldet. Prompt kam eine Freundschaftsanfrage von einem alten Kommilitonen. Auf seiner Seite waren Fotos aus der Studienzeit, darunter unser Zoologe mit dem Baumschläfer in den Händen. Ich musste heulen und habe mich sofort wieder abgemeldet. Was heißt heute schon Heimat? Ein duftendes Kiefernharz, ein zitterndes Tierchen auf der Handfläche. Einer flog in den Osten, einer flog in den Westen.

Manchmal denke ich darüber nach, was alles nie mehr stattfinden wird. Ich habe mir vorgestellt, wie wir mit einem langsamen rumpelnden Zug noch einmal dort hinfahren würden. Wir laufen am Ufer entlang über eine morsche Treppe, steigen zur Biostation hinauf, und ich zeige dir das Labor und erzähle dir von dem großen Brand und der vermasselten Forschungsaufgabe. Im Wald sind noch verkohlte Kiefern zu sehen. Die ganze Aue ist mit Bonzenvillen verbaut. Die Anlegestelle, an der wir Kinder kauerten, als es überall brannte, ist jetzt privatisiert.

Robert ist ein intelligenter und liebenswürdiger Mensch. Er hat es am Institut nicht einfach, weil er an Klimamodellen arbeiten muss, an die er nicht glaubt. Seine Kollegen glauben daran auch nicht, doch denen ist es egal. Aber was soll er tun? Er muss sich um seine Tochter kümmern. Liska mag ihn nicht. Das macht unsere Beziehungen noch komplizierter. Ich mache mir nur Sorgen, dass sie die psychischen Belastungen nicht verkraften wird. Es gibt nichts Schlimmeres für ein Kind als eine sich stets ängstigende Mutter.

Axel Guggenberger liegt jetzt im Krankenhaus. Er kann mich nicht mehr erkennen. Weißt du noch, an dem Abend hast du, nachdem sie gegangen waren, das Geschirr aus der Spülmaschine geräumt, ich stand im Bad vor dem Spiegel und betrachtete meine ersten Falten im Gesicht. Dann wurde mir kribbelig, ich lief zu dir in die Küche. „Wirst du mich noch lieben, wenn ich alt bin?" Du hieltest ein Handtuch in der Hand: „Ich werde auch alt." „Bei den Männern ist das irgendwie anders." „Wir werden gemeinsam alt." Das kam dir so selbstverständlich über die Lippen, dass ich dir sofort geglaubt habe.

Wir hätten uns damals auf eine geheimnisvolle Insel, an einen verwunschenen Ort begeben sollen. Wenn das Leben zerbricht, kreisen solche sinnlosen Gedanken immer wieder im Kopf. Man glaubt, alles falsch gemacht zu haben und kehrt zu dem Ausgangspunkt zurück, an dem eine andere und natürlich richtige Lösung möglich scheint. Das ist Unfug, ich weiß, trotzdem komme ich davon nicht weg. Wenn ich bloß an irgend etwas glauben könnte, an irgendein außerirdisches Zeug, damit man sich dann dort in der spiralförmigen Milchstraße wieder begegnet, egal wie.

Tanja schloss das Fenster und warf einen Blick auf den Türpfosten. Wenigstens muss ich mir nun keine Gedanken mehr darüber machen, ob du frierst, ob du gepeinigt wirst oder ob du morden musst – und all das nur, um uns zu retten. Du hast das radikal gelöst. Hochachtung. Verstehst du überhaupt, dass du tot bist? Du darfst hier nicht mehr erscheinen, das verbiete ich dir. Hau ab!

Liska war angezogen auf ihrem Bett eingeschlafen. Tanja schluckte eine Pille. Platonow war tot, Guggenberger lag im Sterben, Robert erwartete etwas von ihr, was sie ihm nicht geben konnte. Ihre Welt zerfiel in einzelne Eisstücke. Nichts hatte miteinander zu tun. Maunder-Minimum, das bedeutet: Keine Sonnenflecken nirgends – die Kaltzeit.

Dem Himmel nah

„Was willst du von mir, Lehrer? Ich habe keinen Russen für dich. Die sind schon alle vergeben. Ich musste für einen lausigen Rekruten gerade 1000 Dollar zahlen. Ich weiß, ich weiß, dass du nichts hast. Aber die sind alle weg: Die eine Hälfte ist krepiert, die übrigen schuften schon auf den Höfen. Bald wird der Pass geschlossen. Geh in Frieden, Lehrer, geh."

Ismail Magomedow, der Anführer einer Islamisten-Bande, die sich den ganzen Sommer in den Wäldern herumgetrieben hatte und gelegentlich hinabstieg, um Polizisten und korrupte Staatsbeamte in die Luft zu sprengen, saß auf der Treppe zu seinem geräumigen Backsteinhauses und spielte an seiner Kalaschnikow herum. Der heranrückende Winter hatte die Kämpfer aus den Bergen vertrieben, nun verkrochen sie sich in den Dörfern, um ihre Wunden zu lecken und das nächste Frühjahr abzuwarten. Ismail beobachtete genüsslich durch das offene Tor, wie der hiesige Bürgermeister, mit dem er einst die Schulbank gedrückt hatte, seinen Blick abwandte, um den sich demonstrativ zur Schau stellenden Terroristen geflissentlich zu übersehen.

Achmed war Schulleiter und hatte die beiden in Physik und Astronomie unterrichtet – damals, bevor es hier angefangen hatte. Ein respektierter Mann war er, ein Kriegsveteran. Die Dorfältesten berieten sich mit ihm über die Belange des Dorfes und der Politik. Im Oberen Botlich wurden die Menschen über hundert Jahre alt. Und er, als damals vierzigjährige Rotznase, saß unter den bärtigen Patriarchen und erklärte ihnen die Parteilinie. Am Siegestag legte der Lehrer seine Medaillen an und führte seine Schüler zum Denkmal für die gefallenen Soldaten, an dem sie einen Blumenkranz niederlegten.

Der Bürgermeister Abdussalam Kelojew war ein schlechter Schüler gewesen. Er brachte es nur bis zur neunten Klasse. Danach trieb er sich in Russland herum. Er war gierig nach Glück und Reichtum und hatte sich deshalb sibirischen Goldgräbern angeschlossen. Man munkelte, die Miliz habe ihn überfallen, als er mit vollen Säckchen unterwegs war, dessen Inhalt er von einer Lagerstätte hatte mitgehen lassen. Sie hatten ihn halbtot aus dem Zug geworfen. Er schlug sich nach Hause durch. Im nächsten Jahr kehrte sein Goldfieber zurück.

Nachdem die Sowjetmacht das Zeitliche gesegnet hatte, kaufte er sich bei der Regierung das Amt des Bürgermeisters, stellte an der Zufahrtstrasse einen Schlagbaum auf und trieb eigenhändig Tribut von den Durchreisenden ein. Frauen spuckten ihm hinterher. Dann aber kamen die Wahhabiten mit diesem Araber, der sich die Nachbarstochter mit Gewalt nahm. Abdussalam wurde aus dem Amt gejagt. Am Schlagbaum standen nun die Bärtigen. Sie hatten eine Moschee gebaut und zwangen die Frauen, den Hidschab zu tragen. Achmed schäumte vor Wut. Die Bärtigen warfen ihm dafür eine Handgranate in den Hof. Seine Frau Fatima erlitt eine Nervenverletzung, sagte der Arzt in der Stadt. Seitdem konnte sie den Arm nicht mehr bewegen. Ismail war hingegen ein aufgeweckter Junge gewesen. Der Schüler kam oft zu seinem Lehrer aufs Schuldach, um den Himmel durch ein Teleskop zu beobachten. Achmed brachte ihm Sternkunde bei. Das Gerät hatte er sich bei der Schulbehörde in Machatschkala erbettelt. Wir sind das höchste Dorf in der Region, sagte er zu ihnen, mit dem Teleskop könnten wir eine wichtige Entdeckung machen, unserer Republik zum Ruhm...

Die Angestellten vom Schulamt hatten ihm daraufhin aus Moskau ein Schulteleskop schicken lassen. Und wirklich: oben in den Bergen sind die Sterne dem Menschen näher, man kann sie fast anfassen. Ismail studierte später in Rostow, wollte Astronom werden. Doch die Kommilitonen hänselten ihn wegen seiner Aussprache, auf der Straße riefen ihm die Leute „Schwarzarsch" hinterher. Nach vier Jahren schmiss Ismail das Studium und kehrte ohne Abschluss in das Dorf zurück. Er wurde Physiklehrer, wie Achmed. Damals schien die Welt noch halbwegs in Ordnung zu sein.

„Heureka!" rief Ismail plötzlich aus, feuerte vor lauter Freude eine Salve in die Luft und rannte mit seiner Kalaschnikow auf die Straße. Achmed ging zum Tor und hörte Ismail und Abdussalam aufeinander losschreien. Ismail fuchtelte mit seinem Gewehr herum, schwenkte es vor dessen Nase, während jener immerfort versuchte, das gefährliche Ding mit der Hand von sich abzuwenden. Achmed lachte und schüttelte missbilligend den Kopf. Worüber sie stritten, konnte er nicht hören. Dann gaben sie sich einen Handschlag, und der Bürgermeister rannte fort.

Ismail kehrte lässigen Schritts in den Hof zurück. „Lehrer", sagte er, „du hast Glück. Er besorgt dir einen Russen."

Achmed lebte seit Jahren auf dem Plateau, über das der Bergpass verlief. Die Russen hatten seinen Hof zerstört, als sie gegen Bassajew Krieg führten. Sie hatten das Dorf aus der Luft bombardiert, und seine Familie musste drei Tage im Keller sitzen.

In den Weltkrieg war Achmed erst spät, 1944, eingezogen worden. Er kam gleich an die 1. Weißrussische Front, die bereits nach Polen vorgerückt war. In Polen sah er die Soldaten Mädchen vergewaltigen, ganz kleine Mädchen. Sie röchelten wie Schafe, denen die Kehle durchgeschnitten wird. Der Wodka hatte aus seinen Kameraden Bestien gemacht, dachte er. Zwei Monate standen sie an der Weichsel und hörten, wie die Deutschen nach und nach die Stadt sprengten. Damals hatte er sich aus Dummheit eine Gehirnkontusion zugezogen. Er hatte Wasser aus dem Fluss schöpfen wollen und war aus dem Schützengraben heraus gekrochen. Ein Geschoss explodierte an seinem Ohr und er verlor das Bewusstsein. Erst im Spital kam Achmed zu sich. An die Front musste er nicht mehr.

Nun hörte er also wieder Bomben krachen und ihm gingen die alten Bilder durch den Kopf: besoffene Soldaten, blutüberströmte Mädchen, der Fluss, in dem Leichen trieben, und die fremde Stadt, die vor seinen Augen in

Schutt und Asche geschossen wurde.

Als sie sich wieder aus dem Keller hinaus trauten, waren die Höfe von den Leichen der Nachbarn übersät. Bekiffte Russen suchten sich junge Männer aus und zwangen sie auf die Lastwagen.

„Leb wohl, Vater! Sie lassen uns nicht lebend zurückkommen. Wir werden sterben", schrie auf Avarisch sein ältester Sohn Oleg, der bald vierzig werden würde. Alan, der jüngere, weinte und betete. Gefragt, wohin die Geiseln gebracht werden sollten, zuckte der russische Offizier mit den Achseln. Nur ein junger Rekrut mit einer Papirossa hinter dem Ohr, der Achmed um Feuer bat, flüsterte ihm zu: „Nach Zentoroj, Vater, nach Zentoroj." Das Herz rutschte ihm in die Hose.

Die Söhne kamen nicht mehr zurück. Seine Schwiegertochter gab ihre Kinder zu ihren Verwandten in der Stadt und verschwand selbst nach Russland. Die Nachbarn munkelten, man habe sie in Rostow auf dem Strich gesehen. Nach dem Russenkrieg hatten Achmed und Fatima kein Zuhause und keine Kinder mehr, die für sie sorgen konnten. Da beschloss er, die Saklja seines Vaters, die wie ein Vogelnest an einem Felsen über dem Plateau klebte, zu befestigen und dorthin zu ziehen, weg von der verrückten Welt.

Im Sommer holte Achmed seine Rente bei der Post in Botlich ab und legte Vorräte an. Gelegentlich brachten ihm seine einstigen Schüler, die sich in den Bergen herumtrieben, Zucker und Mehl vorbei. Die Serpentine vereiste und wurde unpassierbar. Achmed und Fatima blieben auf dem vom Schnee verschütteten Plateau. Die Schafe und Ziegen, die er nach und nach schlachtete, mussten sie im Winter mit in das Haus nehmen.

In diesem Jahr erkrankte seine Fatima. Ein Nachbar schlug ihm vor, einen Schuppen in seinem Hof für sie einzurichten, damit sie nicht mehr in die Berge müssten. Seine Bedingung war, der Lehrer sollte fünf Mal am Tag in Richtung Mekka beten und ein Zehntel seiner Rente für die Kämpfer spenden. Doch sich von einem dreißigjährigen Banditen, der von Mord und

Schutzgeld lebte, sagen lassen, wo es lang gehen sollte, das war dem alten Lehrer zuviel der Ehre. Und so blieb ihm nichts anderes übrig, als mit Fatima in seine Saklja zurückzukehren. Der Lehrer war allerdings bereits achtzig, er brauchte Hilfe.

So kam er auf die Idee, nach einem Knecht zu suchen. Viele im Dorf hatten Russen in der Wirtschaft: gefangene Soldaten oder obdachlose Sträflinge. Man hatte sie den Tschetschenen abgekauft. Das Pech des Lehrers war, dass er nichts außer seiner kleinen Rente besaß. Für einen Arbeitsrussen würde das nicht reichen. Achmed glaubte aber, dass ihm die Kämpfer wegen seiner in Zentoroj zu Tode gefolterten Söhne einen Helfer schuldeten, und zwar gratis. Deshalb saß er nun bei Ismail. Und Ismail hatte darüber mit dem Bürgermeister geredet, aus Verehrung für seinen Lehrer. Nachdem die Russen Bassajew vertrieben hatten, wurde Abdussalam von ihnen wieder als Bürgermeister eingesetzt. Und der wusste, wie man an einen Arbeitsrussen kommt. Das Wort „Sklave" vermied Achmed. Er war kein Tschetschene, die sich mit ihren Sklaven voreinander brüsteten. Die Russen hatten auch vor Achmed Schuld auf sich geladen, wegen der Söhne und des Hauses. Ohne Söhne war er im Alter auf sich allein gestellt und hatte niemanden, der ihm die Augen schließen würde, wenn seine Zeit gekommen war.

Am nächsten Nachmittag ging Ismail in das Bürgermeisteramt. Achmed wartete auf ihn am Tor. Die Sonne war fast hinter dem Blauen Gletscher verschwunden, als er zwei lange Schatten kommen sah. Ismail zog einen erschöpften grauhaarigen Mann am Seil hinter sich her.

„Das ist alles, was ich für dich auftreiben konnte, Lehrer", sagte er auf Avarisch. „Er war zuletzt bei Timur. Der tritt ihn dir ab, aus Hochachtung für dich. Nun ist das keine Ware erster Wahl. Unsere Jungs haben ihm die Finger gekürzt, sie glaubten, er hortet irgendwo das Ölgeld, das er am Grenzposten in Kusalak eingetrieben hatte. Sie wollten das aus ihm rausprügeln.

Sei froh, Hund, dass sie dir die Eier nicht abgeschnitten haben!", schrie Ismail den Russen mit gespielter Empörung an und stieß ihn mit dem Gewehrkolben in die Brust.

„Wir haben hier genug Wegelagerer und dreckige Russen erst recht!"
Der Mann röchelte, schwankte und blieb dann reglos stehen.

„Er ist alt. Dafür hast du ihn aber umsonst. Für einfache Arbeiten wird es noch reichen."

„Bei wem war er denn? Bei den Föderalen?" musterte Achmed das verwitterte, teilnahmslose Gesicht des Russen. „Weiß der Teufel", erwiderte Ismail und spuckte aus.

„Wie heißt du?" fragte Achmed auf Russisch. „Nikolaj".

Achmed weckte den Russen in aller Frühe, noch bevor die schlaffe herbstliche Sonne über die Berge rollte, um der düsteren Siedlung einen weiteren Tag zu schenken. Gemeinsam wickelten sie Fatima in ein Schafsfell ein und zurrten sie auf dem Schlitten fest. Ein zweiter Schlitten war schon am Abend mit Holzbrettern beladen worden. Die schweren Rucksäcke quollen über von Lebensmitteln. Achmed reichte Nikolaj Schafshose, Schafspelz und Mütze. Der schüttelte seine verfaulten Fußlappen ab, der Alte sah seine Zehen besorgt an. Sie waren geschwollen und schwarz. „Abgefroren?" Der Russe nickte: „In der Grube." „Das ist übel. Du kannst eine Blutvergiftung kriegen." Nikolaj zuckte mit den Achseln. Mit zwei bockigen Ziegen, die ihr Schicksal zu ahnen schienen, und den beiden Schlitten machten sie sich auf den Weg. Der frische Schnee knirschte unter ihren Füßen. In der Dämmerung erreichten sie den Bergpass und begannen, die Serpentine hinaufzusteigen. Bald kam die Sonne ganz heraus, und die Männer konnten das Geröll erkennen, das sich nach dem letzten Erdrutsch angesammelt hatte. Zehn Stunden dauerte der Aufstieg zu Achmeds Saklja. Es dunkelte bereits. Achmed trat in die Hütte. Er tastete nach den Streichhölzern über der Schwelle und machte als erstes Feuer im Herd. Fatima legten sie auf eine Strohpritsche, Bettwäsche gab es schon lange nicht mehr. Sie stöhnte leise und flüsterte irgend etwas auf Avarisch. Achmed seufzte und zog ihr die Decke zurecht. Nikolaj fielen nach dem beschwerlichen Tag die Augen zu. Er lehnte sich mit dem Rücken an einen Balken und glitt weg.

Platonow erwachte in der Morgendämmerung von der beißenden Kälte. Sein Schafspelz war ihm heruntergerutscht, sein Atem legte sich auf den Fellkragen wie Sprühregen. Achmed war schon mit dem Feuer beschäftigt und sagte ohne sich umzudrehen: „Der Abort ist dicht am Abgrund, pass gut auf." Nikolaj trat aus der Hütte. Der ferne Gipfel vom Dültydag leuchtete golden, der lange Schatten des Berges bewegte sich auf ihn zu wie ein gigantisches UFO. Zerrissene Milchwolken flossen ins Tal, und ein Schneeadler schwebte über der bodenlosen Tiefe. Alles war in Bewegung. Ihm wurde schwindelig.

Jeden Tag wachte Platonow auf, holte Schnee, taute ihn über dem Feuer auf, wusch Fatima, wechselte ihr das Stroh, legte sie zurück auf die Pritsche, mistete den Boden unter den Ziegen aus, wusch sich, kippte eine Konservendose in den Topf, bereitete Kräutertee zu. Achmed legte Wert auf Heilkräuter, deren Sträucher unter der Decke hingen. Früher hatte Fatima sie jeden Sommer gepflückt.

„Du musst den Sud zweimal am Tag trinken", sagte Achmed zu Nikolaj, „dein Husten hört sich nicht gut an, und Antibiotika haben wir seit zehn Jahren nicht mehr." Nikolaj gehorchte ihm. Schließlich gab es sowieso nichts anderes zu trinken. In der Tat hörte der zermürbende Husten nach einer Woche auf, auch seine aufgedunsenen Zehen heilten allmählich.

Zehn, zwanzig, dreißig Tage – Platonow gab die Zeitrechnung irgendwann auf – geschah stets ein und dasselbe. Nur der Frost wurde stärker und die Vorräte knapper. Auch abends machten sie Feuer und setzten sich um den Herd. Achmed stocherte mit dem Schüreisen in den langsam verglühenden Kohlen.

Man denke bloß nicht, Platonow hätte heldenhaft geschwiegen in der Hoffnung, wieder an sein im Geröll vergrabenes Geld zu kommen. Natürlich hatte er den Bärtigen das Versteck sofort verraten. Jedoch kehrten die beiden Banditen, die zum Observatorium geschickt worden waren, um das Paket abzuholen, unverrichteter Dinge zurück. Angeblich hatte er sie belogen, sie hätten das Geld nicht finden können. Sein Verdacht, die Beiden hätten sich den Fund unter den Nagel gerissen, um ihn nicht mit den anderen teilen zu müssen, brachte die übrigen Bärtigen in Rage. Sie prügelten Platonow halbtot, hackten ihm die Phalangen der linken Hand ab und warfen ihn in eine Erdgrube. Er verlor das Bewusstsein. Voller Schmerzen kam er irgendwann wieder zu sich. Um seinen Fingerstummel hatte sich nun ein scheußliches Blutgerinnsel gebildet. An den Misshandlungen und der Kälte wäre Platonow fast zugrunde gegangen. Er war kein Mensch mehr, sondern ein Stück rohes, elendes Fleisch, ein stinkender Zombie. Er hatte keine Gefühle, keine Gedanken mehr, nur noch seine Reflexe.

Ehe Platonow an den Lehrer geraten war, hatte er all seine Kräfte darauf verwandt, physisch zu überleben. Bei Achmed kam er zu sich. Der Alte aß nicht viel, seine Frau musste nur mit dünnem Brei ernährt werden. So blieb für ihn etwas mehr übrig. Sein Gesicht glättete sich, die Muskeln füllten sich mit Kraft, und eines Tages, nachdem er sich zur Ruhe gelegt hatte, erinnerte ihn sein sinnloses Geschlecht an seine Gefährtin und seine feige Flucht. Sehnsucht packte ihn, das Verlangen nach ihr, und er wurde von Schuldgefühlen überwältigt.

Achmed hatte Hodenschmerzen, ihn quälte der Gedanke an Fatimas kommenden Tod. Er hörte den Russen hinter den meckernden Ziegen grummeln. Wodurch werden Männer zu Bestien? Geldgier, Hass, Feigheit,

Ehre, der Schwanz – alles zusammen? Früher wird dieser Kerl in einer Großstadt mit freizügigen Frauen gelebt haben, die vor Lüsternheit stöhnten, stellte sich Achmed vor. Dort war er ein starkes männliches Tier, der Sieger. Nun hat es den Russen aber unter das Dach der Welt verschlagen, er ist ein Niemand im Nirgendwo.

Achmed empfand das Schicksal dieses ihm zufällig über den letzten Weg Gelaufenen nicht mehr als ausgleichende Gerechtigkeit. Es war genauso sinnlos wie sein eigenes Ende in dieser eiskalten Saklja. Er lag geräuschlos auf der Pritsche, mit offenen Augen.

Am nächsten Abend wühlte Nikolaj in allen Ecken und Enden der Saklja nach einem Stück Papier. Das Brennholz war feucht und heizte schlecht. Unter Achmeds Pritsche fand er zu seinem Erstaunen ein Buch: einen Sternenatlas. Achmed lächelte: „nach diesem Atlas habe ich den Schülern Gestirne erklärt. Kennst du dich mit dem Himmel aus?" Platonow schmunzelte: „Ich werde ihn wohl bald näher kennen lernen."

„Pass auf, was du sagst", entgegnete der Alte missbilligend. „Bete, dass er dich aufnimmt." „Du hast recht, Achmed. So fern von ihm wie in seiner Nähe war ich noch nie", stimmte er dem Alten zu, „ist Kälte und Folter aber nicht schlimmer als das Feuer, mit dem du mich bestrafen willst? Ich war ja schon drin, eure bärtigen Teufel haben mich schon hier auf der Erde gebraten. Außer den Plejaden kenne ich nur Wassermann und Krebs."

Wassermann war Tanjas Sternzeichen. Sie hatte ihm einmal das Gestirn gezeigt, als sie erschöpft neben einander im Gras lagen und er ihren schwangeren Bauch streichelte. Sie lächelte ihn an: „Guck, da droben! Schau, siehst du den Wassermann? Das ist mein Sternzeichen. Links ist dein Krebs." „Wo, wo?" er drehte sich auf den Rücken. Während er in den Himmel starrte, sprang sie auf und schlüpfte in ihr Kleid. Sie hatte ihn überlistet. Er erhob sich und rannte ihr hinterher, schnappte sie am Waldrand und drückte sie an eine Eiche: „Das zahle ich dir heim." Sie stemmte sich mit den Ellenbogen gegen

seine Brust und sagte mit eisiger Stimme: „Hör jetzt bitte auf. Ich will nicht."
Sie nahm seine Hand und legte sie sich auf den Bauch. Er spürte die leisen Stöße.

„Ach, deshalb. Warum hast du mir das nicht gleich gesagt?"

„Ich habe selbst nicht sofort verstanden, dass da die Kleine plötzlich lostrampelt. Sei mir nicht böse". Da kniete er sich vor ihr hin, drückte das Ohr an ihren Bauch und hörte sein Kind anklopfen an die Welt.

„Lass uns rausgehen, ich erkläre dir die Sterne." Die Männer zogen ihre Schafspelze an und traten ins Freie. Das schwarze Gewölbe war von aufflammenden, leuchtenden, glühenden und erlöschenden Sternen übersät. Achmed zeigte ihm Schwan, Drache, Zwillinge, Andromeda...
Platonow kam plötzlich sein Freund in den Sinn.
„Kanntest du Fjodor?"
„Fjodor den Astronomen? Er hat bei mir in der Schule einen Astronomie-Zirkel geleitet, und wir sind einmal zum Observatorium hinaufgeklettert, um durch das große Teleskop zu sehen. Fjodor lebt nicht mehr."
„Bis du dir ganz sicher? Ich war bei ihm, als sie in das Observatorium einfielen. Wir wurden gemeinsam gefangen genommen. Bei ihm wohnte ein Mädchen, Bela hieß es. Die Bestien haben sie vor unseren Augen erschossen."
„Ein Mädchen? War sie nicht die Tochter von Lara, unserer Lehrerin? Nach ihrem Verschwinden glaubten viele im Dorf, dass sie von den Tschetschenen verschleppt worden sei und diese sie als Sexsklavin hielten. Sie ist also auf den Berg geflohen. Und du warst bei ihm da oben?" wunderte sich Achmed.
„Man hat seine verstümmelte Leiche am Dorfrand gefunden."
„Fjodor hatte eine Entdeckung gemacht. Die Sterne, sagte er, bestimmen das Klima und die Evolution auf der Erde – und sonst nichts und niemand."
„Das ahnten schon die alten Ägypter."

„Ja, aber er konnte das mathematisch begründen. Er hat mir ein Blatt mit Formeln anvertraut. Die Bärtigen haben es mir weggenommen."

Achmed seufzte und richtete seinen Blick zum Himmel.

„Welches Zeichen hast du?" „Krebs." „Da ist dein Krebs", zeigte Achmed in den Westen. „Und wo ist der Wassermann?" Nikolaj sah in den Himmel hinein.

„Den Wassermann kann man im Winter in unseren Breiten nicht sehen, du musst auf den Sommer warten."

„Bis zum Sommer werde ich hier weg sein, egal wie und ob ich es überlebe", schrie Nikolaj dem Alten ins Gesicht und rannte in die Saklja zurück.

Er saß am warmen Herd und schämte sich für seinen Ausfall. Er war ein einziges Nervenbündel. Selber schuld, wenn er den Wassermann nicht zu sehen bekommen würde.

Platonow hörte Achmed den Schnee von seinen Filzstiefeln abschütteln. Er setzte sich zu ihm ans Feuer.

„Warst du früher beim KGB?"

„Bei der Aufklärung."

„In Tschetschenien?"

„Nein, ich wurde ins Ausland geschickt, als das hier noch nicht angefangen hatte..."

„Ins Ausland?" wunderte sich Achmed. „So was. Was macht ein Mann von der Auslandsaufklärung in unseren Bergen? Ismail sagt, dass du für die Mafia gearbeitet hast, beim Ölschmuggel. Stimmt das?"

Platonow nickte. „Geheimdienste haben ihre eigene Mafia, so ist das heute. Sie sind angeblich staatlich, aber in Wirklichkeit benutzen sie nur den Staat, um ihre eigenen Geschäfte zu machen."

„Darauf bin ich schon längst selbst gekommen", schmunzelte Achmed. „Alle wollen den Ölhandel kontrollieren, weil das am lukrativsten ist, aber zu viele tummeln sich an der Pipeline und es gibt ein Hauen und Stechen. Sie heuern unsere Bärtigen an und bezahlen sie für einen Überfall. Dann heißt es, die Islamisten hätten einen Anschlag verübt, sie würden für einen Gottesstaat kämpfen. Daraufhin schicken die Russen neue Geheimdienstler, um gegen den Terrorismus zu kämpfen. Die Neuangekommenen heuern meine Schüler an, um den alten Besitzern ihre Anteile abzupressen. Und so läuft schon die zweite Generation in den Bergen herum wie die wilden Tiere."

„Du hast es verstanden, Lehrer", Platonow nickte. „Nur ist es bei mir noch dümmer gelaufen. Mein einstiger Boss, offiziell im Range eines Generals, hat seine Untergebenen aus dem Geheimdienst benutzt, um allerlei Geschäfte zu kontrollieren: vom Drogenschmuggel bis zum Uranhandel. Einen neugierigen Journalisten, der ihm auf die Schliche gekommen war, ließ er mit Thallium vergiften, ein Rechtsanwalt verschwand spurlos. Er raffte immer größeren Besitz zusammen: Auslandskonten, Villen und das übliche. Dann lief ihm ein Hungriger über den Weg, dem sein Geschäft gefiel. Der hat die Ermittler bestochen, einen Schreiberling angeheuert, der einen Artikel über den „Werwolf mit Epauletten" schrieb, und mein Boss wanderte hinter Gitter. Ich weinte fast vor Glück, weil ich mich gerade von einem Anschlag auf mich erholte, den er in Auftrag gegeben hatte. Er war außer sich, dass ich es gewagt hatte, aussteigen zu wollen. Ich habe das Leben meiner Frau aufs Spiel gesetzt. Es war ein Wunder, dass sie nicht getroffen wurde.

Der General saß in U-Haft, bekam dann aber überraschend Bewährung. Tja. Was heißt hier überraschend? Um frei zu kommen, musste er sich schwer verschulden. Und wer die Schulden nicht zurückzahlt, das weißt du ja, der hat sein Leben verwirkt. Eigentlich ist er schon alt, hatte in der Haft genug Zeit, sich Gedanken um sein Seelenheil zu machen. Aber dafür hatte er zu viel Besitz zusammengerafft, zu viel Blut vergossen... das hat ihn zum Monster gemacht. Nun ging es ihm nur um Eines: Er musste Millionen von Dollar auftreiben, um seine Schulden zu begleichen. Sonst würden seine

Gläubiger mit ihm kurzen Prozess machen. Aber seine einstigen Vertrauten kehrten ihm den Rücken zu. Von irgendjemand muss er erfahren haben, dass ich, der Verräter, den Anschlag überlebt hatte und eine Familie habe. Dass ich deshalb erpressbar bin..."

„Hat er dir gedroht, deine Familie umzubringen, falls du nicht mitmachst?"

Nikolaj nickte.

„Weiß deine Frau, wo du bist?"

Platonow schüttelte den Kopf.

„Hast du ihr mal eine Nachricht zukommen lassen?"

„Nein, sie weiß nichts von mir."

„Warum nicht? Heute gibt es diese, wie heißen sie denn? Handys! Ich habe gehört, man kann sogar von Computern aus anrufen. Wenn ich nicht so alt wäre, würde ich mir einen Computer anschaffen."

„Stattdessen hast du dir einen Russen angeschafft", grinste Platonow.

„Warum hast du mit deiner Frau nicht darüber geredet?"

„Ich war auf einer Reise und geriet in Panik. Ich floh wie ein Vogel, der den Iltis von seinem Nest weglockt, um ihn abzulenken. Zuerst trug ich mich mit dem Gedanken, mich umzubringen. Dann habe ich mir vorgestellt, dass sie nun ihr ganzes Leben mit der Tatsache zurecht kommen muss, dass ich mich einfach in Luft aufgelöst habe. Alles, was zwischen uns war, würde für sie nur Lüge bedeuten. Kurzum, ich war zu feige. Die Zeit verging, ich wusste, ich muss ihr ein Zeichen geben, um Verzeihung bitten. Einmal hatte ich schon ihre Nummer gewählt, dann aber kalte Füße bekommen. Sie bedeutet mir alles. Ich schämte mich so, zu Tode schämte ich mich. Ich war bereit, jeden Preis zu zahlen, damit ihr nichts geschieht. Nun zahlt sie selbst diesen Preis. Ich kann diese Gleichung nicht lösen, verstehst du?"

„Das ist nicht wie in der Physik. Da gelten andere Gesetze", stimmte Achmed zu.

Die letzten Kohlen verglühten. In der Saklja war es stockfinster. Die Ziege, die nächste Woche geschlachtet werden würde, blökte jammernd in der Ecke.

„Habt ihr Kinder?"

„Eine Tochter, sie ist bald sieben."

„Ihr Russen bekommt keine Kinder. Ihr bringt nur die Kinder der Anderen um."

„Wir haben uns spät kennen gelernt. Es war wie ein Wunder, dass sie überhaupt schwanger wurde..."

Sie schwiegen, jeder über das Seine.

„Hör mal, Russe, Fatima liegt im Sterben..."

„Ich weiß..."

„Morgen müssen wir einen Sarg bauen... für uns beide..."

„Wieso willst du dich beeilen? Du bist doch noch ein kräftiger alter Mann."

„Nein, mit mir geht es bergab, kann kein Wasser mehr lassen. Alles brennt mir. Ich kann nicht mehr, bin müde, Russe."

„Warum nennst Du mich nicht bei meinem Namen?"

„Weil Sippe jetzt vor Mensch gilt. Das habe nicht ich mir ausgedacht. Man weiß nicht mehr, wer Feind, wer Freund ist... Bestien..."

„Ich habe dir nichts angetan, Achmed."

„Ich weiß. Hör mal zu, Nikolaj. Wenn ich sterbe, leg mich in den Sarg zu Fatima und nagle ihn zu. Schleif ihn dann zum Geröll hinter der Saklja und schütte Steine darauf. Der Pass wird erst Anfang Mai eisfrei. Das Essen reicht bis dahin nicht aus. Aber bald kommen Schneeschafböcke und Hasen. Die Patronen liegen in der Truhe."

„Ich danke Dir, Vater."

Am nächsten Morgen wachte Fatima nicht mehr auf. Die Männer zimmerten einen geräumigen Sarg aus den Holzbrettern, die sie aus dem Dorf mitgebracht hatten. Nikolaj wusch die Alte, zog ihr ein weißes Hemd an und legte sie in den Sarg. Den ganzen Tag lag Achmed reglos auf der

Pritsche. Sein Essen rührte er nicht an.

Nachdem Nikolaj abends Feuer gemacht hatte, stieg der Alte ächzend herab und setzte sich zu ihm.

„Du schaffst es nicht allein aus den Bergen." Er verzog das Gesicht vor Schmerz.

„Was für eine Wahl habe ich denn? Ich gehe zurück. Nichts wird mich aufhalten. Ich schulde ihr das."

„Du sehnst dich nach deiner Frau..."

„Meine Schuld ist größer als meine Sehnsucht."

„Nein, ihre Liebe ist größer als deine Schuld. Sie wartet auf dich..."

„Woher kannst du wissen, dass sie auf mich wartet?" lachte Platonow bitter auf. „Ich habe mein Recht auf sie verwirkt, ich hab` ihr sehr weh getan. Die Kleine braucht einen Vater... Ich kann ihr das nicht verdenken." Platonow verdeckte das Gesicht mit den Händen.

„Du bist dumm, sehr dumm, du hirnloser Mensch", der Lehrer ärgerte sich. „Du willst nicht, dass sie einen anderen hat. Belüge dich nicht. Du bist nur eifersüchtig. Ich weiß, dass sie auf dich wartet, auch die Kleine wartet auf dich..."

„Du bist mir ein Hellseher..."

„Ich fühle das... Sie ist eine gute Frau. Du schaffst es nicht allein über die Grenze. Hör genau zu. Ich habe in Botlich einen Schüler, Rasul. Er ist gehbehindert und musste deshalb nicht mit den Bärtigen in die Berge. Auch die Russen haben ihn in Ruhe gelassen. Er hält es nicht mit der Sippe und hilft den Menschen, die zu ihm geschickt werden.

Auf dem Regal liegt mein Rentenbuch und mein Ausweis. Versuch dich unerkannt zu ihm zu schleichen: Leningasse 30. Klopf drei mal zwei. Sag ihm, dass du vom Lehrer kommst und überreiche ihm meine Papiere. Im Ausweis liegt ein Zettel. Ich habe ihm geschrieben, dass du mich nicht umgebracht hast. Er wird wohl glauben, was du ihm erzählst. Er kann meine

Rente beziehen, wenigstens ein paar Jahre. Dafür soll er dich über die Grenze bringen. Er kennt sich mit den Grenzposten aus. Dann gehst du mit unseren Landsleuten nach Georgien."

„Ich habe keine Worte, um dir zu danken, Vater. Es tut mir leid wegen deiner Söhne und dass du so sterben musst."

„Hier bin ich näher an den Sternen." Achmed erhob sich: „Ich lege mich jetzt hin." Er tastete nach seiner Pritsche. „Und noch was, Nikolaj. Wenn du heim kommst, richte deiner Frau einen schönen Gruß von mir aus, von Achmed dem Lehrer aus Botlich, das am Blauen Gletscher liegt. Sag ihr, dass ich ihr ein langes Leben wünsche und viele Enkel und dass sie ihrem dummen Mann verzeihen soll, weil wir Männer selbstsüchtig und feige sind und Frauen dafür bezahlen müssen. Und sie wird dir verzeihen, weil sie das weiß."

„Ich werde es ihr sagen", ihm schnürte es die Kehle zu. Er schloss die Augen und zog sich den Schafspelz über den Kopf.

Platonow wachte vom eisigen Windzug auf. Er nahm die Taschenlampe und leuchtete zur Tür. Sie stand halboffen, die Angeln quietschten im Winde. Er wunderte sich, dass Achmed die Tür offen gelassen hatte und leuchtete zu seiner Pritsche. Sie war leer. Er ging zur Tür und schaute nach draußen. Der schwache Lichtstrahl seiner Taschenlampe beleuchtete ein Holzbrett. Er trat näher und erkannte den Sarg, dessen Deckel zur Seite geschoben war. Im Sarg lag die vereiste Fatima, neben ihr Achmed. Er hatte ein weißes Hemd an. Seine rechte Hand hielt die Hand von Fatima.

„Hat sich so abgequält, das arme Schwein." Er schob den Deckel auf den Sarg und kehrte ins Haus zurück.

Der Frühling kam in diesem Jahr ungewöhnlich früh. Bereits Mitte April taute der Schnee auf der Bergwiese. Aus dem Boden schossen Edelweiß und andere Blumen, die er gar nicht kannte. Platonow prüfte den Bergpfad jeden

Tag.

Eines Tages war es soweit. Obwohl die Serpentine noch stellenweise vereist war, durfte er nicht länger abwarten. Über dem Plateau war schon einmal ein russischer Hubschrauber gekreist. Er hatte es gerade noch geschafft, sich zu verbergen. Und bald würden die Bärtigen auf dem Pass auftauchen.

Er zog Hemd und Hose aus Achmeds Truhe an und begann abzusteigen. Seine größte Sorge war, dass einige im Dorf ihn erkennen könnten. Auf halbem Wege fing es an zu regnen. Der Pfad vereiste. Er rutschte mehrmals aus. Als er die Dächer von Botlich erblickte, kam endlich die Sonne heraus, und der Gletscher, der auf der gegenüberliegenden Seite lag, leuchtete blau auf.

Platonow hörte plötzlich ungewöhnliche Töne zu ihm aus dem Dorf hinaufsteigen. Das war Musik. Er erschrak, dass da vielleicht eine Hochzeit gefeiert würde, denn genau das konnte er jetzt am wenigsten gebrauchen. Alle Dorfbewohner wären auf dem Dorfplatz versammelt und würden den Fremden erkennen. Aber es blieb ihm nichts anderes übrig, als ins Dorf zu gehen. Die Musik wurde lauter. Platonow lauschte dem Dröhnen, das wie Ramstein-Rock klang. Er konnte sich keinen Reim darauf machen und näherte sich mit Herzklopfen dem Marktplatz. Dort wimmelte es von Menschen, die ganz und gar nicht wie Einheimische aussahen.

Zweifelsohne waren es Zugereiste. Besonders die Frauen hatten ein unübersehbar städtisches Aussehen. Sie waren sogar frivol angezogen. Er sah einen Bus mit Kameras und Beleuchtern am Straßenrand parken. Die überwiegend jungen Menschen saßen auf Bänken und lachten. Einer schönen Frau wurde vor aller Augen Schminke aufgetragen. Endlich wurde ihm klar: Im Dorf sollte ein Film gedreht werden! Und die bunten Leute gehörten zu einem Team, das aus Moskau oder sonst woher angereist war. Folglich würde er nicht so schnell auffallen und konnte sich unter die Zugereisten mischen. Die Spannung fiel von Platonow ab.

Plötzlich sah er ein kleines Männlein mit einem Mikrofon auf ihn zusteuern.

„Sind sie ein Einheimischer?" piepste er. „Sehe ich so aus?" Platonow verfiel angesichts des unerwarteten Glücks in Euphorie. Der Mann zuckte mit den Schultern. „Ich bin hier zu Besuch", sagte Platonow, der entschieden hatte, sich nicht zu sehr aus dem Fenster zu lehnen, „mein einstiger Kommilitone kommt aus der Gegend, er hat mich eingeladen."

„Ich bin Manager des Filmteams", stellte sich der Kleine vor. „Mein Name ist Benevolenz." Platonow wäre fast herausplatzt, bremste sich aber. Er nannte einen beliebigen Namen: „Ich heiße Smirnow" – und reichte dem anderen die Hand. Seine Stummelfinger hatte er vorsichtshalber in der Hosentasche verborgen, um unnötigen Fragen auszuweichen. So erhielt sein Auftritt eine etwas überhebliche Lässigkeit.

„Haben Sie zufällig den Bürgermeister gesehen? Er hat uns versprochen, das Kamerateam in der Administration unterzubringen, und nun ist er wie vom Erdboden verschwunden."

Platonow zuckte mit den Schultern.

„Was wird denn hier gedreht?" fragte er den Kleinen.

„Der Gefangene im Kaukasus. Teil 2."

„Warum ausgerechnet 2?" wunderte sich Platonow.

„Dass man seine Zeit immer mit solchen Banausen verschwenden muss", Benevolenz sah ihn verächtlich an. „Teil 1. hat vor zwei Jahren den Silbernen Bären auf der Berlinale bekommen. Was? Nie gehört?" der Manager drehte ihm angewidert den Rücken zu und stakste in Richtung Bürgermeisteramt.

Platonow ließ sich das Wort Berlinale auf der Zunge zergehen. Aus der improvisierten Kantine strömte ihm ein unwiderstehlicher Geruch entgegen. Ihm wurde übel von Hunger. Er reihte sich in die Schlange, erhielt ein rauchendes Chartscho, ein Stück Brot und setzte sich auf eine Bank. Zu ihm gesellte sich ein langbeiniges blondes Ding mit hohen Stöckelschuhen, dessen Minirock gleich hinter der Gesäßfalte endete. Die Schauspielerin sah in diesen Bergen, wo er ein Jahr als Gefangener und Arbeitssklave festgehalten worden war, so unglaublich aus, dass Platonow sich an der heißen Suppe verschluckte. Sie dachte an etwas anderes und schlug ihn auf den Rücken: „Ich habe dich im Bus nicht gesehen. Gehörst du zum Team?"

„Nicht direkt", erwiderte er.

„Wir brechen in einer Stunde auf."

„Wohin?"

„Zum Gletscher, wohin denn sonst? Dort wird die erste Szene gedreht. Unser Star Sergej Ossokin spielt einen jungen Offizier, der einen Kontrollposten befehligt."

„Und was wird mit ihm dann passieren?"

„Der Posten wird von Tschetschenen überfallen, sie nehmen ihn als Geisel fest und bringen ihn in die Berge. Möchtest du vielleicht als Komparse mitmachen? Ich könnte den Regisseur fragen."

„Nein, Danke. Ich muss etwas erledigen."

„Komm nachher in den Klub, wir machen eine Party", das Mädchen zog ihren Rock kokett nach unten. Sie machte ihm offensichtlich Avancen. Platonow schmunzelte: „Weißt du überhaupt, wo du gerade bist? Das ist ein Wahhabitendorf. Frauen werden hier dafür", er zeigt auf ihre nackten Beine, „gesteinigt."

„Ach, Quatsch. Ihr Männer seid doch überall gleich. Soll ich dir das beweisen?"

Nikolaj nickte: „Versuch es."

„Komm in den Klub, da werde ich meine Theorie prüfen." Sie tätschelte ihm verspielt die Wange.

Die Filmleute erhoben sich allmählich von den Tischen und machten sich auf den Weg zum Gletscher. Der Bus mit der Ausrüstung fuhr langsam hinterher. Es dämmerte. Nikolaj mischte sich unter die Gruppe und lief eine Weile mit, die Straße entlang. Dann verlangsamten sich seine Schritte. Schließlich blieb er vor der hohen Backsteinmauer eines Hofes stehen: Leninstraße 30. Er sah sich um, die letzten Filmleute stiegen den Hügel hinunter. Die Straße leerte sich. Er klopfte. Die Tür ging auf.

„Achmed hat mich zu dir geschickt", sagte Platonow dem bärtigen Mann, der die Tür öffnete. Der nickte und ließ ihn ein.

Rasul war von der Nachricht über den Tod seines Lehrers sichtlich erschüttert und blieb lange schweigend sitzen. Die Sache mit der Grenze, sagte er, würde sich in zwei Tagen klären. Bis dahin dürfe der Russe nicht mehr auf die Straße gehen. Nikolaj nickte.

Gerade als Platonow über Achmeds letzte Tage berichtete, hörten sie draußen ein schreckliches Grollen. Er zuckte zusammen: Es hörte sich an wie eine Bombenexplosion. Sofort dachten sie an einen Anschlag auf das Filmteam, das ein ideales Ziel dafür geboten hätte. Nach dem Anschlag würde es eine Razzia geben, die Föderalen würden ihn, einen verdächtigen Russen ohne Papiere, nach Zentoroj verschleppen. Das Grollen hörte nicht auf. Das Haus begann zu beben. Ein Erdbeben etwa? Er schaute Rasul sprachlos an.

„Der Gletscher!" schrie Rasul, und sie rannten hinaus. Ein Eisfelsen, der sich vom Blauen Gletscher gelöst hatte, begrub die Häuser am anderen Ende der Siedlung unter sich. Er zerdrückte auch den nachgebauten Kontrollposten, an dem die Dreharbeiten vorbereitet wurden. Die vom Eisfelsen befreiten Wassermassen ergossen sich ins Dorf wie aus einem gesprengten Staudamm.

Plattentektonik

Noch nie war sich Platonow so obdachlos und fremd vorgekommen wie beim Anblick seines eigenen Namens auf dem Klingelschild. Er klingelte zwei Mal und zog sich schließlich hinter den Zaun zurück. Es nieselte, und der Kinderspielplatz war leer. Niemand störte sich an dem heruntergekommenen Mann in der ausgeblichenen Jacke. Das Warten zog sich unendlich hin, bis eine Frau, die von einem schwarzen Hund begleitet wurde, vom Fahrrad herabstieg.

Sein Herz zuckte. Ehe er es wagte, aus seiner Deckung zu gehen, kam ein Mann auf sie zu. Der Hund sprang fröhlich an ihm hoch. Der Mann tätschelte ihn hinter den Ohren, der Hund winselte und wedelte vergnügt mit dem Schwanz. „Es reicht jetzt, Momo!" sie zog den Hund an sich. „Entschuldige, er hat deine Jacke beschmutzt, das Tier ist einfach so anhänglich", hörte Platonow sie sagen. Der Mann gab ihr einen Wangenkuss und lief dann zum Nachbarhaus.

Platonow konnte nicht scharf sehen, ihre Gesichtszüge zerflossen. Nun wagte er sich aus seinem Versteck und trat von hinten an sie heran.
„Guten Tag, Tanja", sagte er leise. Der Hund horchte auf und knurrte feindselig. „Momo, Ruhe!" Sie packte ihn am Halsband und hob den Kopf. „Er heißt Momo." Platonow bückte sich, um den Hund zu streicheln. Momo bellte los. „Momo, hör auf. Der Mann tut dir nichts." Schweigend gingen sie zum Hauseingang. Momo rannte voraus zur Tür. Er schien zum Äußersten bereit zu sein, um den Fremden nicht in die Wohnung zu lassen. „Eigentlich ist er überhaupt nicht so", seufzte Tanja. „Weiß nicht, was in ihn gefahren ist."

In der Diele schlug Platonow starker Geruch von angestautem Tabakrauch entgegen. Er brauchte seine ganze Kraft, sich unter Kontrolle zu halten und seine verkrüppelte Hand zu verstecken. Momo kam nicht zur Ruhe. Er rannte verwirrt in die Küche und zurück.

„Momo, du gehst mir auf die Nerven!"

Tanja schaute Platonow an. Seine lässige Pose mit der Hand in der Hosentasche irritierte sie. Sie wollte rauchen.

„Wo ist Liska?" erkundigte er sich. Momo bellte wieder los. „Liska ist im Internat, sie ist nur am Wochenende zu Hause."

„Im Internat?" wiederholte Platonow verwundert.

„Ihr geht es dort gut, sie hat viele Freunde."

Platonow versuchte erneut, den Hund zu streicheln, aber dieser prallte vor ihm zurück und fletschte die Zähne.

„Er hat wohl meinen Platz eingenommen", rutschte es ihm da heraus.

Wut kochte plötzlich in ihr hoch. Sie holte aus und verpasste ihm eine Ohrfeige. Entsetzt wich Platonow zurück. Momo legte noch nach und bellte: Endlich wurde dieser Typ richtig abserviert!

Sie schaute unverwandt ihre brennende Handfläche an. Ihr ganzer Zorn war auf einmal verflogen. Im selben Augenblick stürzte er zur Tür und rannte die Treppe hinab. Momo begleitete seine Flucht mit seinem Siegesgebell. Der Schrei blieb ihr im Hals stecken. Tanja lief zum Fenster und wollte es aufreißen, aber der Griff klemmte. Der klemmte immer, seit sie hier eingezogen waren. In Vorahnung des nahenden Unheils jagte Tanja zur Tür und flog die Treppe hinunter. Sie hörte auf der Kreuzung eine Bremse quietschen.

An der Unfallstelle hatten sich schon Passanten angesammelt. Platonows Kopf lag mit blutverklebten, graumelierten Haaren neben dem Rad eines LKWs. Sein Arm ragte nach oben wie ein abgebrochener Ast. Als Tanja wieder zu sich kam, sah sie sich auf der Bank einer Bushaltestelle liegen. Ihr war schwindelig. Ein Arzt hielt ihre Beine hoch. An seiner Seite stand Robert.

„Sie hatten einen Kreislaufkollaps, nichts Ernstes", sagte der Arzt. „Der junge Mann hat versprochen, sich um sie zu kümmern."

„Danke, Robert", Tanja versuchte, sich aufzurichten.

„Der Notarzt meinte, du bist beim Anblick des Unfallsopfers zusammengeklappt. Ich bringe dich nach Hause, okay?"

Tanja stand auf, hakte sich bei ihm unter, und sie gingen langsam zum Haus.

„Soll ich bei dir bleiben?" fragte Robert, als sie in der Wohnung waren.

„Nein, ich danke dir, Robert. Ich möchte jetzt schlafen. Wenn ich etwas brauche, rufe ich dich an." Sie fasste ihn an der Hand und ging ins Schlafzimmer.

Nachdem Robert weg war, kehrte sie in die Küche zurück und zündete sich eine Zigarette an. Warum war sie so wütend geworden? Natürlich war sein plötzliches Auftauchen ein Schock gewesen. Sie war fassungslos, hatte nichts gefühlt, stand da wie gelähmt. Er schaute drein, als sei er zu spät von einem Ausflug zurückgekommen. Sie hatte Momo zwischen sich und ihn gescho-ben und ihm nicht einmal einen Stuhl angeboten, was sie bei jedem Fremden selbstverständlich getan hätte. Stattdessen hatte sie ihn beleidigt und zum Schluss noch geohrfeigt. Er musste glauben, dass sie ihn hasste.

Tanja zündete sich eine weitere Zigarette an. Sie sollte lieber herausbekommen, in welches Krankenhaus er eingeliefert worden war. Aber ihn zu besuchen, würde sie nicht über sich bringen. Was hätte sie ihm auch sagen sollen? „Weißt du noch wie wir am Bosporus in der Vollmondnacht standen? Du hattest Angst und schämtest dich, mich in deine Angelegenheiten hineingezogen, mein Leben aufs Spiel gesetzt zu haben. Und ich konnte nicht so recht daran glauben, dass auf dich wirklich ein Killerkommando angesetzt worden war, dass ein abtrünniger Agent jemandem so wertvoll erscheinen konnte, dass man ihn über die halbe Welt jagt. Dann fielen die Schüsse, und du lagst in einer Blutlache und ich dachte, das war es. Jetzt bin ich deine Mörderin."

Liska drückte ihr Ohr an die Tür des Krankenzimmers und vernahm kein Geräusch. Sie war aufgeregt. Sie klopfte, öffnete die Tür und wagte sich hinein. Auf ein Kissen gestützt lag dort ein Mann mit dick verbundenem Arm, einer Halskrause und wirrem grauem Schopf. Er sah sie verwundert an: „Hast du dich verirrt, Mädchen? Wen suchst du?"

Liska näherte sich dem Bett.

„Du heißt doch Platonow, stimmt's?" Er nickte. „Erkennst du mich nicht mehr? Ich bin Liska."

Platonows Gesicht hellte sich auf. „Liska, das gibt es ja nicht! Wie hast du mich gefunden?"

Er reichte ihr den verbundenen Arm, und sie schüttelte ihn kräftig mit ihren beiden Händen. „Bist du allein gekommen?"

„Mit Mama."

„Und wo ist Mama jetzt?"

„Sie ist draußen und raucht."

„Wollte sie nicht auch vorbeischauen?"

„Nö, sie sagte, ich soll allein reingehen. Sie meinte, du wirst schneller gesund, wenn ich dich besuche. Stimmt das?"

„Aber sicher, Liska, ich habe mich die ganze Zeit nach dir gesehnt. Du bist schon ein ganz großes Mädchen, fast schon größer als Mama."

„Mama ärgert mich immer, dass ich wie eine Bohnenstangeausseh'. Warum bist du von uns weggegangen, und wo warst du die ganze Zeit?"

„Hat dir denn Mama nichts erzählt?"

„Nein, sie hat nur versprochen, dass sie mir alles erklärt, wenn ich 15 bin. Warum soll ich noch hundert Jahre darauf warten? Ich verstehe doch alles. Sie hat noch gesagt, dass du von bösen Leuten gezwungen worden bist, mit ihnen zu gehen. Weil sie uns sonst etwas Schlimmes angetan hätten. Sonst würdest du niemals weggehen. Ist das wahr?"

„Ja." Platonows Stimme stockte.

„Kannst du mir jetzt sagen, wer diese Leute waren?"

„Ich glaube, Mama hat recht, du musst erst noch ein kleines bisschen größer werden, mein kluges Mädchen."

„Papa, ich glaube, du warst im Krieg."

„Wie kommst du darauf?" Liska bemerkte plötzlich seine Fingerstummel an der Hand, die er unvorsichtig auf ihr Knie gelegt hatte, und heulte los. „Sage ich doch, du warst im Krieg", schluchzte sie, „jetzt ist deine Hand so eklig und du bist nicht mehr ganz." Er streichelte sie hilflos am Knie. „Es tut nicht weh, man gewöhnt sich daran. Das war ein Unfall."

„Bei dir ist alles Unfall, am laufenden Band."

„Stimmt", erwiderte er unter Tränen. „Willst du mich nicht küssen? Ich hab dich das letzte Mal geküsst, als du so ein ganz kleines Dickerchen warst."

„Du bist aber total stachelig."

„Na, finde doch einen Fleck, der nicht stachelig ist. Wir könnten uns fürs Erste mit den Nasen reiben. Was hältst du davon?" Er zog das Kind an sich und küsste es auf die Wange. Liska lachte glücklich und umarmte ihn am Kopf.

„Papa, wann kommst du denn nach Hause?"

„Wenn ich hier entlassen werde, muss ich noch nach einer Bleibe suchen."

„Was, willst du nicht bei uns wohnen?"

„Ich glaube nicht, dass das geht. Jedenfalls wirst du mich oft besuchen, nicht wahr?"

„Bist du denn total bekloppt oder was? Willst du, dass Robert sich bei uns ganz einnistet mit dieser blöden Zicke Marlene?"

„Wer ist Robert?" „Robert ist ein alleinerziehender Vater, der wohnt mit seiner Tochter im Nachbarhaus. Als Mama in die Klinik musste, habe ich bei denen gewohnt. Sie geht mir sooo auf die Nerven, die doofe Muhkuh... Außerdem ist er jünger."

„Warum musste Mama ins Krankenhaus?"

„Weil sie die ganze Zeit geweint hat, geraucht und geraucht und nichts gegessen. Dann ist sie zusammengebrochen, als ich im Kindergarten war. Robert hat mich von dort abgeholt, und als wir daheim waren, hat er den Krankenwagen gerufen. Und ich war drei Monate bei ihm. Das war vielleicht ätzend... Seine Ehemalige, die mit langen Beinen...", Liska drückte ihr Gesicht an sein Ohr und flüsterte: „Aber du darfst das niemandem erzählen...sie schafft jetzt in der Potsdamer Straße an."

„Du lieber Gott!"

„Marlene ist die meiste Zeit bei ihr, und Mama hat Angst, dass sie auch... na ja du verstehst schon... Robert will aber davon nichts wissen. Er sieht nur auf Mama: ‚Tanjachen, Tanjachen...'" Das Mädchen streckte die Zunge aus und zeigte sie einem imaginären Robert: „Bäääh."

„Geht es Mama jetzt schon besser, was glaubst du?" fragte Platonow vorsichtig.

„Seit wir Momo haben, schon. Du kennst unseren Momo noch nicht! Wir haben ihn in einem Tierheim bekommen. Er wurde als Kind traumatisiert. Deswegen ist er so anhänglich und ängstlich. Er glaubt, wenn ein Fremder in die Wohnung kommt, wird er wieder auf die Straße gesetzt. Als Robert das erste Mal bei uns war, hat er ihn ins Bein gebissen."

Es sah nicht danach aus, als täte Robert Liska leid.

„Glaubst du, er würde mich auch vertreiben wollen?"

„Dich nicht. Weil ich dich lieb habe. Und er hat mich lieb."

„Liska, du bist so gescheit. Wie kommt das?"

„Weil ich mich um Mama kümmern muss, sie ist manchmal so hilflos. Sie tut ja stark und redet so ein Klugscheißerzeug, stimmt so aber nicht...ich kenne sie doch besser. Also hör zu. Wenn du hier entlassen wirst, kommst du gleich nach Hause, keine Widerrede."

„Ich kann nicht bei euch einziehen, wenn Mama das nicht möchte."

„Manno, du verstehst gar nichts. Guck mal. Letzte Woche sitze ich in meinem Zimmer, und sie rauchen in der Küche."

„Wer sie?"

„Na, wer wohl? Mama und Robert. Und er so: ‚Tanjachen, er kommt doch nicht wieder. Lass uns zusammenziehen. Ich liebe dich!'" Liska verdrehte die Augen, und Platonow musste unfreiwillig lachen.

„Und sie so: ‚Robert, du bist ein guter Freund, aber ich glaube nicht, dass aus zwei unglücklichen Menschen ein glückliches Paar werden kann. Du machst dir etwas vor.' Und er wieder: ‚Du machst dir etwas vor. Er kehrt nicht zurück, du kannst nicht dein Leben lang auf ihn warten.'

Und sie so: ‚Ich warte nicht auf ihn.`"

„Sag mal, Liska. findest du es in Ordnung, die Mutter zu belauschen und ihre Gespräche an dritte Personen weiterzugeben?"

„Wer ist denn hier eine dritte Person? Erstens habe ich nicht gelauscht, sondern die Tür stand offen, und sie waren laut. Zweitens würde sie dir das nie von selbst erzählen. Sie würde eher sagen: Warum bist du überhaupt hier angelatscht, hau ab, du Penner. Sie ist so schrecklich stolz. Aber der bohrt und bohrt. Ich will keine Pfutsch-Familie!"

„Was für eine Familie?"

„Na, Pfutschwok, mit verschiedenen Vätern."

„Du meinst eine Patchwork-Familie?"

„Genau. Ich will keinen fremden Vater. Robert kommt mir da nicht rein, nur über meine Leiche!"

Platonow musste wieder lachen: „Du bist eine richtige Schauspielerin, Liska. Und was hat Mama ihm noch gesagt?"

„Jetzt willst du das plötzlich unbedingt wissen. Ihr Erwachsenen seid so unlogisch. Sie hat dann die Tür zugeknallt."

„Liska, du Lügendetektor, du bist unmöglich. Du darfst deine Mutter trotzdem nicht unter Druck setzen, lass sie in Ruhe überlegen, was für sie richtig ist. Abgemacht?"

„Abgemacht."

„Liska, kannst du mir jetzt ganz doll helfen?"

„Schieß los."

„Nur für einen Augenblick Mama herbringen, bitte..."

„Ja, endlich, du Penner. Ihr seid soooo kompliziert, ihr sogenannten Erwachsenen."

Liska hüpfte aus dem Zimmer die Treppe runter.

Tanja löschte die Zigarette und erhob sich von der Bank.

„Hat aber lange gedauert. Und? Habt ihr euch vertragen?"

„Mama, du sollst jetzt zu ihm reingehen."

„Ein anderes Mal vielleicht. Ich sehe jetzt schlecht aus und Papa ist sowieso schon müde. Lass uns nach Hause fahren."

„Mama, Papa hat keine Finger", sie zog die Mutter an der Hand.

„Wie, keine Finger?" Tanja wurde kreidebleich, „was erzählst du da?"

„Ja, er war im Krieg, seine Finger sind futsch."

Tanja stürzte in das Gebäude.

„Zimmer 315!", schrie ihr Liska nach.

Tanja setzte sich an den Bettrand. Sie konnte ihren Blick nicht von seinen Fingerstummeln wenden.

„Warum hast du das vor mir versteckt?"

„Ich wollte nicht auf die Tränendrüsen drücken. Da gibt es nichts zu bemitleiden. Danke, dass du gekommen bist und besonders für Liska. Sie ist wunderbar."

„Ja, sie ist selbständig geworden. Sie war psychisch sehr labil, wir haben eine Therapie nach der anderen gemacht. Momo hat uns gerettet."

„Darf ich Liska sehen?"

„Wie meinst du das?"

„Darf sie mich besuchen, wenn ich hier entlassen werde?"

„Ich habe versucht, das Fenster zu öffnen."

„Es klemmt, ich weiß. Hatte keine Zeit zum Reparieren."

Er nahm ihre Hand und legte sie sich auf die Augen.

„Das Kopfweh ist weg. Ich hatte die ganze Zeit schreckliche Schmerzen, Tag und Nacht."

„Das kommt von der Gehirnerschütterung."

„Du hast dir die Haare kurz schneiden lassen."

„Ich wusste mit so viel überflüssigem Grauhaar nichts anzufangen. Ich werde es jetzt färben lassen."

„Wozu? Ist doch schön so."

„Mein Friseur meint auch, in Paris sei das der letzte Schrei. Wir würden wie zwei Pusteblumen aussehen."

Platonow lächelte: „Du hast immer noch diese schräge Art."

„Das hättest mir das nicht antun dürfen."

„Liska sagt, ich bin ein Unfall."

Tanja nickte. „Du bist ein einziger Super-GAU."

Liska saß im Flur und baumelte mit den Beinen. Sie war aufgewühlt und konnte es kaum fassen: Der verschollene Vater war plötzlich wieder da. Sie stellte sich vor, wie er sie am Freitag von der Schule abholen und die ganze Klasse sehen würde, dass sie einen echten Vater habe und keinen Patchwork-Robert. Endlich würde sie es all ihren Peinigern heimzahlen: dem gemeinen Hans, der sie hänselte, weil sie angeblich gar keinen Vater hatte; der blöden Louise, die tuschelte, ihr Vater säße im Knast und der Marlene, die sie zwickte, bis sie grün und blau war, wenn Robert nicht hinsah. Jetzt ist Schluss mit seinen Belehrungen, sie müsse statt Cola Bionade trinken. Sonst wird ihn Papa eines Besseren belehren.

Ihr wurde langsam langweilig, sie ging zur Tür und öffnete sie leise. Das Bild, das sie vor sich sah, war einfach empörend „Ihr seid so unverschämt. Mich setzt ihr vor die Tür, und nun knutscht hier die ganze Zeit ohne mich."

Platonow betrat das Kinderzimmer. Er sah Liskas Fotos durch, blätterte in ihren Heften, setzte sich auf ihr Bettchen und streichelte ihren Schlafanzug. Momo, der seine Pfote in den Türspalt schob, war gerade im Begriff, den Eindringling aus Liskas Zimmer zu vertreiben, als Tanja ihn abfing. Sie zog ihn davon und flüsterte ihm ins Ohr: „Momo, pass gut auf, wenn du dich wieder aufspielst, wirst du bestraft."
Der Hund wandte seine unglücklichen Augen ab, jaulte und kratzte am Teppich.

Erschöpft schlief Platonow in Liskas Bett ein. Tanja schaute ins Zimmer, sah ihn gekrümmt liegen und löschte das Licht. Sie stand am Fenster und folgte dem jungen Mond, der durch die Wolken schimmerte. Ihr Kopf war leer.

Als Platonow am Abend in die Küche kam, hatte Momo ihn halbherzig angebellt und sich unter den Tisch verkrochen. Tanja räumte die Spülmaschine aus. Er zuckte zusammen als die Wanduhr Mitternacht schlug, dann lächelte er unbeholfen und ließ sich am Tisch nieder.

Tanja quälte der Gedanke, dass sie keine weiblichen Formen mehr habe, er könne doch eine Frau mit einem solch erbärmlichen Körper nicht begehren. Würde sie ihm früher so etwas gesagt haben, hätte er sicher erwidert, dass sie wie ein Model aussehe.

Platonow war verwirrt, ihn beschlich auf einmal das Gefühl, er könne versagen.

„Wer ist Robert?" fragte er leise.

Sie lächelte und streichelte Momo den Rücken.

„Hat Liska schon gepetzt? Er ist unser Nachbar und arbeitet am *Institut für Klimawandel*. Als es mir schlecht ging, hat er sich um Liska gekümmert. Ohne ihn hätte ich es nicht geschafft."

Er schaute ihr in die Augen. „Für Klimawandel", wiederholte er und nickte. „Der Gletscher hat die Filmleute unter sich begraben. Fjodor..."

„Du bist noch nicht ganz da. Soll ich dir das Bett im Arbeitszimmer machen?"

Platonow schüttelte den Kopf.

Sie verschwand im Bad. Er zögerte eine Weile und betrat das Schlafzimmer. Tanja kauerte auf dem Bett in ihrem seidenen Nachthemd. Er setzte sich zu ihr und zog einen Träger herunter. Sie bremste seine Hand.

„Warum?"

„Ich schäme mich, ich sehe so hässlich aus", flüsterte sie, ohne ihn anzuschauen.

„Quatsch, du siehst aus wie ein Model", entgegnete er.

„Genau, wie Miss-Magersucht persönlich." Sie mussten beide lachen.

„Du hast vergessen, dich auszuziehen", kicherte Tanja.

„Ich habe es verlernt." Seine Finger gehorchten ihm nicht.

„Lass mich dein Hemd aufknöpfen."

Sie zog ihm das Unterhemd aus.

„Du schwitzt ja."

„Ich bin gerade dabei, mich zu blamieren."

„Deine Haut riecht nach Wermut."

„So etwas Peinliches ist mir noch nie passiert."

„Typisch Mann."

„Lach nicht."

„Tu ich gar nicht. Du führst dich auf wie ein alternder Schürzenjäger im Bett einer Minderjährigen."

„Genau. Der Viagra mit einem Abführmittel verwechselt hat. Jetzt lachst du aber."

Plötzlich fragte sie ernst:

„Hast du mit mir gesprochen?"

„Oft. Und du?"

„Manchmal. Ich wollte verstehen. Ich dachte, wenn ich dich verstehe, würde es mir besser gehen."

„Hast du denn verstanden?"

„Ja, aber mir ging es deshalb nicht besser. Hast du denn selbst begriffen, warum du das tun musstest?"

„Schon, aber jedes Wort, mit dem ich meinen Wahn rechtfertigen konnte, war nur weiterer Wahn."

„Das ist es eben. Dabei wusstest du doch, wie es mit uns war. Ich habe keine Bedingungen gestellt, sondern mich ein für allemal für dich entschieden, so wie du halt bist, deine Vergangenheit mit einbegriffen: verzweifelt, zerrissen, dich an mich klammernd. Warum hast du mir nicht vertraut? Mit solchen Fragen habe ich gerungen."

„Ich auch."

„Aber wir haben keine Antwort darauf gefunden."

„Nein."

„Wir sollten es nicht mehr versuchen."

„Du versuchst es doch gerade."

„Ich weiß."

„Du musst mir nichts verzeihen. Das kann man nicht verzeihen."

„Es wäre vieles einfacher, wenn ich dich hassen könnte."

„Ich habe mich selbst gehasst, aber zugleich hatte ich diese irre Hoffnung."

„Wie alt sind wir eigentlich?"

„Keine Ahnung. Rechnen habe ich auch verlernt."

„Jetzt leg dich endlich hin und entspann dich. Ich möchte das Trümmerfeld besichtigen."

„Es sieht wirklich nicht anziehend aus."

„Bei dir ist keine heile Stelle übrig geblieben. Schnittwunden, Verbrennungen, Narben. Man hat dich gefoltert."

„Es tut nicht mehr weh. Nicht weinen, bitte."

„Ich weine nicht."

„Wenn du meine Wunden geküsst hättest, wären sie schneller verheilt. Hab davon geträumt, als es brannte."

„Habe ich doch getan."

„Wirklich?"

„Hast du das nicht gespürt?"

„Doch. Aber als ich zu mir kam, brannte es wieder."

„Manche Flecken sind taub."

„Da ist das Gewebe zerstört."

„Hier hast du aber keine Wunden."

„Nein, da nicht."

„Momo! Aufhören!"

„Er ist eifersüchtig."

„Er muss lernen zu teilen."

„Du machst dich nur über mich lustig."

„Weil du einfach ein alter Esel bist, sonst nichts."

„Ich konnte nie verstehen, warum du mich nicht heiraten wolltest."

„Weil ich eine blöde Kuh war."

„Esel und Kuh können es nicht miteinander."

„Es sieht doch vielversprechend aus. Du schwitzt nicht mehr."

Plötzlich explodierte etwas draußen. Platonow warf sich sofort auf Tanja und trat dabei so heftig ihr Knie, dass sie aufschrie.

„Du hast mir weh getan. Auf der Dachterrasse wird die ganze Zeit gefeiert. Sie ballern was das Zeug hält. Du hast es nur vergessen." In der Straße sausten die Geschosse weiter. Sie hörten Momo im Bad jaulen.

„Momo kann das Ballern nicht ausstehen. Ihm tun die Ohren weh."

„Das haben wir gemeinsam."

Die nächtliche Stille war wieder eingekehrt.

„Lass uns auf den Balkon gehen."

Platonow wickelte Tanja in eine Decke und drückte sie fest an sich. Eine schwarze Luxus-Karosse bremste mitten auf der Straße und ließ eine dröhnende Woge türkischer Popmusik zum Himmel aufsteigen.

„Jetzt springt der Serbe vom Erdgeschoss hinaus", lächelte Platonow.

„Nein, nicht mehr. Er ist ins Altersheim gezogen."

„Schade, ich möchte ihn noch einmal brüllen hören."

„Du hast die letzte Schachpartie mit Guggenberger nicht zu Ende gespielt. Jetzt ist er tot."

Platonow ließ seinen Blick über die Dächer schweifen.

„Schau mal, da sind Schwalben", zeigte er auf die vorbei huschenden Schatten.

„Die Schwalben schlafen schon. Das sind Fledermäuse. Ich habe deinen Ring gefunden."

Plötzlich erblickte Platonow einen Mann im Obergeschoss des Nachbarhauses, der sich auf das Geländer stützte. Er prallte zurück.

„Da raucht jemand auf dem Balkon. Siehst du die Zigarette glühen?"

Tanja hob den Kopf. „Das ist Robert. Er kommt morgen, sich zu verabschieden."

„Zieht er hier aus?"

„Ja, aber nicht weit weg, nach Polen. Da wird ein neues Kernkraftwerk gebaut. Er hat ein gutes Angebot bekommen."

„Die Sterne hier sind wie ausgewaschen. Schau mal hin, da sind die Plejaden." Er drehte Tanjas Kopf in Richtung des flimmernden Sternenhaufens."

„Wo? Ich sehe nichts."

„Das sind die jüngsten Sterne der Milchstraße. Fjodor sagte, dass die Evolution des Lebens auf der Erde die Entwicklung der Galaxie wiederspiegele."

„Das ist eine Theorie von Svessen. Er hat dafür gerade den Nobelpreis erhalten. Ist er dein Freund?"

„Fjodor lebt nicht mehr."

Platonow konnte seinen Blick nicht von den Sternen über seinem Kopf abwenden. Er sah den Astronomen mit blutüberströmtem Gesicht am Boden kauern, das Mädchen Bela im Blumenkleid, die Soldatin Toma, die Bärtigen mit ihren Kalaschnikows, die freche Schauspielerin, den alten Achmed, die geschlachteten Ziegen. Sie alle bevölkerten jetzt den Himmel als namenlose Gestirne, die vor Jahrmillionen erloschen waren, aber immer noch ihre postumen Strahlen in sein Herz schickten. Sein Herz war aber zu klein, um sie alle mit einzuschließen. Den Schmerz würde er nur verkraften können, wenn sie dieses kleine müde Klümpchen in ihren Handflächen hielt.

Momo schlich sich auf den Balkon und hob seine Schnauze zum Mond. Platonow bückte sich und kraulte ihn hinter den Ohren. Er knurrte versöhnlich.

„Weißt du überhaupt, dass du hier die ganze Zeit splitternackt stehst? Momo wird dir gleich alles abbeißen."

„Achmed", streichelte er ihr über das Haar, „hat gesagt, dass wir Männer selbstsüchtig und feige seien und du mir verzeihen würdest. Ich habe dort mit einer Frau geschlafen."

„Wer ist Achmed?"

„Ein alter Lehrer. Er kannte sich mit dem Sternenhimmel aus."

„Weißt du noch, wie der Urkontinent hieß?"

„Gondwana. Er ist auseinander gebrochen, aber später fanden die Bruchstücke noch einmal zueinander."

„Dann haben sie sich wieder voneinander getrennt."

„Nein, nicht mehr. Das ist eine falsche Theorie."

Ende

Impressum

Copyright © 2013 Sonja Margolina

Einband: Lisa Schmitz

ISBN-13: 978-1493769650 (CreateSpace-Assigned)

ISBN-10: 1493769650

sonja.margo@gmail.com

Printed in Germany by Amazon Distribution GmbH, Leipzig

Printed in Germany
by Amazon Distribution
GmbH, Leipzig